观鹤笔记

她与灯 著

中国友谊出版公司

他倾慕于杨婉的好,但这种倾慕几乎让他认为自己是一个卑劣的人。

以蜉蝣之身,妄图春华。

想要,又明知不该,甚至开始没意义地对她患得患失。

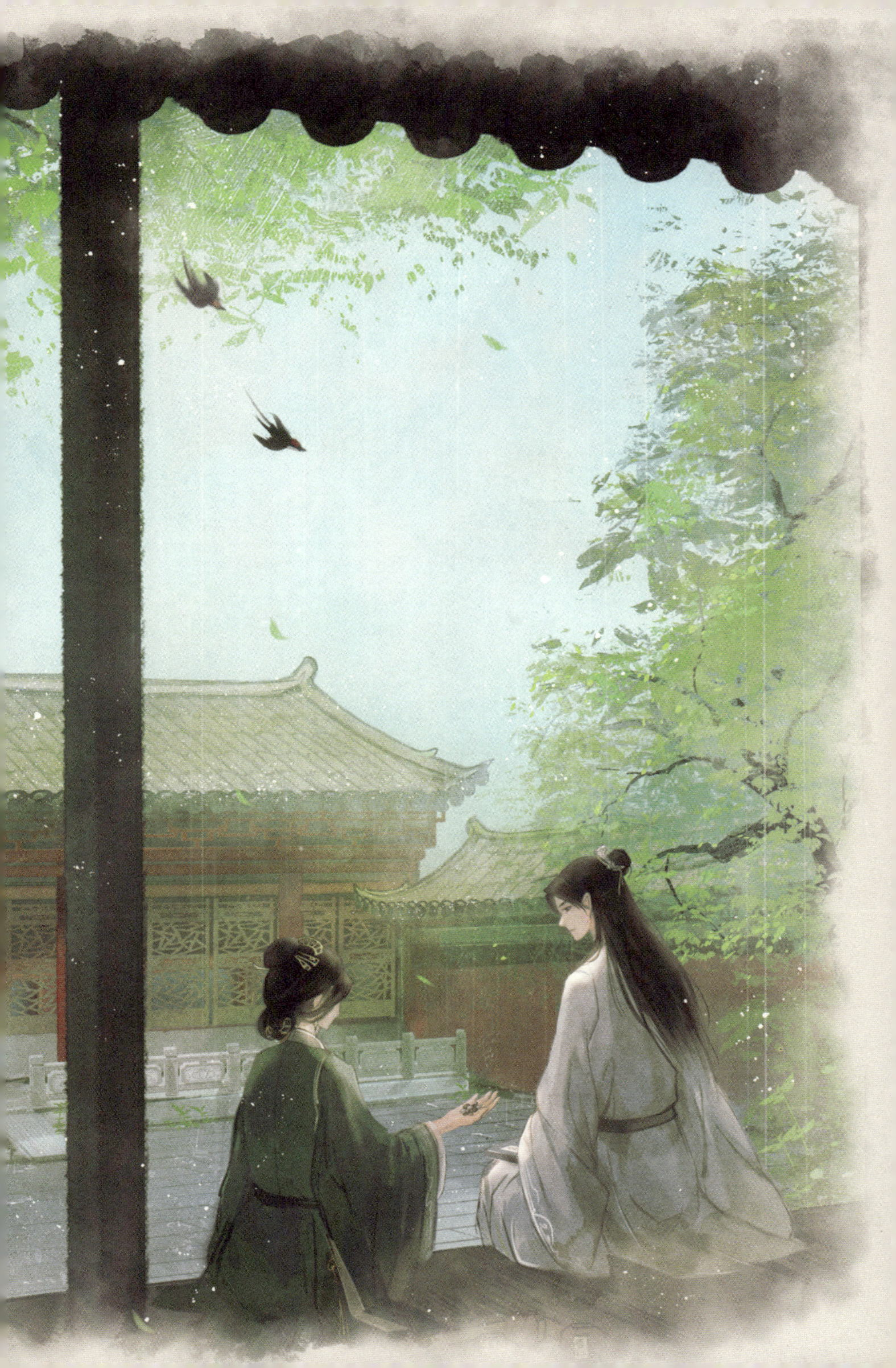

过去隔纸而望,
杨婉可以敬他,
但无法爱他。
如今同床而坐,
她好像可以爱他,
却不得不先敬他。

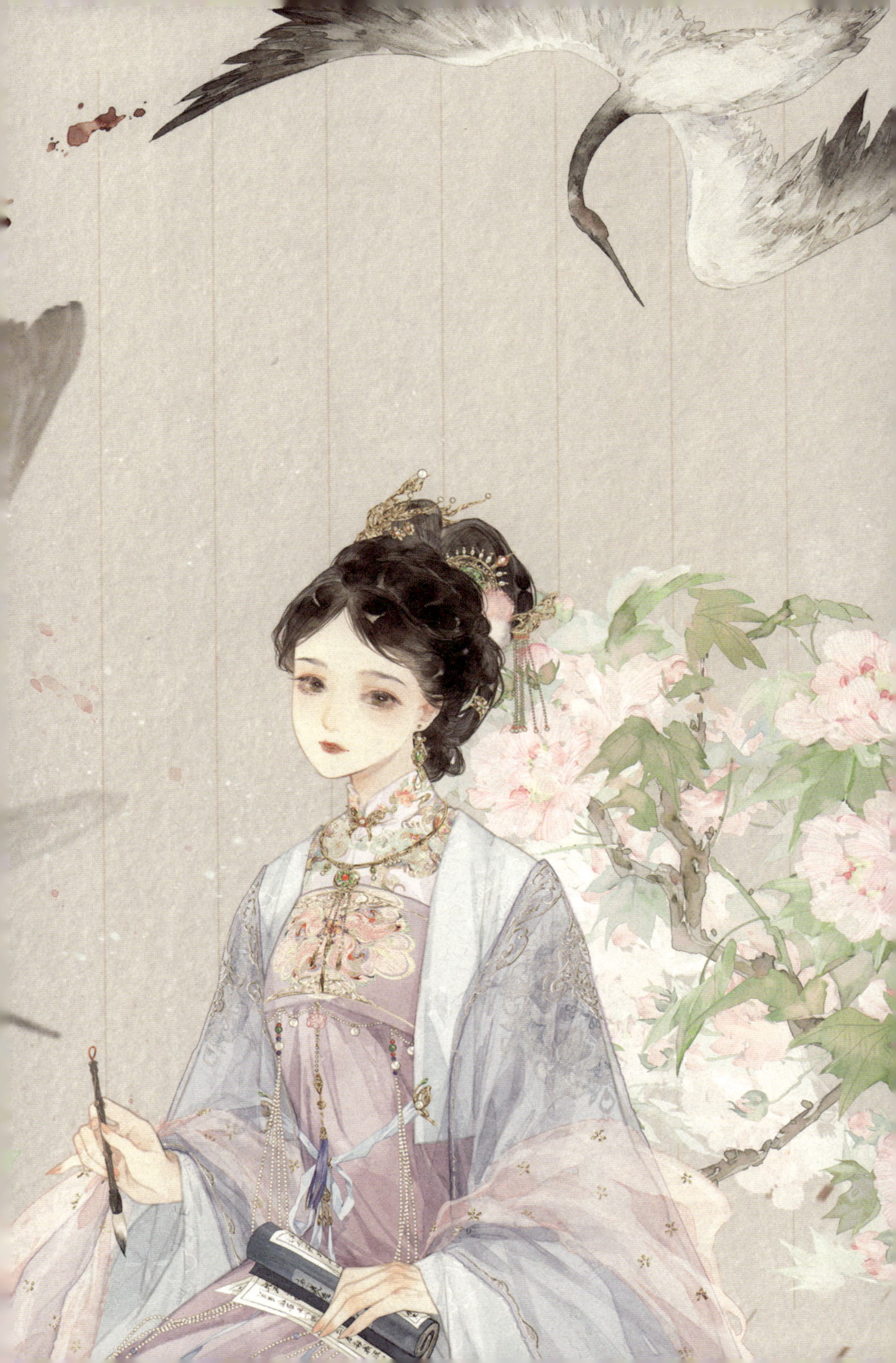

第四章 阳春一面 141

第五章 晴翠琉璃 179

第六章 澜里浮萍 241

第七章 冬聆桑声 295

目录

楔子 001

第一章 伤鹤芙蓉 003

第二章 仰见春台 043

第三章 月浮杏阵 101

我求明春今日降，
早化人间三尺冰。

楔子

这个世上有没有完美的际遇呢?

应该有的。

杨婉就是这个幸运儿。

都说十年学术,十年血泪,杨婉选择了一条没有尽头的道路,并且一门心思走到了黑,和明朝历史上一个叫邓瑛的宦官在故纸堆里单方面相杀了十年。

邓瑛是明朝历史上一个很神奇的存在,据说他容姿清俊,因受过刑伤,致腿上有旧患,发作时,常不良于行。

然而除了在样貌这一项上多得溢美之词之外,这个人在其他方面基本上被形容得猪狗不如。

当年清人修《明史》时,就恨不得把这个世上所有剥骨剜肉的恶言都判给他。

不过明朝贞宁年间的内阁辅臣杨伦,后来却在自己的文集当中,对邓瑛以"挚友"相称。

诚然史料浩如烟海,已故之人却始终是虚像。

杨婉的学术生涯可谓呕心沥血,她终于在自己二十八岁这一年博士毕业,并且写完了自己的学术著作《邓瑛传》一书。

但这个过程异常艰难。

邓瑛一直是和王振、魏忠贤这些人划归在一处的明朝奸宦。

学界对此人的定性,早在民国时期的历史研究中就已经形成,后来的学者也大多沿袭这种观点,在各自的角度上不断延伸。

但杨婉不认可。

她以杨伦对邓瑛的评价为突破口,一直试图从已然很严谨的史料和论述里寻找邓瑛真实的生息痕迹。

他在建筑上的造诣、他在内宫的生活、他为人的信念……方方面面,既有对前人的补充,更多的则是颠覆。

十多年的学术研究工作,她一个人搞得特别孤独。

写《邓瑛传》的时候,她几乎是凭一己之力,在和整个学界的观念对抗。

书稿被毙掉了一次又一次,大论文在送审前后也是几经波折。

好在,她最终坚强地毕业了。

和很多浸淫在学术研究中的女博士一样,这个自虐的过程让杨婉尝到了和纸片人隔世交流的终极乐趣,而邓瑛的人生也因此被她扒了个底儿朝天。

杨婉也认为,此人的官场沉浮、人情交游,应该已经在书中面面俱到,只可惜缺一段情史,虽在各种不靠谱的文献资料中艳影绰绰,却实在无真相可循。

对此杨婉有遗憾,老天似乎也有遗憾。

于是在《邓瑛传》出版的当天,杨婉在一场学术会议上不知不觉地睡了过去。

贞宁十二年,正好是《邓瑛传》开篇那一年。

杨婉在《邓瑛传》的第一章写道:"贞宁十二年是大明历史上极具转折意义的一年,内阁首辅邓颐被斩首,暗如长夜的大明朝终于出现了一丝曙光。很难说邓瑛的人生是在这一年结束的,还是从这一年开始的。"

如果再给杨婉一次机会,这个开头她绝对不会写得这么虚假且无聊。

她会换一种笔法,落笔如下——

"贞宁十二年,在南海子的刑房里,邓瑛对我产生了巨大的误会,他以为我是当时世上唯一一个没有放弃他残生的女人,事实上,我只是一个试图从他身上攫取一手资料的学术界女变态而已。"

第一章 伤鹤芙蓉

1

贞宁十二年隆冬，雪期比去年晚了将近一个月，寒气跟着干凛的风聚拢，冻得人耸肩佝背。在京城东南侧的宫墙外面，占地两万平方米的皇家猎场南海子①中，所有海户②都在期待着这一年的第一场雪。

邓瑛靠在石壁上，眼前是一大群和他一样衣衫单薄的可怜人。

他们三五成堆地缩在不同的角落里，沉默地盯着邓瑛，面上的情绪大多有些复杂。邓瑛将戴着刑具的腿向后撤了几寸，粗麻料的裤腿落下来，勉强盖住了他脚腕上的擦伤。他皱了皱眉，没有出声。

一个年轻人站起来，在众人的目光中扯下衣服上的一块布，试探着递给邓瑛，怯生生地对他说："你用来……裹一下你的脚腕吧。"

邓瑛低头看着那块灰白色的破布，一时间忽然就有了和这些人境遇相连的感受。

他们所在的地方是南海子的仓房，平时用来存放准备供应宫中的粮肉，但这会儿仓内几乎是空的，只有几块干肉孤零零地挂在仓梁上。

秋季收成不好，交秋后，司礼监就把这个地方辟成了暂时性的拘留营。

仓库里居住的，全是无籍的阉人。

贞宁初年，朝廷禁止私自阉割男性，对于通过自宫逃避徭役、赋

---

① 南海子：历史上是北京最大的湿地，是辽、金、元、明、清五朝皇家猎场和明、清两朝皇家苑囿。
② 海户：南海子里为皇家耕种的农户。

税的男子也施以重刑。但后来由于皇家子嗣增多，二十四衙门的事务逐渐繁杂，对阉人的需求也就越来越大，于是初年的那道禁令，此时已经基本变成了空文。

南海子里的人，大多苦于生计，自宫为阉。

有些人上了年纪，有些人还是十二三岁的孩子。

他们白日在南海子里劳作，夜里就挤在仓库里潦草安置，各怀憧憬地等待着司礼监和二十四衙门的人来挑选。

邓瑛是这些人当中唯一的"男人"。

也不知道安排的人是不是刻意的，让蝼蚁围困伤鹤，倒也是刑前最残忍的羞辱。

"这个不……哎哟……"

门口风灯把人影燎出细茸茸的毛边儿。

邓瑛抬起头，杨婉抱着一大摞草药从角门溜了进来，话还没说完就直接摔在了他的面前。

地上都是干草和麦麸，皮肉与之摩擦立即见血。

杨婉痛得眯眼，挣扎着坐起来看了一眼破皮的手掌，无奈地朝伤口连吹了几口气。

已经半个月了，她还是没能习惯这副身体。

仓内的人都没有出声，显然不是第一次见到杨婉。

大家齐刷刷地看了她一眼后，就各自缩回了目光。

杨婉咳了一声，吐出呛到嘴里的草根子，刚准备站起来，额头却撞到了邓瑛冰冷的手指。

她忙抬头，面前的人仍然沉默地靠墙坐着，伸向她的手正干干净净地向上摊开。手腕上束缚着刑具，囚衣单薄的袖子此时滑到了手肘处，露出手臂上新旧交错的伤痕。

绝色美人啊！

杨婉在心里感慨。

这被刑罚蹂躏过后完美的破碎感上经家破人亡之痛，下忍残敝余生之辱。其主人却依旧渊重自持。这要是拎回现代，得令多少妹子心碎？偏他还一直不出声，神情平静，举止有节，对杨婉保持研究对象初期神秘感的同时，也一点不失文士修养。

"行……行了，我自己站得起来。"

她说着，站起来拍掉身上的草灰，小心地把地上的草药堆到邓瑛脚边，挽起自己的袖子，低头说道："你这个脚腕上的伤再磨下去，就要见骨了，以后得跛。我呢，也不是什么正经医生啊，这草药的方子是外婆在我小时候教我的，我也不知道我记全没有。要是好了呢，你不用谢我，要没好……"

她说着，伸手试图去挽邓瑛的裤腿："要没好你也别怪……"

邓瑛在她的手捏住自己的裤管时，突然将腿往边上一撤，杨婉猝不及防地被他的力道往旁边一带，扎实地又摔了一跤。

"我说你……"

邓瑛仍然没有说话，眼神中倒也没什么戒备，只是有些不解。

杨婉趴在地上拍了拍自己的脸，挣扎着直起身，索性盘腿坐在他面前，淡定地绾好散乱的头发，摊开双手，尽量让自己的声音听起来诚恳一些："来，我坦白跟你说，我就想给你涂个药，你跟我也摊开说，都半个月了，你要怎么样才肯让我碰你？"

邓瑛搂住手上的镣铐，弯腰把被杨婉撩起的半截裤腿放了下来，继而将手搭在膝盖上，沉默地闭上眼睛。

就像之前把所有的耐性都奉献给了原始文献，杨婉觉得此时自己的脾气好得连她自己都觉得有点不真实。

"邓瑛。"

她盯着邓瑛的脸，调整情绪，唤了一声他的姓名。

面前的人只是动了动眼皮。

坐在邓瑛旁边的一个上了些年纪的阉人看不下去了，出声劝杨婉："姑娘啊，自从他被押到我们这儿来啊就没张过口，可能……"他说着指了指喉咙。

杨婉听完，不禁笑了一声："哈，他不知道多能说，以后能气死一堆人。"

老人听着她明朗的声音也笑了:"你这姑娘说话,真有意思。"

无论在什么年代,被人夸总是开心的。

杨婉从手里分出一把草药递给老人:"老伯,我看你手上也有伤,拿这个揉碎了敷上,有好处的。"

老人没敢要,反问道:"这些草药,姑娘是从哪里弄来的?"

"哦,"杨婉抬手指了指外头,"就李太监那院儿里的小晒场上扒拉来的。"

听她这么一说,连邓瑛都睁开了眼睛。

老人压低了声音,往角落里缩了半寸:"偷……偷李爷的啊?"

"嗯,我也知道这样不对……"

她说着,也有些心虚,不自觉地看向邓瑛:"以后你帮我还啊……"

老人的眼神惊慌,不安地问杨婉:"姑娘,偷李爷的东西,你不怕被打呀?"

杨婉有些不好意思地收回目光:"还好,我人溜得快。"

话刚说完,门口的泥巴地里传来一连串干草秆子被踩碎的声音。

杨婉赶紧缩到邓瑛身边蹲着。

邓瑛朝一旁撇了撇肩膀,抬头朝窗外看去。

七八个穿毡斗篷的人举着一排风灯冒雪走来,走在最前面的人是司苑局的掌事太监李善。

一连几日光下雪,天太干冷了,讲究人也难免手上皲裂。李善摘下手笼,接过手膏剜了一块,一面涂一面问门口的看守:"怎么不把门锁上?"

看守忙道:"李爷,这给留着门让他们夜里好小解,不然这里面的味道不好。"

李善揉着手腕:"那个人呢?"

"哦,那个人啊,给他断了两天的饮食,这会儿早就脱力,恐怕连挪个身都难。"

李善听完,点了点头:"他说过什么吗?"

"没有,刑部把人押来,就是我们看管着的,至今还没听他开过口。李爷是怕他寻短见?"

李善笑了一声:"要寻短见才好呢,老祖宗也不用揽这宗事。"

他说完,一面抠掉指甲缝隙里多余的油脂,一面又道:"你们看他像寻死的吗?要寻死,来的时候就跟姜明、郭鼎那些人一样绝食自尽了。"

杨婉在邓瑛身边听完这句话,忍不住回头问邓瑛:"你没绝过食吗?"

回应她的自然还是沉默。

但杨婉倒没泄气,松开手坐在邓瑛身旁,从怀里掏出一本小册子,随手在地上薅了一根麦秆子,认真戳着自己的下巴,自顾自地说道:"编《明史》的一拨人对你的恶意还真大啊!写你在南海子中绝食不绝,后又摇尾乞食,非得把你的风评搞坏了才甘心。"

说完又轻轻地咬住麦秆子:"嗯……那这个地方就应该改一改。"

邓瑛低头看了一眼杨婉摊在膝盖上的册子,上面整整齐齐地写着他看不懂的文字。

十几天来,这个女子时不时地就要在上面戳戳点点。

正如她自己所说,她突然出现在南海子里已经有大半个月了,没有人知道她是谁。最初人们看见她身上的罗衣绣工精致,价值不菲,猜测她来历不简单,大多不敢跟她搭话,怕惹祸上身。不过,她在南海子里东躲西藏,摸爬滚打了十几天,日日和那些做活的海户混在一区,身上的衣服也看不出原来的质地,破破烂烂地挂着,和她披散的头发搅在一起,模样看起来和南海子里的苦命人没什么两样,这些阉人才对她放下了戒备。

而且,他们也逐渐发现,这姑娘的注意力始终都在那个身负重刑的男人身上。

只可惜邓瑛不准她近身。

非妻非妾,却上赶着来示好一个即将断子绝孙的罪人。

罪人过于冷漠干净,反让姑娘显得很可怜。

有人正在为她唏嘘,外面突然有人朝门前走来。杨婉听到声响,迅速收起册子,闪身缩到了一丛草垛后面。

李善并几个太监走进仓房,一边走一边继续将才在外面的话题。

"还要给他断几天的水食啊?"

后面的一个太监应道:"还要两天。"

李善站定在邓瑛面前,嫌恶地看了他一眼:"行了,再断一天,就给他用刑。"

说完,摁了摁脖根儿:"快些结算好,趁年前把人交给司礼监,我们也没这么棘手。这大冷天,心里揣着这么件冰坨子般的事儿,多少不痛快。你去跟张胡子说,把刀备好,这是要办司礼监的差,叫他这两天给我醒着,别喝酒。"

回话的人面露难色:"张胡子现在外头野庙里鬼混着呢,前儿我还看他在海子里找擦背伺候的人。"

"呸!"

李善啐了一口:"跟我显摆他底下有条'软虫'!赶紧叫他回来备刀子!"

一句话说得在场除了邓瑛之外的人各自戳心。

李善自己心里也不痛快,岔开话道:"还有他身上这个刑具,我们这儿是动不了的,明儿一早,你去刑部请个意思过来,看是怎么着,是让他就这么戴着受刑呢,还是给卸了?"

回话的人拉垮了脸:"李爷,就这还请刑部的意思啊?"

"啊。"

李善不耐烦地应了一声,看向邓瑛,鼻中冷笑。

"邓阁老一家都杀完了,留下这么个人。他的事儿,复杂得很。"

2

李善说完这句话,忽然发现邓瑛正看着自己,不禁愣了愣,一时间竟然很难说得清楚被这双眼睛注目的感受。

要说他怜悯邓瑛,他好像还没有那么软的心肠;可要说厌恶,却也没有合适的理由。毕竟邓颐在内阁贪腐揽权、残杀官吏的那三年,邓瑛接替他自己的老师张展春,一头扎在主持皇城三大殿的设计与修筑事宜当中。刑部奉命锁拿他的前一刻,他还在寿皇殿的庑殿顶上同工匠们矫正垂脊。

所以无论怎么清算,邓瑛和其父的罪行,都没有什么关系。

但是身为邓颐的长子,邓瑛还是被下狱关押。

三司衙门在给他定刑时着实很为难。

皇城还未修建完成,最初总领此事的张展春已经年迈,不能胜任,邓瑛是张展春唯一的学生。此人和户部侍郎杨伦同年进士及第,是年轻一辈官员里少有的实干者,不仅内通诗文,还精修易学、工学,若是此时把他和其他邓族中的男子一齐论罪处死,工部一时之间,还真补不出这么个人来。于是三司和司礼监在这个人身上反复议论,一直没能议定对他的处置方式。

最后还是司礼监的掌印太监何怡贤提了一个法子。

"陛下处决邓颐全家,是因为多年受邓颐蒙蔽,一朝明朗,愤恨相加,震怒所致,但皇城是皇家居所,修造工程关乎国本,也不能荒废。要消陛下心头之怒,除了死刑……"

他说到这里,放下三司拟了几遍却还是个草稿的条陈,反手在上面敲了敲,笑呵呵地说道:"不还有一道腐刑嘛。"

这个说不清是恶毒还是仁慈的法子,给了邓瑛一条生路,但同时终止了他原本磊落的人生。所以杨婉才会在《邓瑛传》的开篇如是写道:"很难说邓瑛的人生是在这一年结束的,还是从这一年开始的。"

当然李善这些人没有杨婉的万能视角。他们只是单纯地不知道怎么对待这个没什么实际罪恶的奸佞之后。

"你看着我也没用。"

李善无法再和邓瑛对视下去,索性走到他身侧,不自觉地去吹手指上的干皮:"虽然我也觉得你落到现在这个下场有点可惜,但你父亲的确罪大恶极,如今你啊,就是那街上的断腿老鼠,谁碰谁倒霉,没人敢可怜你。你也认了吧,就当是替你父亲担罪,尽一点儿孝道,给他积阴德。说不定,你这儿受了大罪,他那儿还能修个人身,不用落那畜生道里头去。"

他这话倒也没说错。

邓瑛若死了也就算了，活着反而是个政治符号，性命也不断地被朝廷用来试探人心立场。

虽然邓瑛本人从前不与他人交恶，但此时的光景，真可谓惨淡。

他从前的挚友们对他的遭遇闭口不谈，与邓家有仇的人巴不得多踩他一脚。

从下狱到押解至南海子，时间已一月有余。算起来，也就只有杨伦偷偷塞了一锭银子给李善，让他对邓瑛照看一二。

李善说完这些没限的话后，心里想起了那一锭银子，又看了看邓瑛浑身的伤，觉得他也是可怜，咳了几声，张口刚想说点什么缓和一下，忽然注意到邓瑛的腿边堆着一大堆草药，再一细看，竟眼熟得很，登时火气上来。

"嘿……"

李善撩袍蹲下来抓起一把："哪只'阉老鼠'给搬来的？"

仓内的阉人哆哆嗦嗦地埋着头，都不敢说话，有几个坐在邓瑛身边的人甚至怕李善盯住自己，偷偷地挪到别的地方去坐着了。

李善将这些面色惶恐的人扫了一圈，丢掉草药站起来，拍着手看向邓瑛，不知道怎的，忽然又笑出声来："看来我说错了啊，也不是没有人想着你。"他说着，用脚拨了拨那堆草药，"敢偷我场院里的药材来给你治伤。"

他一面说，一面转过身，用手点着仓房内的阉人："你们这些人里，是有不怕死的。李爷我敬你还有副胆子，这些草药今儿就不追究了，再有下回，被我知道，就甭想着出这海子了。"

说完后，他真的没再追究，拍干净手，对看守道："看好咯。"

说罢，带着人大步走了出去。

杨婉一直等到脚步声远了才从草垛后面钻出来，趴在窗沿上谨慎察看，忽然听到背后的门传来落锁的声音，忙转过身来，只见门已被锁上。杨婉垮了脸，无可奈何地拍了拍脖子，盘腿一坐："哦嚯，今晚出不去了。"

不想她说完这句话后,四周人看她与邓瑛的目光突然变得特别复杂。

杨婉转身,诧异地看着仓内的人,又低头看了看邓瑛,陡地回想起李善之前的话,立即反应了过来。

此时室内关着三种人:一个男人,一个女人,还有一堆阉人。

当然按照李善的说法,这个男人过了今晚也就不是男人了。

所以,今晚是不是应该发生点什么?

如果自己只是个旁观者的话,杨婉现在估计会坐下来,把这个极端环境在文学层面和社会学层面分别做一个透彻分析。然而此时此刻,她却被周围人的目光给看得着实有点不淡定了。她现在这副身体是谁的她还不知道,也不知道这副身体原来的主人有没有喜欢的人。虽然杨婉认为自己只是一个意识,过来的目的是观察历史和记录与邓瑛有关的历史,但既然来了,好像还是有责任保护好支撑她意识的这副身体。

于是,她陷入了一个看似正常的逻辑闭环,脑补了一大堆内心戏,不由自主地捂住了自己的胸,完全忘记了眼前是一个根本不准她碰的男人。

邓瑛看着她多少有些惶恐的脸,手撑着地,挺直背坐起来。

杨婉见他有动作,赶紧又退了一步。

"你做什么?"

她下意识地问了这么一句。

"喀!"

邓瑛咳了一声,听起来像是刻意的。

然而借此打断杨婉的话后,邓瑛却并没有再做出其他反应,反倒收敛了自己动作上的"冒犯"意图,不再看杨婉,弯腰捡起地上的草药,放在膝盖上随手一挽。

自张展春告老之后,此人在大明初年,算是工学一项上的天花板了,所以即便是在手上结草这种事也做得利落精准。

不过杨婉觉得邓瑛的手倒不算特别好看,他手上的皮肤因为长年和木材砖瓦接触，有些粗糙，但胜在骨节分明，脉络生得恰到好处。看起来不至于特别狰狞，却也有别于少年人。手背上有一小块淡红色的老伤，形状像个月牙。

杨婉看他用自己抱来的药材扎出了一方草枕，这才发觉自己将才想得过多了。从这几天相处来看，邓瑛是正人君子，她倒像是个思想不纯洁，老想摸邓瑛的色鬼。这样想着，不免觉得自己将才有点矫情，伸手尴尬地抓了抓头。

邓瑛在牢中受了些寒，之后一直没有调养，此时仍然有些咳。

他抬起手抵压住胸口，明显在忍。

杨婉想说什么，却见他朝边上移了几寸，坐到了没有干草的地面上，伸手把草枕头放在自己身边，直起腰重新把手握到了膝盖上，沉默地朝杨婉看去。

杨婉抱着膝盖蹲在邓瑛身边，看着那方草枕道："给……我的？"

邓瑛点了点头。

"那你的腿怎么办？"

邓瑛低头看着自己脚腕上几乎见骨的伤，喉结微动。

下狱至今他一直不肯开口说话，一是怕给他人带来灾祸，二是他也需要安静的环境来消化父亲被处以极刑、满族获罪受死的现实。久而久之，他已经接受了自己像李善形容的处境——断腿的过街老鼠，人人喊打，所以此时反倒不习惯有人来过问冷暖病痛。

"这样吧，我不碰你，我就帮你把剩下的草药捣碎，你自己敷。"

杨婉说完，径直挽起袖子。

邓瑛看了一眼被她用来捣药的那一枚玉坠子，是质地上等的芙蓉玉石，普通人家是绝对不可能有的，她却在腰上系着两块。

"拿去。"

看邓瑛不接，杨婉又摘下背后的发带。

"拿这个包上。"

邓瑛仍然没动。

杨婉的手举得有些发酸了，她弯腰把捣好的草药放在地上，看着邓瑛说:"其实你是挺好的一个人,在这个境地里还给我做了个枕头,我也不是什么坏人,你不想跟我说话就算了,别跟你自己过不去,你也不想以后不能走吧?"

他还是以沉默拒绝。

对于杨婉来说,这件事的意义说大不大,说小不小。

历史上,他的腿疾就是在这段时间造成的。即便杨婉知道,并且想帮助他改写这么一点点命运,却仍然做不到。不过她倒也不难过,就着袖子擦干净自己的手,放弃说服邓瑛。

仓内的人见邓瑛和杨婉没有他们想象中的那种举动,渐渐地失去了耐性,天冷人困,不一会儿就各自躺下缩成了团。

杨婉坐在邓瑛对面,等邓瑛闭上眼睛,才小心地缩到他身边,枕着草枕躺下来。仓房内此时只剩下鼾声和偶尔翻身的声音。杨婉躺定,掏出袖中的册子,就着窗沿上的一点点灯光翻开,屈指抵在自个儿的下巴下面,轻声念了一句:"明日也就是贞宁十二年正月十三……《明史》上的记载是三月,这么一看时间上也存在误差……"

说着说着,人困了起来。她朝着墙壁翻了个身,抱着膝盖也像其他人那样缩成了团。

"邓瑛,听说你之前没有娶过妻,那你……有没有自己的女人啊?"

邓瑛在杨婉背后摇了摇头。

杨婉却似乎是看见一般,有些迷糊地说道:"如果这副身子是我自己的……"

怎么样呢?

其实又能怎么样。

她虽然是个研究者,但她还没有疯魔到那种程度,要用自己的身体去探知这个研究对象的性观念。于是她没有再往下说,抿着唇闭上了眼睛。

邓瑛没有完全听懂这句话,等了一会儿又没等到她的后话,索性也闭上了眼睛。

谁知她却在睡熟之后轻轻地呢喃了一句:"反正……杨婉这辈子,

就是为了邓瑛活着的……"

和这句话一起落下的还有贞宁十二年的那第一场大雪。

3

雪后的第二天，南海子里一片雪亮。

看守的人遮着眼睛打开仓门，里面早已憋得难受的阉人们纷纷挤了出来。

看守一个哈欠还没打完就被这些人急吼吼地推搡到雪里，鼻子也磕出了血。他挣扎着坐起来，压着鼻孔骂道："他妈的，个个都赶着投胎。"说完，正要爬起来，手却被雪地里的东西硌了一下，他扒开雪捡起来一看，竟然是一块芙蓉玉坠。

"哟，这些个穷哭了的，还藏私家当儿啊……"

说完，又赶忙捂住嘴巴，佝着背四下查看。趁周围正乱没人瞧见，赶紧把玉坠往怀里藏。

谁知还没藏好，忽听背后有人问道："蹲着做什么？"

"啊？没做什么……"

问话的人是李善手底下的少监，见他鬼祟，毫不客气地从背后踢了他两脚，仰了仰下巴说："赶紧起来去把人带出来，今儿一早司礼监的人要过来。"

看守忙站起来，胡乱拍了拍身上的雪，凑近问那少监道："这会儿就要带过去啊，那张大胡子回海子里来了吗？"

少监掩着口鼻朝后闪了一步："真是毛躁得很，给离远些。"

看守抹了把脸，垂手站得远了些。

等他站好了，那少监才放下手，慢条斯理地回应他将才的问题："听说昨晚让李爷从外头庙子里抓回来了，连夜给醒了酒。"

看守听完，高兴地"欸"了一声："行嘞，我这就把人给带出来，交了这差事，我们今儿晚上也好过个大年。"

说完，正要往里面走，又被少监从背后叫住。

"回来!你那袖子里藏的什么东西?"

"哟,这……"

"拿来。"

看守看着少监摊出来的手,眼下没了办法,只得把那块芙蓉玉捧上去,赔笑道:"是小的捡来的。"

少监将玉摊在手里细看,抬眼见他还站在面前,低声呵斥道:"还站着干什么?带人去啊!"

看守见他赶人,便知道是要白孝敬了。心里虽然不痛快,面上也只能悻悻地答应着,回头嘟嘟囔囔地提人去了。

到底被人抢了东西,心情不好,此时对邓瑛就更没好脾气。

邓瑛为了受腐刑已经被禁了三日的水米,虽然走不快,却在尽力地维持行走时的仪态。

看守看得不耐烦,便在后面搡了他一把,呵斥道:"快点吧,还嫌晦气少吗?"

他说完,把手拢在袖子里,骂骂咧咧:"都说你在海子里活不了多久就要自尽,你倒是死啊!还愣是活了半个多月,刑部和司礼监每日抓着我们过问,也不知道是想你死还是想你活。今天你有结果了,就走快些吧,拖得再久,不还是要遭那罪的吗?难不成你现在怕了想跑啊?省省吧!"

他此时说话格外难听。

邓瑛低着头,沉默地忍受着他说的每一个字,再抬头时,已经走到了刑室门口。

南海子本来是没有刑室的,留给邓瑛的这间其实是一间挂着棉帐的庑房。

这会儿里面正烧着炭火,点着灯,朝南坐了两个刑部的人并司礼监的秉笔太监郑月嘉,门外还站着四个身着玄袍的锦衣卫。

看守知道自己的差事在这几位爷跟前就到头了,小心地把人交出去之后,头也不敢抬地走了。

邓瑛独自走进刑室,里面的人正在交谈,见他进来也只是抬头看了他一眼，并没有刻意停下。

"杨伦杨侍郎一早也来海子了？"

郑月嘉点头"嗯"了一声："杨家还在找他家三姑娘。"

"这都失踪半个多月了，他家的三姑娘，出了名的美，这要找到死人也许还能是堆清白的白骨，找到活人，啧……能是个啥呀。"

郑月嘉是宦官，对这些事显然没什么猎奇心。

他冲着说话的人点了点头，抬头看向邓瑛，示意人关上门窗，将手从手炉上收了回来，搭于膝盖上，顺势顶直了脊背，提了些声音对邓瑛说道："陛下的恩典你已经知道了吧？"

"是。"

下立之人平和地回应。

郑月嘉不是第一次跟邓瑛打交道，虽然知道他之前为人处世就有很好的涵养，但不曾想到在如今这个境况下相见，他仍然能照旧维持礼仪。

"好。"

情绪不能给得太多，多了就都是话柄。郑月嘉只应了一个字，便不再看他，抬手示意身旁的人："去，把刑具给他卸了。"

趁这空当儿，又继续和刑部的官员交谈。

"所以大人今日过来的时候，遇见杨大人了？"

"哦，是。我们是跟着他一道进的海子，他带着人去西坡，不过我看也找不到什么。今年海子没收成，西坡那里更是连根草也不长。"

郑月嘉笑笑："杨大人是很心疼他那个小妹的。"

"可不是，我看张家都放弃了，就他还在找。不仅找，还维护他妹子得很。我今儿多嘴说了一句，让他去问问那些有成年男人的海户，看有没有什么消息。郑公公猜怎的？要不是有人拉着，我看他都要上来跟我们动手了。"

郑月嘉不接他的话，哂道："大人也不积口德。"

那人笑道："我也就和您说说，这不是知道您上面那位老祖宗一直和杨伦不对付嘛，他们这些从六科里出来的人，天天骂部堂，骂司衙，骂司礼监和二十四衙门。何必呢，这年头，朝廷上哪个人是容易的？他杨伦口舌造的孽，报不到他身上，可不得报到他家里？"

郑月嘉笑而不语，抬头看向邓瑛，他正抬手配合替他开解刑具的人。

镣铐和铁链被稀里哗啦地解了下来，堆在他脚边。

刑部的官员自觉刚才说得有点过，看这边的差事完了，便撑了把膝盖站起身："成了，郑公公，从今日起，这个人我们刑部就不过问了，彻底交给你们司礼监了。"

郑月嘉也站了起来："劳驾了。"

刑部官员看了一眼衣着单薄的邓瑛，忽然感慨："唉，今年年生是真的不好，年初杀人，年尾也杀人，眼见着邓党那一窝子的人就都死了。"

说完，摇摇头，带着人走了出去。

郑月嘉等那人走出去后，才背着手走向邓瑛。

邓瑛沉默地抬起头，目光没什么变化，只是人比上一次见的时候瘦了一大圈。

郑月嘉忍不住叹了口气，伸手轻轻地拍了拍邓瑛的肩膀。

"身子还好吗？"

"还好。"

"好便好。"

他说完，收回手，正了正声音。

"老祖宗的意思是让你进内书堂，虽然你是宦官，但仍然和杨伦那些人一样，做咱们内书堂讲学。得空的时候，给内书堂的那些子孙说说诗文，若能看到好一些的嫩苗子，在工、易两学上给一些提点。再有就是皇城三大殿的事，那里的修筑工程仍然以你为主，工部会指派一个司官协助你，当然，这得等你身子好了以后。"

"是。"

邓瑛应得平静。

郑月嘉见他没有多话的意思，也跟着沉默了，半晌过后忽然问道:"没有什么话要说了吗?李善做不了的主,我可以做。"

邓瑛抬起头,开口却说了一件让郑月嘉意外的事。

"请替邓瑛跟杨伦大人说一声,海子里有一个女子,也许是他家里的小妹。"

郑月嘉愣了愣:"你怎么知道?"

邓瑛摇头。

"邓瑛戴罪之身,不便细说。"

郑月嘉点了点头,也没再深问。

"她人现在在哪儿?"

"我暂不知,她身上有伤,也许之前坠过坡,这十几日一直在关押我的仓房外逗留。"

郑月嘉皱眉:"那恐怕不对。这半个月,海子外面一直在找她,整个京城闹得沸沸扬扬,她没有道理不知道,为何不找李善求助?"

这也是邓瑛心中的疑问。若不是在这里听到郑月嘉和刑部官员的交谈,他自己也很难相信,杨伦的妹妹,那个已经许嫁阁臣嫡子的女子,会在自己受刑的前夜说出这辈子为他而活的话。

郑月嘉见他不说话,又接着问道:"你怎么知道她就是杨伦的妹妹?"

邓瑛垂眼:"她身上有两块芙蓉玉坠子。"

杨氏一族崇玉,族人无论男女,皆爱佩玉。

邓瑛点到了这一点,郑月嘉怔了怔,接着叹了一口气:"可能还真被你看准了。"

说着,朝外面说了一句:"让李善过来找我。"

说完,郑月嘉又抱臂问邓瑛:"除了这件事呢,没有别的话了?"

"没有。"

他声音很淡,有刻意疏离郑月嘉的意思。郑月嘉领了他这份意,点头道:"行,那我走了。"

话冷了,意思也就淡了。

郑月嘉走后,庑房的门户被严实地锁死,里面留了个烧得不太暖的炭火炉子。火星子零零散散地跳到邓瑛的脚边,邓瑛蹲下身,靠着火炉慢慢地脱下自己的鞋袜,安静地坐了很久。

张胡子还没有来,也不知道是不是郑月嘉的安排,想要再多给他些时间。

如果是,那真的有些多此一举了。

炭火逐渐烧完了。

邓瑛终于站起来,转身半跪在木方榻上,用手抠掉一小片窗纸。

他没有别的目的,就想在此时看一眼外面的人或者物。

以前他没有倚靠过任何人,包括父兄和挚友,此时却莫名地想要肢体的接触,隔着囚衣也好。如果可以,那个与他相触的人,最好身上要比他温暖那么一点。

此时外面有人吗?

倒是有。

杨婉就捏着小册子坐在刑房后面的石头台阶上。

屋檐上在融雪,偶尔一两抔落下来,砸在她脚边。

要说受惊倒不至于,但看着也冷。她不自觉地抱紧双腿,把下巴放在膝盖上,沉默地抠着小册子的边角,眼皮很沉,却没有睡意。

昨晚她睡在邓瑛面前,睡得并不好。

大半夜的时候她醒了,睁开眼发现邓瑛抬头望着窗上的雪影,好像一直没睡。

夜里无光,但他眼睛里有一泓粼粼泛光的泉。哪怕他自己穿得很单薄,身子看起来冷得发僵,可那份在受刑前夜仍然能安坐于墙角的平静,却令杨婉觉得有些温暖。

入人世,虽重伤而不嫉。

邓瑛的这种人性,在21世纪能治愈很多人。

以前为了知道邓瑛受刑前后的事,杨婉几乎翻遍了国内几座图书馆,也没有找到靠谱的相关文献。但有很多乱七八糟的资料散落在晚明和清朝的文人私集中。

比如,清朝的一个不那么正经的文人,就在他自己的私集里杜撰过这么一段。

他说邓瑛受刑后把自己的"宝贝"藏在一只小陶罐里，一直带在身上。后来他做了东厂提督，在城里置办了大宅，就把陶罐埋在外宅正堂前的一棵榆树根下，命人每日给陶罐浇水。据说，这叫"种根儿"。种根儿的时候心虔诚，没准儿躲过内宫刷茬，那底下还能长出来。可惜后来邓瑛获罪受死，激愤的东林党青年把那陶罐挖了出来，砸开，掏出里面的腐物烧成了灰。

杨婉看到这里，就果断地弃掉了那个清朝文人所有的资料。

做历史研究，别说立场，最好连性格都不要有。

那人是有多扭曲才能编出邓瑛"种根儿"这种没脑子的事？

杨婉扒邓瑛扒到最后，是完全不能接受任何明史研究者出于任何目的对邓瑛进行人身羞辱的。而最能够对抗这些记述得乱七八糟的东西的，莫过于真正的一手资料。

有什么比身在当时、亲眼所见更真实的资料呢？

杨婉心里什么都明白，但怎么说呢？

文献里的那个人是死人，和活人之间没有界限。他没有隐私，已经熄灭了的人生就是拿给后人来窥探的，但是活在杨婉眼前的这个邓瑛不一样。

他不是烧不起来的炭火堆，不需要复燃。

杨婉觉得，至少在这个时空里，他除了是自己的研究对象之外，他还是个活生生的人。

他与自己是平等的。

算了。

她最终决定不要这个一手资料，不去听他喉咙里的那一声惨叫。

她站起来拍掉头发上的雪沫子，但仍然有点不甘心，回头又朝布满黑苔的墙壁看了一眼。

算了。

她又把这两个字默念了一遍。

等他好一点了再说吧，反正这一部分也不是很重要。

4

西坡这边，杨伦正站在拴马柱边，接过水壶仰头喝水。

李善急匆匆地从雪道上赶来，一面跑一面招呼杨伦道："杨大人，您来了海子里也不跟我这儿招呼一声。我这……"

他上了年纪，边跑边说，人又着急，话没说完就在半道上呛了满肺的风，跟跄地咳起来。

杨伦把水壶甩给家仆，朝李善迎上几步："李公公本不必特意过来，你们给陛下当差，我的事情不能烦你们管顾。"

他说话自慎，也得体。

李善得了尊重，心里也有了些底，一边缓气，一边打量眼前这个青年。

他与邓瑛同年考中进士，既是同门也是朋友，虽然一个入了六科，另一个在工部实干，仕途并不相似，但还是经常被京城里的人拿来作比较。

杨伦时年二十八岁，比邓瑛年长四岁，身量也比邓瑛要略高一些，眉深目俊，轮廓利落。他今日穿的是一身藏青色的袍衫便服，玄色绦带束腰，绦带下悬着一块青玉葵花佩，站在寒雪地里，仪容端正，身姿挺拔，把在坡上劳作的阉人们衬得越发佝肩偻背。

杨家一直自诩官场清流派，家风正派，族内崇玉，尚文。

但其实上面一辈的人几乎都是循吏①，没什么太大的建树，倒也都混得不差。杨老太爷已经年老致仕，在浙江一处山观里清修，过去曾官拜大学士，入过上一朝的内阁，也算得上是读书人里的翘楚。但年青的一代却不是很争气，除了杨伦以科举入仕之外，就剩下一个年方十四岁的少年，名唤杨菁的还在学里，其余的都是纨绔子弟，在京

---

① 循吏：遵规守纪，不折腾，按部就班的干部。

城里待不下去了，就纷纷南下，混在老家浙江做些丝绸棉布的生意。

不过，杨氏这一族向来出美人，不论男女，大多相貌出众。杨伦、杨菁如此，杨家的两个女儿，杨姁和杨婉更是京城世家争相求娶的对象。杨姁四年前入宫，生下皇子后封了宁妃。杨婉则许配给了北镇抚使张洛。原本二人是要在去年年底完婚，但年底出了邓颐的大案，北镇抚司的诏狱中塞满了人，张洛身在腥血烂肉堆里，半刻都抽不出身。

邓案了结后，他又领钦命去了南方，婚事只能暂时搁置。

尽管如此，张、杨两家的婚事仍旧是城中大事。但此时的光景，令人唏嘘。

自从杨婉在灵谷寺失踪以后，张家先是着急，托人四处去找，找了几天没找到，却像没订这门亲事一样，对杨婉闭口不提了。

半个月过去，连杨家人都有些泄气，只有杨伦不肯放弃。

杨伦平时要处理部里的公务，又要在灵谷寺周围四处搜寻，半月折腾下来，人比之前瘦了好多。

"杨大人还是保重身子啊！"

李善忍不住劝他，杨伦却没回应李善的话，直道："我今日只为找我小妹。昨日听一个海户说，半个月前，好像有几个人坠坡，所以我过来看看。等太阳落山就走，李掌印忙自己的事去吧。"

李善忙道："我来这儿就是专门来回大人这件事的。"

说完，他从袖子里掏出一块芙蓉玉坠："今儿底下人在仓房外头捡的，大人看看，是您家的物件不是？"

杨伦一眼认出了那块玉坠，正是去年他去洛阳带回来的玉料所造。

他忙接过往掌中一握，上前一步道："我妹妹人在哪里？"

李善抬手安抚他："杨大人少安毋躁，海子里已经在找了，但暂时还没有找到。我……"

李善说着，心下犹豫，拿捏了一阵言辞，又顶起心气儿才敢问道："冒昧问大人一句，大人与邓瑛是故交，那大人的妹妹认识……"

"吾妹自幼养在吾母身边，从未私见外男，怎么可能认识邓瑛！"

杨伦不知道为什么李善突然要把妹妹与邓瑛牵扯到一块，想起北镇抚司才封了那个为邓瑛鸣不平的桐嘉书院，人就敏感起来，径直拿话压李善："我自己也就罢了，我妹妹是女子，怎能被攀扯？李公公不可信口雌黄，你们海子里年初事多，已然很不太平，你此时若要再——"

"是，知道。"

李善躬身打断他，也不敢再提他在仓房里查问到杨婉几次三番去看邓瑛的事。

"大人，我们做奴婢的，看到这玉坠子也急啊，怕张洛大人回京，知道是我们瞎了眼没认出杨姑娘，让她在我们这儿遭了这些天的罪，要带着锦衣卫的那些爷爷来剥我们身上的皮。这会儿，下面人已经去找了，杨大人不妨再等一会儿，说不定今晚就寻到了。"

杨伦听完这一句话，这才明白他的本意。

但李善将才那话，再想起来又觉得恐怖。

"你……刚才为什么问到邓瑛？"

李善不敢看杨伦。

杨伦放平语调道："我刚才说话过急，李公公不要介意。"

李善叹了口气，仍盯着自己的脚尖儿："唉，也不知道是不是海子的这些弱鬼胡说，说这十几日，一直有个姑娘在偷偷照顾邓瑛。我场院里晒的药近来也被人搬挪了好些去关押那人的地方，我点看了后发现，少的都是些治皮外伤的药。"

他说着，抬起头，轻声接着道："杨大人，我知道，大人的妹妹是许了张家的，这些事关乎名声，说出去对姑娘不好，所以已经把该打的人打了。"

这一番说完，面前人却半天没有回应，李善忍不住抬头瞄了一眼，却见杨伦绷着脸，指关节捏得发白。

"大人……"

"我知道了，有劳李公公。"

那话声分明切齿，李善听着背脊发冷，忙连连道："不敢，不敢！"

李善继而拱手:"大人,我们本有罪。之前司礼监的郑公公来了,也过问起这件事,我们才晓得捅了娄子,不敢不担着,大人有任何需要,只管跟我说就是。"

杨伦勉强压下心里的怒气,朝李善背后看了一眼。

初雪后,大地白茫茫一大片,什么也看不清。

"邓瑛还在海子里吗?"

"还在。"

"什么时候用刑?"

他说这句话的时候,不自觉地握住了悬玉的璎珞。

李善也朝身后看了一眼:"张胡子已经去了,看时辰……应该就是这会儿。"

"嗯。"

他顿了顿,似乎在犹豫该怎么往下问,听起来才不至于牵扯过多。

"之后呢?"

"之后会在我们这儿养几日,然后经礼部引去司礼监。"

"行。"

他打住了眼下这个话题,翻身上马:"我现在跟你们一道进海子里去搜。"

此时刑房里是死一般的沉寂。

将才那阵难以忍受的剧痛已经开始平息,邓瑛仰面躺在榻上,张胡子站在他脚边,正在解捆缚着他的绳子,一边扯一边说:"老子干了这么多年刀匠,你是最晦气的一个。说好听了就是朝廷的活儿,说难听点就是一丁点刀头钱也没有。这也就算了,平日里我给那些人下'宝贝',他们都得给我压一张'生死不怪'的字据,可你不用写。所以这里我得说一句,三日之后,要你那下面不好,被黑白无常带去了地底下,可不能在阎王爷那儿拉扯我。"

邓瑛想张口,却咳了一声。

张胡子抽掉他脚腕上的绑绳:"别咳,忍着,越咳越疼。"

邓瑛像是听进了他的话，硬是摁着胸口，把咳嗽忍下了。

张胡子抹了把额头的汗，粗笑了几声："不过你这个年轻人，倒是真挺能忍的。以前那些人，比你高壮的不少，没哪个不龇牙喊叫的，你当时不出声，骇得我以为你死在我这儿了。"

他说完又伸手把他手腕上的绑绳也抽了，挎在肩上低头对他说："行了，接着忍吧，这三天生死一线间，熬过去就是跨了鬼门关，能另外做一个人。"

过了三天，就能另外做一个人……

但这三天着实太难熬。邓瑛只能忍着痛浑噩地睡。

睡醒以为过去了好久，可睁眼看时，外面的天却仍然亮着。

仍是同一日，只是逼近黄昏，万籁无声。

窗外面的雪倒是差不多停了，放晴了的西边天上，竟然影影绰绰地透出夕阳的轮廓。

邓瑛觉得自己身上除了伤口那一处如同火烧般的灼烫，其余地方，都僵冷得像冰块。

房里很闷，鼻腔里全是血腥味。

他想把窗户推开，但手臂没有力气，只能攀着窗沿，试图抵开窗户上的插销。

"这会儿还吹不得风。"

声音是从床头传来的，伴着稀里哗啦的撩水声，接着又是走动时衣料摩挲的声音。

邓瑛勉强仰起脖子看向床头。

床头的木几上点着一盏灯，有人正弯着腰在水盆里淘帕子。

"杨……婉？"

灯下的人一怔，忙抬起头。

邓瑛开口对她说话，这还是头一次。

"嗯，又是我。"

她撩开额前的乱发，自嘲地一笑。

"你是不是看见我就不自在？"

说着，她抹了一把脸上溅到的水，叠好拧干的帕子朝邓瑛走去。

"别过来。"

说话的时候，他身子突然绷得很紧，脖颈上青筋凸起，不知道是痛的还是热的，汗渗得满身都是。

如果说之前在仓房里他还能冷静地回避杨婉，那么现在他连回避的资格都没有。

"没那个意思。"她一边说，一边将帕子盖在他的额头上。

之后就猫下身背对着邓瑛坐下，拿铁锹翻挑炭火炉子："无意冒犯你。我这么坐着，没事不会转过来。"

邓瑛撑起身子朝自己的下身看了一眼。他的伤处横盖一块白棉布，除此之外，周身再也没有任何遮蔽。身体的残破和裸露带来的绝望，令他柔韧的精神壁垒破开了一个洞，大有倾覆的势头。有那么一瞬间，他脑子里居然闪过了"死"这个字。

然后就在这个时候，杨婉忽然又开了口。

"还冷不冷啊？外面堆了好多炭，要不我再去拿点进来？"

她的手伸在火堆前面，纤细好看。

杨婉的头发被火苗儿烘得又蓬又乱，松垮垮地堆在肩膀上，肩背裸露的皮肤白净无瑕。在此时看到女人的皮肤，邓瑛忽然觉得，自己刑前想要的肢体接触，现下想来竟然如此卑劣不堪。

"出去。"

他只能说这两个字，但他有他坚持的修养，即便在羞恨相加的情境之下，声音也不冷酷，甚至不算疏离，只是迫切地想把眼前这个女人和自己的狼狈剥离开而已。

杨婉并不意外，她抬起一只手撑着下巴，看着地上的影子笑着说道："别赶我走吧，我本来都决定了，不在这个时候来找你，但刚才我没忍住过来看了一眼，你……"

她想说邓瑛太惨了，但又觉得此时给他同情即是在侮辱他，便清嗓掩饰："我自己太冷了，见你这里有炭炉子，就进来烤烤。"

"……"

床板响了一声，邓瑛的手掌一下子没撑住，搭到了地上，碰到了杨婉的背。

杨婉只是往边上看了一眼，并没有回头，反手握着他的手腕，将他的手臂捞了上去："别一下一下地撑起来看，你现在不是刑部的囚犯，门没锁，他们只是不敢进来管你。"

邓瑛按住被她捏过的手腕，侧脸看向杨婉的背影。

"你怎么知道？"

他孱弱地问她。

杨婉笑笑："唉，贞宁十二年嘛，姓邓就是罪，沾了你就得见锦衣卫，连杨伦都知道避，谁还不知道躲？"

这就说得比很多人都要透了。

"那……你不怕吗？"

"我？"

她笑笑，伸手去揉了揉肩膀，过后继续翻脚边的炭火，偶尔吸吸鼻子，肩背也跟着一耸一耸的。仪态绝对算不上优雅，不过很自然，自然到让人几乎忘了她坐在一个宦官的刑房里。

"别想太多。"

她如是说，听起来好像没什么刻意的情绪，但邓瑛居然想再听一遍。

"你说什么？"

他刻意又问。

"我说，别想太多，虽然树倒猢狲散，墙倒众人推，但也不是人人都想趁着你不好的时候踩上一脚。因为是你，我下不了手。"

5

她知道邓瑛无法完全听明白，说完便自笑了笑。虽然为照顾背后人的情绪，忍着没笑出声，但整个人倒是因此而松弛了下来。她丢掉铁锹，轻轻地晃动着一双腿，伸手继续烤火，随口问邓瑛："帕子还凉吗？"

身后人又不出声了。

杨婉很无奈,刚要站起来去换帕子,他忽然又开口了。

"还凉。"

"行。"

邓瑛开口,她也就没坚持,抱着腿重新缩回去坐着:"那你睡一会儿,我再烤会儿火就出去了。"

房间不大,木炭的火焰把墙壁照得暖黄暖黄的,两个人挨着不说话,一个在刻意保持身体上的距离,另一个在努力保持心理上的距离。但因彼此都没有什么恶意,所以气氛并不尴尬,杨婉甚至起兴轻轻地哼了一段周杰伦的《珊瑚海》。

邓瑛想试着挪动腿,钻心的疼痛却令他瞬间脱力。他没忍住,倒吸了一口凉气。

"怎么了?"

"没事,姑娘不要回头。"

杨婉"哦"了一声,伸手又把铁锹捡了起来,随意地去翻炭火,顺着他的意思一道帮他掩饰他突如其来的狼狈。

"杨姑娘。"

"你说。"

"出去了不要跟任何人讲,你见过我现在这个样子。"

"你是这样想我的?"

杨婉的语气似乎有些不开心。邓瑛忙侧头道:"不是。"

"那是什么?"

邓瑛解释不了这么直接的问题。

他自己已然这样了,再也没有什么名誉要顾,但眼前的人是杨伦的妹妹,不论她出于什么原因来关照他,他都不能因为自己而令她蒙受羞辱。

但他不敢直说,所以又再次陷入了沉默。

杨婉把腿挪向一边,稍稍侧向邓瑛,眼睛却还是望着炭火炉子里不断明灭的火星子:"你总是不说实话,我也不好受。"

说完，她低着头不再吭声，也不像刚才那样哼歌了。

邓瑛很久很久都听不到她的声音，不禁忍着疼侧过肩去看她。

杨婉坐在那儿捧着脸一动不动，脸颊被火烤得通红。

邓瑛以为她生气了，一时有些后悔。

"邓瑛……无意对姑娘无礼。"

他试着解释。

"知道。"

她简单地回应了两个字，情绪倒是很明显，但邓瑛还是应付不了。

他张了张口，欲言又止。

过去他把太多的时间花在了皇城的修筑工程上，耽搁了娶妻生子。到现在为止，他也不太了解女人话里话外的意思。于是一面不想看到杨婉难受，一面又不知道怎么跟她说。

他才受完辱刑，几乎是一丝不挂地躺着，动也动不了，更拿不出任何东西去哄哄她，犹豫了很久，最后试着把心里的真意说了出来。

"对不起，我不跟姑娘说话，是觉得我如今这个样子，羞于与姑娘同在一室。"

杨婉一怔。

这句话背后是呼之欲出的自伤欲。

"不要这样去想。"

她不假思索地回应他。

"你才不需要羞于面对任何人，应该是朝廷羞于面对你。一人之罪诛杀满门，本就不是仁义之举，也不公正。"

邓瑛摇了摇头。

"父子同罪，不能说是不公正，我只是想不通……"

他顿了顿，杨婉听到了他牙齿相磨的声音。

"我只是没想通，我为什么要在这里，受这样的刑罚？"

这话比之前任何一句话都要坦诚。

面对一个研究对象的自我剖白，杨婉却觉得自己竟然有点听不下去。

"难道你宁可死吗？"

"不是,如果宁可死,那我一开始就真的绝食了。我只是觉得,朝廷对我太……"

他最终没允许自己说出不道的话。

杨婉在邓瑛的温和与从容之中,忽然感觉到一阵窒息。

她望着自己铺在地上的影子:"你知道,朝廷这样对你,是为了利用你吗?"

"知道。"

杨婉忽然眼红,她赶忙仰起头,清了清有些发痒的嗓子:"所以你是怎么想的?"

"皇城内宫倾注了我老师一生的心血,还有几代匠人四十几年的春秋。我有幸参与这个工程,也想善始善终地完成它——"

"我就说《明史》有误,"杨婉忽然打断他,"都在乱写什么。"

"姑娘说什么?"

"哦,没什么。"

杨婉逼自己平复:"我就是觉得,你应该看开一点,你为人再好,又怎么样呢?他们还不是一样,该乱说的乱说,该乱写的乱写。"

邓瑛没有应杨婉这句话,反而问她:"姑娘不生气了吧?"

"啊?"

杨婉一愣,原来他实实在在地说了这么多话,是以为自己生气了。

"本来我也没生气。"

"邓瑛能问姑娘一个问题吗?"

"你问,你问什么,我都说实话。"

"姑娘为什么要留在这里?"

"我烤火……"

"姑娘说过会说实话。"

实话就是,他是耗尽她十年青春,比男朋友还重要的存在。

当然,她现在不能说得这么直接,但犹豫了一阵之后,还是决定回答得坦诚一点。故事里那些套路意思都不大,毕竟她不期待,也不可能和邓瑛发生什么。

"我也不知道怎么跟你说,你就当我是为你活着吧……"

她说完,仰起头望着房梁上凝结的水珠:"你想不想睡一会儿?如果不想睡,我就跟你唠唠。"

"我不想。"

他的这个回答,让杨婉由衷开怀。

她清了清嗓子:"行吧,那你听好了。我呢……以前就是为你活着的,我父母经常说,我到年纪该嫁人了,不应该天天只想着你的事,你这个人根本不可能知道我是谁,也不可能真正陪我一辈子。他们给我介绍了一个男人,不论人品、长相都不错,但我不愿意。"

她说到这里,钩住耳边的头发,轻轻地绾到耳后。

"去年我生日那天晚上,我还在读你十七八岁时写的文章《癸丑岁末寄子兮书》。你自己还记得吧?就是你写给杨伦的那封信。对了,那封信到底是你多大的时候写的?"

"贞宁四年写的,十六岁。"

"嗯,那篇文章我读了不下百遍,里面你写过一句'以文心发愿,终生不渝,寄予子兮共勉',我特别喜欢。每读一遍,我都确信我最初对你的想法没有错。如果让我放弃你,那我觉得,我之前的十年,也就没有任何意义了。所以管别人怎么说呢,反正我不在乎。"

对着自己的研究对象讲述自己的学术初心,这大概是任何一个历史系博士都享受不到的待遇。杨婉越说越认真,沉浸在自己的讲述欲中。

然而邓瑛理解到的却是完全不同的含义,那是一种他此时此刻根本承受不起的爱意。

但他同时又在这一席话中感受到了一股残酷的暖意,如淬了火的刀切开肌肤,挑起皮肉,他觉得很疼。但除此之外,身边没有任何一样东西有同样的温度。

"所以……你不愿意嫁给张洛?"

"张洛?"

这个名字杨婉倒是很熟悉:"北镇抚司使张洛吗?我……"

她话还没说完，一道刺眼的光突然穿过邓瑛抠出的纸洞透了进来，杨婉忙抬起手臂遮挡。

李善的声音在外面响起："杨大人，就此处还没有找过了。"

杨伦站在雪地里，看着眼前的刑室，突然从心底生出一股恶寒。

他曾经最好的朋友就在里面，如果不是因为杨婉也在里面，他站在这里一定不会是现在这样的面目。

他没有答应李善，抬头朝门内大喊了一声："杨婉！"

杨婉被这一声喊得"噌"地站了起来。她的名字只告诉了邓瑛，外面这个人怎么会知道的？

"杨婉，听好了，你自己给我走出来，如果我带你出来，一定打断你的腿！"

这下杨婉彻底凌乱了，知道她名字就知道吧，但好好的怎么就要打断她的腿？

她不自觉地看向邓瑛："你……你……你知道外面的人是谁吗？"

邓瑛听出了杨伦的声音，虽然不解杨婉为什么听不出，但还是应道："你兄长，杨伦。"

"等一下，杨伦？我兄长？"

杨婉抬头朝窗户看去，迅速地在心里检索了一遍这段历史的人物关系。

杨伦是靖和年间的内阁辅臣，贞宁十二年时，尚在户部任职。底下有一个一母同胞的妹妹，史料上没有记载她的名字，只知道杨伦把她许配给了北镇抚司使张洛，但还未成婚就失足落水淹死了。

所以杨伦的胞妹叫杨婉，那么她现在的这副身子……不至于吧？

杨婉按住后脑勺，一时不知道该笑还是该哭。

"杨婉，我再说一次，自己出来！"

杨伦的声音烧起了怒火。

杨婉向门口挪了几步，本想偷偷看一眼那人，结果刚把门拉开一条缝隙，就直接被杨伦拽了出去。

杨伦实在是气极了，不知道她身上有伤，硬是将她拽着拖了好几步。杨婉的脖子疼得她浑身发抖,想要挣脱又不敢乱动,就这么被杨伦几乎是拖得扑在了雪地里。

李善见这个场景,赶忙把周围的人遣散了,亲自上来劝:"杨大人,还是快让小姐到里面去看看,伤到哪儿了没。"

杨伦看着扑在地上爬不起来的杨婉,她的发髻早就散了,衣衫褴褛,身上看起来到处都是擦伤。

他想去把她扶起来,但又不得不忍着。

"你知道里面的人是谁吗?!啊?"

杨婉勉强坐起来,把冻红的手往自己怀里捂,其间快速地扫了杨伦一眼。

这个人身材挺拔,凌厉的下颌线条一看平时就不苟言笑,但的确如史料记载中一样丰神俊逸。

"说话!"

杨婉被惊得浑身一哆嗦。

好吧,好看是好看,就是脾气真的太差。

"我知道是知道……"

"既然知道,为什么要自取其辱?!"

虽然杨婉很清楚,贞宁十二年的邓瑛是一个禁忌,但那也仅仅是文献里的一个表述,隔世的人只能体会到政治性的绝望,很难感受到人性中的恐惧。

但杨伦口中这一句"自取其辱",却令杨婉错愕。

杨伦可是邓瑛曾经最好的朋友,杨婉看了看刑室的大门,此时风雪声还算大,折磨得那扇杨婉出来的时候来不及关上的门砰砰地响,"自取其辱"这四个字也不知道里面的人听到了没有。

杨伦气她此时还敢出神,怒声喝道:"桐嘉书院因为他被抓了多少人,你知道吗?就连父亲的老师周丛山,八十多岁高龄了也被关在诏狱里受折磨。等张洛从南方回来,这些人就算不上断头台,仕途生涯也全部断送了,你知道为什么吗?就是因为他们当中有人替他邓瑛写了一篇赋来求情!你再看看你自己,赔上你身为杨家女儿的清誉,置我们满门的身家性命于不顾,我之前还不相信,你会做出这样的事,如今我真后悔来找你,就该让你死在……"

杨伦怒极失言,反应过来的时候,最恶毒的字已出口,脑子里嗡地一响,追悔莫及却也不知道如何挽回。

6

杨伦试图找些话来解释。

却见杨婉冲着他无奈地笑了笑。

"不救就不救吧,"她没忍住吐了个槽,"干吗咒你妹妹死?"说完之后甚至还有点想告诉他,他妹应该是真的死了。

李善趁着杨伦被顶得没说话,赶紧上来,搀着杨婉的胳膊,将她从地上扶起来,弯腰亲自替她拍雪尘:"哎哟,我这儿……我这儿得去给三姑娘拿件斗篷来,看三姑娘的手冻的,要是宁妃娘娘知道,三姑娘在我们这儿受了这么大的委屈,我们可真是升不了天啦。"

杨伦看杨婉一直摁着脖子,这才注意到她全身都是乱七八糟的擦伤。

"怎么弄的?"

他说着就抓起杨婉的手臂。

杨婉回想起自己刚刚醒来的时候,好像是躺在一片干草堆里。头顶是一座不算太高的土坡,坡上的作物有被碾压过的痕迹。她想,这个叫杨婉的姑娘应该是失足从坡顶摔下来的。

"从坡上摔下来伤的。"

她照实说,用力把手抽了回来,扯了扯手腕上的袖子,盖住手臂上的皮肤:"对不起啊,摔到了脖子,要是再摔得狠点,可能就死了。"

杨伦被踩到了痛点,神情一愣:"你怎么说话的!"

杨婉没吭声。

眼前这个人是杨婉的哥哥,但不是她的哥哥。

她的亲哥可是 21 世纪的 IT 大佬,虽然没事就知道拼命给她介绍秃头对象,但毕竟一起相爱相杀了快三十年,她在他哥面前想说什么都可以。

杨伦在史料里只有大段大段的履历和政绩文字，对杨婉来说，完全没有人情温度。

杨婉此时尚不知道应该怎么面对他，毕竟人家兄妹之间，原本应该也有他们自己的情分，没道理因为她莫名其妙地来到这里，就私自做主，给人全挑断了。

于是她也只能像之前的邓瑛一样，暂时沉默。

杨婉拢紧身上的衣衫，悄悄摁着将才被他抓痛的地方，冷不防呛到了雪气儿，一下子咳得耸起了肩背。

杨伦本来就觉得，将才因为自己气过头，把话也说过了，现在又听说她从山上摔下来，还伤到了脖子，心里开始暗悔。

他以前是杨婉的保护神。

家里的姊妹虽然不少，但他最疼的一直都是杨婉。

这个妹妹的性情一直很好，小的时候从来不闹腾，安安静静地跟着他玩，白日送他去家塾里上学，有的时候还拿着母亲做的糕饼在家塾外面等他。杨婉长大以后也很听杨伦的话，杨老太爷最初要把她许配给张洛的时候，她不是很愿意，但杨伦跟她说了一回，她就听了。

这一次她在灵谷寺失踪了半个月，连杨伦的母亲都觉得不中用了，只有杨伦抱着活要见人、死要见尸的心在灵谷寺外面到处找。然而如今见到了，她却好像……变了一个人。

杨伦心里不免疑惑，然而，现今这光景，她活着就已经是万幸了。

杨伦迫使自己放缓语气："过来，把斗篷拿去。"

杨婉抬起头看了他一眼，站着没动。

杨伦没办法，只好自己脱下斗篷给她裹上。

"跟我回去。"

"等一下。"

她居然还敢反抗！杨伦额头青筋暴起，强忍下怒火，压住声音："母亲在家为你把眼睛都要哭坏了，你还要做什么？"

杨婉转过身朝刑室看去："我想跟他说一句话。"

杨伦拧着她的胳膊就往后拖:"不准去!"

杨婉跟跟跄跄地跟在他身后,拼命地想从中挣脱。

"就说一句,说了我就跟你走。"

杨伦几乎要将她的手腕捏断了。

"不准!"

"他不是你最好的朋友吗?"

杨伦脚下一顿,人也顿时哑了。

和其他落井下石的人不一样,从邓颐满门被斩首至今,杨伦一直没敢认真地去想邓瑛当下的处境,一方面是为了避嫌,另一方面是个人惭愧。邓瑛无罪,所受的刑责过于残忍,这些他心里是明白的,但能做的只有给李善塞一锭连原因都不敢说的银子。

情谊要靠阉人去猜,杨伦觉得自己也没比那些个落井下石的人好到哪里去。

如今,在与邓瑛一门相隔的雪地里,冷不丁被杨婉这样问,杨伦不禁羞愤难耐,愣是一句话都说不出来。

杨婉看着他逐渐放软的眼神,也放低了声音。

"我不进去,就隔着窗户跟他说,行吧?"

杨伦没言语。

杨婉当他是默认了,趁着他发愣,用力挣脱了他的手,裹着斗篷转身朝刑室跑去。

刑室的门已经被李善给关上了,杨婉只能靠近墙边,踮起脚扒着邓瑛榻边的窗台。

"邓瑛!"

她朝窗内喊了一声。

邓瑛抬起头,窗纸上只有一道淡淡的影子。

"将才杨伦……那个我哥在外面说的话,你听到了吗?"

他其实大多听到了,但还是对杨婉说了一句:"没有。"

杨婉把脚踮得更高些:"别的也不知道跟你说什么,不过你记着我说的啊,是朝廷羞于面对你,你没有对不起任何人。"

邓瑛尽量仰起脖子，朝她应了一声。

"好。"

杨婉弯腰搬来两块石头垫在脚下，踩着趴到窗台上。

"你的手能抬起来吗？"

邓瑛看了看自己的手臂，有些发麻，之前被捆绑的痕迹也还在。

他试着捏握，一阵酥麻之感流通整只手臂，不过知觉也跟着回来了。

他顺从杨婉的话，攀着窗沿慢慢地把手伸到了窗边。

一根秀气的手指从被他抠出的那个纸洞里伸了进来，轻轻钩住了他的食指。邓瑛愣了愣，随即下意识地想要把手收回去，杨婉却适时地使了力，钩住了它。

"邓瑛，我要走了，但我会来找你，我还有一些问题想问你，拉个钩，下次见到我，你别又变哑巴了。"

看吧，人在遭受大难时的愿望，冥冥之中大都会被满足。

他在刑前想要的，那个比他的身体温暖一点的人来了。

隔着一道漏风的窗户，杨婉触碰了他。

在他想不通境遇，甚至险些厌弃自己之前。

这一边，杨婉被杨伦带回了杨府。

深夜，京城大雪。

车马道上积起来的雪有半截马腿那么深，杨府门前扫雪的家奴们看到杨伦带着杨婉骑马回来，惊喜地扔了扫帚，跑着回去禀告。长街上的风把那欣喜的声音一下子吹出去好远，在安静的京城雪夜里阵阵回响。

杨伦下马，转身伸手，要抱杨婉下马。

"我自己能下来。"

杨伦自是不应答，把杨婉的手臂往自己脖子上一搭，一把将她抱了下来，接着对门口的家人道："让银儿出来扶小姐。你们拿我的帖子去正觉寺把刘太医请来。"

话刚说完，东侧门开了一半，女人们柔软的衣缎翻涌如云，她们提着风灯匆匆忙忙地走过来。陈氏得了报,在一众女眷的搀扶下冒雪走了出来,见到杨婉便一把搂入怀里:"我的女儿啊,怎么弄成了这个样子?你让母亲把心都操碎了。"

杨婉仰着脖子,一动不动地任由陈氏搂着自己。

突然成为那么多人的情感对象,她实在有些措手不及。

杨伦的妻子萧雯忙上前扶住陈氏:"母亲,咱们不在这儿说话,先进去给三妹妹好生梳洗梳洗,换一身衣裳,您再慢慢问她。"

陈氏这才心疼地松开杨婉,上上下下地看:"是了是了,看这冻的,快跟母亲进去。银儿,滚滚地端一盏茶去我那儿,今儿晚上小姐跟着我,你们都过来服侍。"

萧雯等陈氏一行人带着杨婉进去以后,才向杨伦行了个礼。

"一路可安好?"

杨伦原本绷着脸,没什么心情说话,听见萧雯温和的声音,勉强摆手笑笑:"先不提了,进去吧。"

萧雯跟在杨伦身后往里走,轻道:"今儿晚了,原想明日跟你说,但这事在我心里还是没搁下来。"

杨伦一边走一边"嗯"了一声,示意她往下说。

"今日你不在府上,张家来了人,说的那些话我现在想着都放不下。"

杨伦转身搀扶萧雯跨门槛,见她面上有一丝愠色一晃而散,不禁道:"是对你不尊重还是什么?"

萧雯笑笑,说道:"对我也就罢了。我跟了你这么多年,还有什么话能伤着我?何况那些话大都是冲着婉儿去的。"

杨伦停下脚步,正声问道:"张家让谁来的?"

"还能是谁?长媳姜氏。"

"具体说了哪些?"

萧雯叹了口气:"我也不想鹦鹉学舌般地学那些给你听,你只管知道,他们是听到了些外面不好的话,说婉儿即便寻回来,恐也受了惊吓,要些时日好好调养,他们张家娶媳是大事,是不急于这一时的。"

杨伦跨进明间,暖气儿冲顶上来,马上就热红了脸。

他脱下袍衫丢在圈椅上,叫人端茶。

"这是你们女人间打的什么哑谜?"

萧雯弯腰收拾起杨伦的衣物挂到里间的木槵上,走出来说道:"也不算哑了,我听那意思,是觉得我们婉儿做不得张洛的正室,但又不好直说,才这么白眉赤眼地过来,说了那番虚伪的话。"

杨伦听完,愤然拍案:"这些混账!"

萧雯看着案上震荡的茶水,掏出自己的帕子拢干净,又托起杨伦的手替他擦拭。

"你气归气,动静也得压着点,母亲那里我还没回呢。"

"有什么不能回的?"

杨伦把手从萧雯的帕子里抽了出来,不耐烦道:"行了,别弄了。"

萧雯知道他不痛快,也没在意他语气不好,收了帕子站起身:"我是糊涂的人,想着,还是得等你回来商量着拿主意。我知道你在部里忙,年初事情又多。但张家那样的气焰起来,姜氏以长媳的身份过来与我说话,也不过是个翻火的钳子,这件事啊,内外都不是我们这些妇道人家调停得了的。"

这话说得有深浅。

杨伦仰起头沉默地想了一会儿。

"张洛还在浙江,这事未必有他的意思,等他从南方回来,我在朝外见他。你和母亲也先不要着急,这种事也不是我一家这样。"

说完,他扶住她的手腕:"坐吧。"

萧雯依言在他身边坐下:"你有主意我就放心了。对了,还没问呢,婉儿怎么弄成了那样?"

杨伦抬起手在膝盖上狠狠地拍了两下,气又不顺起来。

只是失踪了十几日,张家就已开始质疑杨婉的贞洁,若是她和邓瑛在海子里的事情传出去,他也不知道该怎么去见张洛了。

"伤是从坡上坠下来摔的。"

"什么,婉儿坠了坡吗?"

萧雯吸了一口气:"难怪我看她到处都是伤,谢天谢地,人还没什么大事,可是她怎么不回来呀?"

杨伦摆手:"今日我不说话,是不想伤母亲的心,如若不然,我非要打她一顿。"

"你又不管不顾了。"

"什么不管不顾?"

杨伦的声音陡然提高:"这一回,不管张家发不发难,她都犯了大错,母亲护她就算了,你和我绝不能纵容她。"

萧雯见他果真气得不轻,放轻了声音:"你要作何?"

杨伦看着自己手边的那碗茶,突然提声:"我哪儿知道?!"

第二章

仰见春台

7

十几日后,邓瑛已经能够下地行走。

司礼监派的人在正月三十这一日,把他带到了内府承运库旁的直房①。这个地方挨着内城的护城河,是司礼监少监、掌司、随堂太监们的居所,至于司礼监掌印太监何怡贤和几位秉笔,则住在养心殿的殿门北面。那处地方的直房连排而建,紧靠着隆道阁,再往西走就是膳房,因为直房连通炊火,已经被邓瑛拟定拆除,用以安置"吉祥缸"②。

对此,何怡贤没说什么,但底下几个司礼监的秉笔大太监却以"夜间御前有事,恐应答不及"为由,没少与工部周旋。如今这项工程倒是因为邓瑛获罪而暂时搁置了,不过这都是小事,令司礼监不安的是,连同这项工程一起搁置的,还有日渐棘手的三大殿的修筑工程。

尤其是三大殿之中的太和殿。

七年前,张展春刚刚修建好,太和殿便被惊雷引火,一烧烧成了废墟,朝廷不堪经费消耗,硬生生让它废了五年。今年是皇帝五十寿诞,皇帝决定要于万寿节当日,在太和殿受百官朝拜,因此命工部加紧重建。邓瑛去年年初接手主持重建,一直在工法上设法避免失火后的延烧,在他养伤期间,徐齐和一众工匠根本不敢在原来的图纸上下手。

徐齐是新任的督建官,是工部从地方提拔上来的人。

一开始工部就跟他说过,虽然让他领工部的差事建三大殿,但

---

① 直房:宦官居所。
② 吉祥缸:防火设置,用于存储应对火灾的应急用水。

一切都要以邓瑛为主,徐齐为此很不痛快。他原本就是得罪了邓颐一党,才被排挤到地方去的,现在因平反返回京城,却又要在邓瑛的手底下做事。若邓瑛与他同朝也就算了,可现在邓瑛做了奴人,这就令他怎么想,怎么心不平。

郑月嘉领着徐齐在护城河边走,看他一直不作声,随口问了一句:"今儿经筵后赐宴也没见徐大人多吃几口。"

徐齐忙道:"不敢。"

郑月嘉拂开道旁已见春芽儿的垂枝:"其实也不必现下就去见邓瑛。"

徐齐摇头:"郑公公这不是挖苦吗?上下的意思,都是要我在旁协助,眼见工期紧迫,我不去见他,难道还等他来见我不成?"

郑月嘉笑笑:"也就这一项罢了,不论如何,也逾越不过他的身份去。他既入了司礼监,就是内廷的奴婢,徐大人这样想,他就有罪了。"

这话明着贬低,私下的意思却是维护。

徐齐不屑:"罪怕不止这一样吧?"

郑月嘉停下脚步,握着手转过身:"愿闻其详。"

徐齐看向一边,冷声道:"公公也不必问,横竖是我失言,原本在朝就不该过问那些事。"

他这样说,郑月嘉却听明白了他的所指。

这个月底,张洛要从浙江返京。

与此同时,杨婉在海子里私会邓瑛的事也传得满城风雨。但这件事情毕竟是传言,张家不敢上告。若私下退婚,又是对保媒的宁妃不敬。张家的老夫人早已病重,越发不好起来,京里好事的人都在四下传说,老夫人的病是因为孙辈的事气的。

张洛的父亲,内阁首辅张琮也因此告了三日的病。

但外面越热闹,杨家的大门就闭得越紧。

杨伦把杨婉关在祠堂里,只准她的丫鬟银儿守着,连陈氏都不让见。

杨婉在祠堂里跪得膝盖都要碎了,她想起来走动一下,奈何银儿戳在她身后,像尊门神。

"银儿……"

"小姐别想了,银儿今日只敢听大人和夫人的。"

杨婉揿住太阳穴:"你们听大人的,就是要把我关死在这里是吧?"

"银儿不敢这样想。"

杨婉指了指自己的膝盖:"可以让我起来坐会儿吗?"

"不成,小姐您还是跪着吧。夫人说了,今天我们大人从部里回来就要问您呢,您得好好想想您的错处,不然大人真动起家法来,夫人也拦不住啊!"

杨婉忍不住翻了个白眼:"那你们能跟老夫人说一声吗?"

"老夫人今儿喝了药,已经歇下了。小姐,算银儿求求您,您安分一点吧,这一回……唉,真是很难迈的关。"

杨婉看着银儿那少年老成的模样,脱口道:"你才多大年纪啊,就说这样的话。"

银儿急道:"这与年纪有什么关系?小姐,您回来就跟变了一个人一样,您以前特别体贴夫人和老夫人,家里的人有了病痛,小姐您也心疼得不行,照顾周到。我们私底下都说,在府里,无论做什么事,小姐都是最为人着想的那一个。可是这次回来,银儿也觉得不大认识您了。"

"我……"

杨婉没想到自己在现代被人天天数落,到了几百年前的大明朝,居然还是被数落。有些讽刺,但又颇有机锋。她想着,不自觉地点头,认命地跪坐下来。

银儿的话还没说完,见她不吭声,声音还更大了些。

"您知不知道,若是张家老夫人过不了这一劫,我们家里的大人要在外头遭多大的风?再有,您就算不替家里大人想,您也要替您自己想啊,您是打小就许了张家的,若这一回张家真的退了这门亲事,您以后要怎么办呢?"

"就不能一个人过吗?"

杨婉只是在口中囫囵地转了这么一句,谁知银儿竟听清楚了,一下子急了。

"您说什么呢？！这话要让老夫人听着，不得又为小姐哭吗？"

杨婉哭笑不得地冲她摆手认屃。

她自己却忽然有些恍惚，这些话虽然出自贞宁十二年一个黄毛丫头的嘴，妥妥的封建思想，但细细一想，除了用词有些古趣，和她现代的朋友们撑她的那些话，竟没什么本质上的区别。明亡清继几百年，既而大清也没了，春秋代序，女人们至今仍然有这一份"恐惧"。

即便如此，这个丫头说的话还是有道理的。

陈氏把她当成了自己的女儿，维护她的那颗心是真的。杨伦虽然强硬固执，但也是个护短的人。就连杨伦的妻子萧雯也一样，站在杨家的立场上，对自己说的话、做的事也都是真心的。杨婉觉得自己也确实不应该因为这个乌龙，把这杨家一府的人都坑了。

她一边想一边低头揉了揉膝盖，索性起身，然后盘腿坐下来。

"小姐，您这……"

"找点吃的来给我吃吧。"

"您还敢吃东西！"

杨婉抬起头："不吃东西我怎么想办法？"

银儿蹲下身："都这样了，夫人他们都想不出法子，您能想出什么法子啊？"

杨婉不再说话，一下一下地捏着自己的手腕，静下心来试着梳理自己的处境。

张洛掌管锦衣卫的刑狱，这个人在历史上的风评是两个极端：有一部分研究他的学者认为，他是一个刚正不阿的直臣，有效地遏制了后来靖和年间东厂的宦祸，说白了，也就是邓瑛的死对头；还有一部人则认为，他为人过于阴狠，导致靖和年间刑狱泛滥。杨婉在研究邓瑛的时候，也翻过不少张洛的史料，她的看法便偏向后者。

所以银儿的说法没错，如果这一次杨家没有处置好，杨伦那个改革派之后在官场要面临的阻力绝对不止来自那些循吏。

有什么法子既能让自己从杨家三姑娘过去的社会关系里抽离出

去，又不至于让张、杨两家就此结下大仇呢？

她试着把思路拉开。

张家如今唯一顾忌的只有内廷。

邓瑛所在的司礼监，此时倒不失为一处庇所。

可是在大明朝，女人有没有可能在哪里找到张家不敢碰，且日后也不需要受婚姻束缚，还能谋求活路的地方呢？

她忽然想到了杨姁。

杨婉的姐姐，宁妃。

万能视角的好处在于，她的确能适时地跳脱出纷繁复杂的人际关系，直接抓住这个时代各种社会机制的核心。

"银儿，你去看看哥哥从部里回来了没有。"

银儿不肯动，连声道："不敢不敢。"

杨婉正想自己站起来，谁知祠堂的门突然被从外面打开，杨伦官袍未褪，满身风雪地跨了进来。

"谁让你起来的？跪下！"

他声音不大，隐火却在肺里涌动。

萧雯从后面匆匆跟进来，拉住杨伦说道："我让她跪了一日了，这会儿就算了吧。"

杨伦双眼发红，根本没听见萧雯说什么。

"跪下。"

"行，我跪。"

杨婉挣扎着挪回去重新跪下："张家老夫人——"

"你还有脸问！"

"好，我没脸问。"

"……"

杨婉脑袋一缩。

这几天下来她倒是逐渐找到了与杨伦说话的节奏。

萧雯趁着杨伦突然吃瘪的空当，蹲下身把杨婉护在身后："你答应了我今日不管外面怎么样，你回来都不动怒，好好和婉儿说的。"

杨伦切齿:"张洛人就在正厅,你让我如何好好与她说?!"

"啥?"

张洛亲自来了,这倒让杨婉很意外,一下子没收住声音。

萧雯回头看了杨婉一眼,声音也有些怯:"他怎么来了?"

杨伦深叹了一口气,走到一旁,压着性子说道:"张家的老夫人,今日一早过身了。"

萧雯一怔。

"什么……"

杨伦看着杨婉:"丧讯在辰时就入朝了。现在连我都不知道该怎么做才能保下你。"

萧雯忙又把杨婉往身后拽了拽道:"那张家老夫人,从四月起就缠绵病榻了,年前怕是病得连人都不认识了,这一遭去了,也是生死有命,哪里怪得了婉儿?"

"那我能如何?!"杨伦反问萧雯,"我是在朝廷做官的,议婚论礼,若是依着一个'礼'字,哪里有这些事情?现而今,我也卷在这里面动弹不得,连部里的事都乏闲来想。且这又不是钱粮军国的大事,却让我杨、张两家成仇至此,我并不是怕仕途有损,我是怕,这位北镇抚司使,私恨公泄,若得机会拿住了我,之后你,母亲,还有这不知死活的丫头,就要被践成泥了。"

8

"我去见他。"

"……"

杨伦以为自己听错了,瞠目问道:"你说什么?"

杨婉抬起头:"我说既然不知道如何保我,那就将我交代出去。"

要不是自己的妻子在前面护着,杨伦真怕自己忍不住,当场就要给她一巴掌。

他捏着手在祠堂内烦躁地来回走了一趟,最后停在杨婉面前,指着她的额头,气急败坏地呵斥道:"我护了你十八年,你现在让我把你交代出去?!你且当自己是这京城里的一方人物,可以独劈出来做杨府的主?还是你当我死了,要你抛头露脸,去亲自挑梁?!"

萧雯听出了他话里话外都是护短,忙拉劝道:"说来说去,你就是疼这丫头。说什么'死''活'?听着这样吓人。要我说,是得细想想,如何躲得了这风头才是正事。"

杨伦被她半拽半央地劝退了一步,负手走到门影里,沉默了半晌,勉强平了意,甩手道:"我去见张洛。"

萧雯问道:"上回你见他他不肯见,这回他亲自过来,会不会有事啊?"

杨伦笑道:"当然有事,他不是一人来的,外面还有锦衣卫的人。"

"他带了锦衣卫的人……他……要做什么?"

"这不奇怪,问讯官员,本就是北镇抚司的职责。"

萧雯声音有些发颤:"那你还去?"

杨伦看了一眼杨婉,愤道:"之前那都是气话,我不去难道真让她去吗?只要我还没死,家里的人就不能不明不白地受辱。这个人是给陛下办密差的,他暗地里的想法,不大轻易露出底来。但这次他既然来了,我就看看他袍子下面藏的是什么刀。"

萧雯只觉得背上生出一股寒意。

"不若……你先避开这一回,我再去张家与姜氏讲一讲——"

杨伦打断她道:"你就不必露面了,那边见到你,能有什么好听的话?你好好守着母亲吧。"

他说完,又转向杨婉:"还有你,你就给我好好在这儿跪着,哪儿也别想去。"

杨婉硬是没领他这份"情"。

"我跪着也是烦扰祖宗,外面的声音并不会消停。"

这话又放肆又大胆,萧雯生怕杨伦的气又被杨婉顶出来,忙对杨婉道:"婉儿,你就安心听你哥哥的话,他会护好你的。"

杨婉撇开萧雯,将手摁在膝盖上,撑起上半身,抬起头看着杨伦的眼睛:"哥哥心里应该明白,这件事情其实不是杨、张两家要闹出来的,而是外面那些唯恐天下不乱的人翻出来的。我们两家,彼此都是笑话,要想有好一点的体面,就只有逼另一方服软。我们服软退婚,就是我自认婚前失贞于人;张家服软迎娶我,就是他们家自取其辱。不管怎么样,横竖外面都很热闹,都有一箩筐的歹话说,所以这个风头,根本就不是用来躲的。"

她看似是在说她自己的事,但看事的眼光却不是从自身切入的,甚至没有仅仅囿于杨家之内。

杨伦错愕。

萧雯更是觉得不可思议。

杨婉趁这个机会起来坐下,膝盖一下子血流通畅,酸爽得她差点哭出来。她低下头,也不顾杨伦在场,挽起自己的裤腿:"这便是折磨自家人来平你自己的气。我知道哥哥气我不懂事,若是哥哥果真能气顺,我受着倒也没什么,可哥哥在我面前发了火,不也还是要在外面为难吗,那我这样又有什么意思呢?"

她说着就要伸手去揉。

萧雯看着那乌青的膝盖头儿,也跟着心疼,忙掰住她的手:"婉儿别揉。"

杨婉抽开手:"嫂嫂也别管我,这就要靠自虐来解麻木,不然我一会儿怎么站得起来。"

她说完,吸了一口气,闭上眼睛,狠狠地朝自己的膝盖上按了一把,果然血通麻解,神清气爽,却看得萧雯连牙都咬了起来。

"嗳……我的天,那个银儿,拉我一把。"

"这……"

银儿下意识地朝杨伦看去。

杨伦无解于她话声中那份从来没有见识过的冷静和勇气,不禁问道:"你什么时候想到这些的?"

杨婉看银儿胆怯,也不指望她,自己挣扎着站起来,拍了拍膝盖,站直身,忍着痛一瘸一拐地走到杨伦面前。她身量比杨伦要低得多，但也不妨碍她硬是要盯住杨伦的眼睛才肯开口。

"这几日不一直关在这里想吗？我还想了脱身的法子，也想好了我自己的退路，要救得了我自己，也要让张洛没脸与我们杨家过不去。"

杨伦听了这句话，忽笑起来，抬起手臂指着杨婉的额头说："你轻狂什么？你现在还有什么退路？若是张洛退了这门亲，那我就得养你一辈子，你竟然还想着救你自己，我——"

"你又没有办法，就不肯听我说完吗？"

"你……行。"

杨伦气得憋闷，随手拖了一张垫子，盘腿坐下："我就听你说完。"

杨婉看着他坐定，缓和了下语气："好，既然哥哥愿意听我说，我便先问哥嫂一事，你们信我还是处子之身吗？"

杨伦听到"处子"两个字，立即梗起了脖子，萧雯竟也不好开口。

"你们答就是了。"

她抱着手臂，虽是在谈论自己的身体，声音却干凛凛的。

这种女性对自己身体的意识差别是隔了时代的，杨伦和萧雯无论如何也理解不了。

杨伦忍无可忍，只能训斥她："谁让你这样胡言乱语的？这是你该说出口的话吗？即便我和嫂嫂信你，外面的人怎么想？你还说自己想明白了，我看你连你这回在吃什么亏都不知道！"

"外头人怎么想那都是虚的，传言之所以是传言，是因为他们说得再真，也拿不到实底子。邓瑛没有受刑之前，的确是三司定罪的谋反之人，但受刑之后就不一样了，他如今是司礼监的人。这个主意是司礼监掌印太监何怡贤给三司衙门出的，陛下也点过头，所以不论出于什么目的，何怡贤都不愿意宫外面的脏水泼到内廷去。况且，如今太和殿重建工程工期紧迫，工部的那些人，也不想让这种事情去分邓瑛的心。"

杨伦反问："这又如何？"

"哥哥还想不清楚吗？"

杨婉偏头："因为邓瑛，张洛也不敢向我发难。"

她说着，声音忽然压重："逼我承认我失贞，也就是置邓瑛于死地，张洛是锦衣卫的人，太和殿建不成，皇帝不舒坦对他没有好处。我敢去见他，我赌他也不会对我怎么样。不管他如今怎么稳得住，如何对待兄长，内心无非是希望我们主动退婚，以免牵扯我们家在宫里的娘娘，让他的大主子为难。"

杨婉这话的声音虽然不大，意思却犀利。

杨伦听到此处，喉咙壁都在发凉，他不自觉地吞咽，那阵冰凉感竟然一下泄入腹中。

他诧异地盯着杨婉的眼睛，渐渐有了审视她的意思。

"你怎么会知道司礼监和朝廷的事？"

杨婉应道："敢情我就是家中的死物吗？你们平时说话，我也是能听一些去的。"

杨伦看着她，没有立即回应。

他沉默了半晌之后，忽然摇头："不对，即便我偶尔会在你和你嫂嫂面前多说几句，但我从未说到过这个程度。"

"那便是我没在家里白活。"杨婉接下他的话，"我的话还没有说完。哥哥，让我见张洛，这门亲事我自己退掉。"

杨伦"噌"地站了起来。

"不行，你想都不要想！"

萧雯心疼道："是啊，别去，那是阎罗鬼煞，你见不得的。"

杨婉望着杨伦："我不想你去挡，这事原本与你无关。"

"你再说这样狼心狗肺的话！"

杨婉张口哑然，有些后悔。

也是，自己刚才的话，对于杨伦来说好像有点过了。

祠堂里因此一时变得很安静，烟火烘出的风又暖又细，熏得杨婉的脸发烫，也熏得杨伦的眼睛发红。

萧雯见他二人僵持，出声缓和道："若是退亲能了结这事，那也罢了。可以后呢，我们婉儿以后怎么办？好好一个姑娘，不就毁了吗？"

杨婉顺着她的声音，将目光从杨伦身上移开，轻握住萧雯的手："嫂嫂放心，虽我百口莫辩，但贞洁这东西，有就是有，没有就是没有。即便我不能自证，但这世上还是有地方，能让我去申冤的。"

杨伦看了萧雯一眼。

虽然是自己的亲妹子，但他毕竟是一个男人，不好在这个话题上说得过多。

萧雯会出杨伦的意思。

"这话可不能随意说啊，什么地方，能申这种无望的冤？"

"有，内廷尚仪局。"

"尚仪局……"

杨婉点头，习惯性地拿出了写论文时的句式，直接点到了时间性节点，和节点上对应的史实。

"贞宁十年起，尚仪局甄选女使，皆需是完璧之身。参与甄选，即能自证清白。"

她说完，顺势梳理完了后面的路。

"我去见张洛，这件事就牵扯不到哥哥的德行。张洛便不能用问讯京官那一套来为难哥哥。而且，我也要张洛的态度，他越羞辱我越好，我并不害怕外面那些不好听的话。在我入尚仪局之后，张家这次退婚之举，自然就成了他们强行玷污了我的名声的恶行，哥哥届时，可以卖给张家一个人情。至于母亲和嫂嫂，也不用为了我，再听那些污耳的东西。"

萧雯怔怔地听完杨婉这一番话，不禁结舌，喃喃道："你这样说，我听着竟是借了风头啊，可……"

她说着，声音软了，眼眶也有些发红："把姑娘的名节这样赤裸裸地拿出来去搏，也……也太委屈了。"

杨婉倒不觉得这有什么。

杨伦却隐隐约约感觉到，自己面前的这个妹妹身上，有一层他越来越看不清楚的隔膜。她虽然就坐在自己跟前，但她已经不像从前那样，遇到事情，只会温温软软地牵着他的袖子，问他这件事该如何，那件事要怎么办。

她句句都在说得失，样样都在算因果，从邓瑛，到张洛，最后甚至到她自己，一盘死棋全部走活，这完全就不是从前那个小姑娘能够想到的。

最令人背脊发寒的是，她在说这些话的时候一点都没有女人对自己遭遇的自怜，她甚至不惜利用自己的名节，情愿把身子拿出去让千万人谈论，也完全不难过。

"你在海子里到底出了什么事？"

这句话是脱口而出的，声音不大，杨婉并没有听见，她还帮他拿捏好了为官立家的态度。

"哥，把我交代出去吧。也没有道理，我犯了大错在家里躲着让你去扛。你是在部里做官的人，我这儿都是家长里短的小事，这两日，还让你们当大事一样反复思量，大可不必。"

9

杨府的正厅里放着一尊白玉雕成的玉牡丹。

张洛身着丧服，独自站在玉牡丹面前，一言不发，一身利落，像个嶙峋的玉雕影。

他给杨伦留了余地，并没有带着锦衣卫大张旗鼓地进来。但即便如此，正厅内的丫鬟也不敢当他是杨府的客人，躲在柱子后面推诿了半天，最终也没有一个人上前来过问茶水。

也难怪，自从他升任北镇抚司使，这几年死在他手里的人实在太多了。

京城里的官员但凡提到张洛，大多不肯多言语，能回避则回避。好在他素来不喜欢与人交往，虽然做事不留情面，但也不给人留门路走，这倒让很多人省去了攀附他的心。

久而久之，地方上的官员给他取了一个江湖诨号，叫他"幽都官"。一旦在自己的地界遇上他，就得做好披枷戴锁下诏狱、赤身裸体过鬼门关的准备。

不过，据说张洛对自己的母亲却是颇为孝顺。

张洛的母亲去世时，和杨家订下了张洛和杨婉的亲事。

虽然这几年张家在京城平步青云，张琮入阁，张洛掌管了半个锦衣卫，有很多世家都很想与张府结亲，小门第的人家，甚至不惜把自己的女儿送来与他做妾，但张洛听都不听这些事。

要说他对杨婉是什么态度，可能连他自己都没想过。

杨家出了一位内廷的娘娘，温柔识礼，在后宫的声誉很好。杨婉也是自幼被陈氏教养在深闺，从来不在外人面前抛头露面，张洛至此还没有见过这个传说中的人儿。

不过他在宫中见过宁妃杨姁，那是一位有着含情目的风情佳人。

听说杨婉和杨姁长得很像，那也就应该是个美人。

"张大人。"

张洛抬起头，说话的女子正穿过洞门朝正厅走来。

穿堂风流入二人袖中，他身上的麻衣厚重，全然吹不动，而那女子身上的绫罗却翻飞若蝴蝶。

也不知是不是刻意吩咐，侍立的家人都站得很远。

她过来的时候，竟也是一个人。

"杨婉见过张大人。"

她低头向张洛行了一个礼，腰上一双芙蓉玉坠子随着她的动作叮当叩响，耳边玉珠轻摇。

张洛偏头扫了她一眼，单从容貌和身姿上看，倒的确是与宫里的宁妃相似。

"杨婉？"

他抱臂挑眉。

"嗯。"

杨婉直起身，忽又发觉自己仪态没端稳，正犹豫要不要再行一个女礼，谁料想张洛冷笑一声，解下腰间的佩刀，反转刀身，刀柄即抵在了杨婉的下巴上，只轻轻一挑，杨婉就被迫仰起了头。

张洛低头打量了杨婉一阵,手指忽然往边上一带,杨婉的脸竟跟着猛地一撇。

她脖子上本来就有旧伤,这一下痛得她差点叫出来。

张洛垂下手,冷冷地看着她:"我不为难你,让杨伦见我。"

杨婉忍着疼站直身:"大人来这里是为了我与大人的婚事,即便大人有什么训斥,也算不得为难我。"

"你说什么?"

他冷声问了这么一句。

张洛身上的素麻上,散发出浓重的灵堂佛香的气味,和他周身的寒气格格不入。

"再说一次,让杨伦见我。"

杨婉转过身:"你既来见兄长,为何要带锦衣卫的人?"

"北镇抚司问讯朝廷官员,自然有北镇抚司的规矩。"

杨婉回头:"你要问什么?"

张洛眸光暗闪:"我要问的是朝廷官员,你是府中女眷,当回避。"

"是要问他纵我私通邓瑛之事吗?"

张洛一怔:"住口。"

杨婉笑笑:"就这么听不得那两个字?你审他,不如审我。"

"放肆。"

张洛压低声音:"你见我毫无惭愧之态,是认为你没有犯错吗?"

杨婉摇了摇头:"即便我犯了过错,大人也不该泄愤在我兄长身上。"

"妻不做,你要做囚?"

他说完,一把扼住了杨婉的喉咙,手臂往前一推,便将杨婉抵到玉屏上。然而令他没有想到的是,就在杨婉的头碰到玉屏的瞬间,他的胸口却被一只什么东西奋力抵住了。他低头一看,是杨婉握紧的拳头。

"你靠我太近,我不舒服。"

她说着,咳了一声,拼命地在他与她之间抵出了一拳间隔。

"没必要这样恐吓我,我就不配入诏狱,你也不敢杀我。"

她说话的时候，被迫仰着脖子，声音虽然受到了压迫，眼底却没有流露一丝的恐惧。

"松手，你也知道，你是在吓唬我而已。"

张洛看着杨婉的眼睛，却描述不出她的神情。

她不像是多么刚烈的女人，不会用烈性和自己搏命。她有她的狠性，也有一种令他不解的分寸感。

就像那只拳头一样，不多不少地拒他于三尺之外。

他没有再继续说话，慢慢地松开了杨婉的脖子。

杨婉忙扶住背后的玉屏，勉强站稳了身子，继而刻意地咳嗽了几声，借此平复被张洛扼乱的气息。

"对不起。"

她缓和过来之后，放平声音，道了一声歉。

她一面说一面整理额前凌乱的头发："我知道我这样对你很不公平，我也知道，因为我一个人，你和张家都蒙受了很多没必要的羞耻。所以……"

说话间她理平了头发，抚裙屈膝，在张洛面前跪下："我向张大人认错赔礼，求大人放过我兄长。"

张洛看了一眼自己胸口那处被她抵压的地方，又看向杨婉。

她被藕色的丝罗轻飘飘地包裹着，将才抵抗他的手，此时按在冰冷的地上，纤细白皙，看起来甚至有些可怜。

"请大人原谅。"

她说着俯下身，头上的一根银簪子应声落地，滑滚至张洛靴旁。

张洛用脚踯着将才那支银簪子，金属与地面尖锐的摩擦声令杨婉不自觉地咬紧了牙齿。

就在她酸牙之际，他忽然将银簪踢开，撩袍蹲下，一把扼住杨婉的下巴，再次逼她抬头。

"你既是这样刚烈的一个女人，为什么要做苟且之事？你若对我无意，大可直言，我并非无耻之徒，要强娶你为妻！"

杨婉觉得自己的嘴都被他捏得快变形了，说话也有些困难，但她还是尽量稳住声音,看着他道:"大人这样说,就是定了我和邓瑛的苟且罪了?"

张洛被她眼底的神情戳得很不舒服,但她就是不肯把目光避开。

"大人,如果我们杨家不愿意退婚,坚持要嫁入你们张家,你会如何?"

她再次问他。

张洛手指猛一使力,捏得眼前的人几乎红了眼。

"我容不下羞辱我的人活在我身边。"

杨婉听完,忍着疼,笑笑又道:"如果不嫁进张家,又要如何做才能消去你心头之恨?"

张洛没说话,手上的力道却越来越大,杨婉吃痛,不自觉地痛叫了一声。

"你还是……要让我自裁,是吧?"

她说完,眼中虽然有泪,眼底藏的却是对他的"可怜"。

"你不觉得好笑吗?你是北镇抚司使,掌管诏狱,京城内外的官员见了你就害怕,你这样一个人物的名誉,需要我一个女子的性命来维护?你在朝的功绩、在外的名声,难道都是虚的吗?"

"放肆!"

"我并没有与邓瑛做出任何苟且之事。"

她迎上张洛的目光:"我兄长也没有过错。有错的是那些拿我的贞洁之名,看似讨好你、为你抱不平,实则只不过是为了看你我两家热闹的人。张大人,你的确是这京城里的一方人物,但你毕竟没娶过亲,他们知道你在这件事情上,做不到像在诏狱中那样杀伐果断,所以故意低看你、取笑你。"

"你给我住口!"

他被挑起了情绪,她也顺势收敛了气焰,但没有停下话声。

"杨婉明白,这样与大人说话,的确是放肆了。但为了传言,就带走我兄长讯问,或逼我自尽,这些并不是大人这样的人该做的。"

张洛听完,掐着杨婉的那只手指节作响。

"这些话，是杨伦教你说的吗？"

杨婉无法摇头，索性问道："你为什么会这样想？你难道听不出来，这是我没有办法才说出来的话吗？"

张洛就着她的下巴，一把将她从地上提了起来，又随手掷向一边。

杨婉的腰一下子撞到黄花梨木方案的角上，这种痛实在太难忍，她一时没忍住，捂着腰蹲了下去。

张洛斜睥杨婉。

"贱人。"

虽然隔了几百年的文明进程，但恶毒的话总有共性。

杨婉听懂了那种恨不得扒衣破身的凌辱之意。

"你说什么？"

她问了一句，但张洛没有回应她，只冷声道："我今日不带杨伦走，并不是表示我能容忍你与司礼监的那个罪奴活着。我在朝廷内外行走，眼里不揉沙，只要你们身在京城，你们的性命随时都在我朝大律之下，与罪奴私通，你们迟早会受死。"

说完，他摁下刀柄，转身跨出了正厅。

下阶时与端茶的家仆撞肩而过，家仆失手摔了呈盘，茶杯破碎，茶汤洒了一地。

杨婉坐在地上，努力地想要把"贱人"这两个字从脑子里逼出去。

奈何它却越来越响。

银儿过来扶她，搀她到一张圈椅上坐下。

"小姐，您伤着哪儿了，脸怎么这么白？"

杨婉一直没有说话，这可吓到了银儿，忙晃她的肩膀。

"小姐您别吓我。"

杨婉被她摇晃得猛咳了几声，忽然脱口道："那个垃圾人刚才骂我贱人！"

银儿一怔，只当她被吓糊涂了，忙去捂她的嘴。

"嘘——您怎么还说呢？"

杨婉气得上头，将才话说得多，这会儿喉咙又痒，竟越咳越厉害。

银儿见她又在揉脖子,忙道:"要告诉夫人请刘太医再来瞧瞧吗?将才看见张大人掐小姐的脖子,可真是把银儿吓死了。"

杨婉摆摆手:"算了,没事,他没用大力。我这是渴了,想去……想去倒杯水喝。"

她说着,伸手就去拿水壶给自己倒水。

银儿见她缓过神来,这才松了一口气,起身挽起了袖子。

"小姐您别动,银儿服侍您。"说完,就去拿水壶。

杨婉悻悻地把手收回来,看着银儿忙活。

这个时代的官家女儿,倒的确是养尊处优,十指不沾阳春水,但也真的身薄如纸,被这么一掐,还真难受起来。

她叹了一口气,走到茶案后坐下,抬头朝院中望去。

张洛已经走得没影了,但躲在柱子后面的家婢们却还是不敢出来。

杨婉不禁又叹了一口气。

和张洛一番交锋之前,她虽有七八分理论性上的把握,但此时回想起来还是有些后怕。

即便能把控住贞宁十二年的大局,即便对张洛的性情有所理解,即便她尝试在人心上博弈,占着一丝优势,但张洛带给她的男女身份上的压迫是非常恐怖的。

尤其是张洛盯着她,骂她"贱人"的时候。如果在现代社会,她应该张牙舞爪地就上去了,就算打不过,还有警察来收尾,但在此处面对张洛,她却只能气,不能作声。

杨婉边想边揉了揉自己的脸,勉强散掉了心里的火,抬手绾起耳边细碎的头发。

为什么我是灵魂进入别人的身体,不是本体直接进入这个世界呢?如今这个样子,想要在大明朝做一个独立的女性研究者,真的太难了!

她在心里叨叨了一句,又想起了邓瑛,忽觉得不对。

若是使用原来的身份,自己在大明朝连个户籍都没有,别说跟着邓瑛,就是在京城里的生存都是问题。这么一想,她又赶紧摇头。

"明日跟你嫂嫂进宫。"

就在她胡思乱想之际,杨伦的声音忽然从头顶传来。

杨婉忙整理裙衫再起身。

杨伦看着她狼狈的样子,又看向她脖子上和下颌上的指痕,轻声问她:"没事吧?"

"没事。"

杨婉按着后脑勺,也不太敢看他。

杨伦弯腰,轻轻撩开她的头发。

"真没什么……"

"别动,我看一下。"

杨婉抿了抿唇,倒真没动。

"婉儿。"

杨婉一愣,这声好难得。

回想下来,这还是杨伦带她回来以后,第一次叫她婉儿。

"啊?"

"今日是救我,我倒真的没想到,这十八年,你在哥哥身边的样子,竟是装的吗?"

杨婉觉得杨伦这句话说得有些落寞,她抿着唇低下头,没有去接话。

杨伦的妹妹已经死了,杨家单方面对她好,是出于骨肉亲情,但同样的骨肉亲情,她又不可能还回去,这……挺残忍的。

"怎么不说话?"

"嗯……没有,就是在想,我现在这样,难道让哥哥不舒服了吗?"

杨伦咳了一声,轻轻放下她的头发。

"不是,骂了你这么多天是真的气你。但一想你能活着,还是觉得,老天对哥哥开恩了。"

10

杨婉听他这么说,抿唇犹豫了一阵,终于还是开了口。

"我……多嘴问一句,他……"

"他还好。"

杨伦直接接住她的问题,拍了拍衣袖,转身出门,叫人请太医。

这一年说来也怪。

初春一直都是干风天,但是到二月,雨水却突然之间多了起来。

这种天气并不适合血肉伤的将养。

邓瑛也不想过多地走动,几乎是整日整日地待在太和殿工地上。

太和殿的重建工程备料就备了四年,原制的工程图是张展春主持绘制的,由于主体是木质结构,一旦遇雷火,延烧的势头几乎不可逆。邓瑛在复建太和殿之前,曾与众工匠一道,对图纸进行了多次修改,而今放在毡棚①里的图档,已经堆了半人来高。

连日大雨,图档受损,需要用大木料的工程也都没有办法完成。

工匠们得闲,大多坐在毡棚里一边躲雨,一边闲聊。

桌椅脚跟都在发霉,但也把老木的香气逼了出来。

有人沏了滚茶,用小炉子吊着,众人都来热热地喝上一口,身上的潮气好像也没那么重了。

邓瑛端着茶碗,站在人堆里与工匠们说话。

这些匠人大都来自张展春的香山帮②,与邓瑛熟识十几年的大有人在。他们都是靠手艺吃饭的人,与内廷和朝廷的牵连不算多,没有那

---

① 毡棚:用毡子搭起来的临时工棚。
② 香山帮:苏州香山位于太湖之滨,自古出建筑工匠,这些工匠擅长复杂精细的中国传统建筑技术,人称"香山帮匠人",史书曾有"江南木工巧匠皆出于香山"的记载。

么多顾忌,也就更敢说。但他们没什么大局观念,想对邓瑛表达些什么,好话又说不出来,反怕多说多错,因此在邓瑛面前变得小心翼翼。

邓瑛知道,这些人远比他自己更在意他内心的平复。

但他也明白,"平复"这件事,对他自己和这些人来说都很漫长。

于是,除了工程上的事,他偶尔也会和他们谈及自己在内廷的日常生活,来缓和彼此之间的关系。

"我前两日还在想,宋师傅送的茶,要放过今年惊蛰才拿出来喝。结果今日大家都被雨绊在这儿,就索性拿出来了。"

送茶给他的匠人听了这话很欣喜,忙道:"您喜欢就太好了,今年地里又出了新的,就是年初家里女人生病,没赶得上去摘。我前几日赶回去叫了村上的人帮忙,终于收了一半下来,赶明儿家里的女人身上好点,叫她再给大人送些来。"

他唤邓瑛"大人",刚说完就被旁人扯住了胳膊。

一堆眼风汹然扫来,扫得他顿时面红耳赤,张着口愣住了。

自悔失言,不敢再看邓瑛。

邓瑛笑了笑,在旁接过他的话:"我还怕你们进来做工,就不稀罕家里的田地。"

那人见邓瑛不怪罪,自己更后悔,也不敢大声说,低头悻悻接道:"是,再少也是祖业,不敢不守着……"

气氛有些阴沉,棚门也被风吹得咿咿呀呀作响。

外面的雨气很大,木香与土腥都带着春寒。邓瑛的身子一直养得不是很好,尤其是脚腕,早晚畏寒惧冷,站久了便不舒服。

但他还是习惯在这些匠人当中站着。

这也是张展春几十年的坚持。

他曾对邓瑛说:"营建宫城和在外带兵是一样的,没有那么复杂的人心算计,大家的目的是一致的,只要你能让他们安心,他们就能一门心思扑在自己的事情上。大厦之稳,莫不出于人心之定。但要做到这件事,光精进自身是没有益处的,你得有'终身为士,不灭文心'的毅力。有了这样的毅力,才能记住你该有的担当。如此,你带领着他们建造的殿宇城池，才不会是一堆楠木白骨。"

张展春说这话的时候，邓瑛还很年轻。

他不免要问："那要如何才能守住'文心'呢？"

张展春对他说："不管身在何处，都不能忘了，你是十年书斋苦读出身。尽管你不喜欢仕途上的人和事，走了和杨伦这些人不一样的路，但你得记着，你真正的老师，始终是大学士白焕。你和杨伦一样，活在世上，要对得起自己的功名和身份。"

邓瑛成年后才慢慢明白，这一席话中的深意。

累世的师徒传承，同门交游，不断地辩论，阐释他们"修身治国平天下"的欲望，这些欲望撑起了读书人大半的脊梁骨，他们是王朝的中流砥柱，也是大部分社稷民生事业的奠基人。

杨婉早年也在对明朝的初期研究里，对所谓的大明"文心"进行过一般性的阐释。

有了辩证法的介入以后，她不得不去看其中迂腐的一面，但是在她后来对邓瑛的研究当中，她认为"文心"这个概念，一直都是邓瑛行事作风的支撑点，甚至是他最后惨烈结局的根本原因。

他就是不喜欢站在宦官集团的立场上想问题，就是要做与自己身份不合的事情。

但怎么说呢？

杨婉抽风的时候，偶尔也会因此产生很天马行空的想法。

"太监皮，文士骨"，这和"妓女身，观音心"一样禁忌又带感，稍微发挥一下，就可以写它几万字的晋江小文学。

她爱这种有裂痕性的东西，比起单一地罗列史料，这些缝隙能让人类精神的微风在其中自由穿流，更能彰显大文科当中的"人文性"。

可惜这一点，她还没来得及跟邓瑛交流。

邓瑛是用他本身的性格，在内化那个时代里如深流静水般的东西。

因此他的进退分寸和杨婉是完全不一样的。

正如张洛不喜欢杨婉，是觉得杨婉的分寸感，凌驾于当时所有的妇人之上，这让他极度不安。

而在邓瑛身旁的人，却从来不会感觉到，他的品性当中有任何刻意性的修炼。

"我在狱中数月，很想念这一口茶，若还能得新茶，那便更好，只是不知道，会不会劳烦到你家中人。"

邓瑛主动提及之前发生在自己身上的事。

说话的匠人听完之后，立即明白过来，这番话是想让他放宽心。

他心里头本来就有愧，忙站起来拱手道："这怎么能是劳烦呢？我这秃噜嘴，啥该说的都说不出来，也可以不要了，直接拿泥巴给封了算了。以后，只管留着手跟着您做工，给您送东西罢了。"

众人听完都笑开了。

邓瑛也笑着摇头。

那茶烟很暖，熏得他鼻子有些痒。他抬起另一只手，用手背轻轻按了按鼻梁。

他今日没在内学堂当值，穿的是青色的常服，袖口半挽，挂在手臂处，露着即将好全的两三处旧伤。

"您身上还没好全吗？"

气氛融洽后，人们也敢开口了。

邓瑛看了看自己的手臂，点头道："好得差不多了。"

说完，他侧过身，拢紧身后的遮雨帘子，转身续道："我……其实也没想太多，虽不在工部了，但现下与大家一道做的事，还和从前是一样的，你们若是肯，从此以后可以唤我的名字。"

"那哪里敢啊？"

其余的人也随之附和。

将才那个说话的人转身对众人说道："我看还像之前在宫外的时候一样，唤'先生'吧。"

邓瑛笑着应下，没有推辞。

棚外是时响起了一声雷，众人都站起来拥到了棚门前。

天上蓝雷暗闪，云层越压越低，那雨看起来根本没有停下来的意思。

邓瑛抬头，望着雨中才盖了不到一半的琉璃瓦，负手不语。

"先生。"

"嗯。"

"今年这雨水多得不太寻常啊！"

邓瑛点了点头："是。年初那会儿没有雪，开春雨多，也很难避免。我将才过来前，看楠料①被雨水濡废了一大半。"

"是啊。"

工匠们面露愁色："得跟衙门那头提了。南面的斗拱已经造好了，琉璃厂备的料我们现在都没看见，这雨再这样下下去，主梁的榫，又得再修一次了。"

正说着，徐齐从工部衙门议事回来，一身雨气，神色不好，模样有些狼狈。

匠人们纷纷让到一边行礼。

徐齐看了他们一眼，给自己倒了一杯茶，摆手说："你们歇你们的。"

邓瑛放下茶盏，走到徐齐面前行了一个礼。

"正在议琉璃厂的事，大人——"

徐齐打住他："你也不用催促，横竖这两日能见得到款项。"

他说完，喝了一口茶，觉得粗得厉害，心里气本来就不顺，索性搁下茶杯，借茶发泄："茶这样，人也是这样，都是惹得满口酸臭还吐不出来。"

邓瑛站在一旁没出声，徐齐则越说越气，不禁开了骂口。

"被砍头的吃朝廷，砍别人头的也吃朝廷。邓瑛！"

邓瑛还在想琉璃厂的事，一时没来得及应答。

"你还不惯被称名？"

徐齐不快，难免揶揄。

---

① 楠料：用于修建太和殿的楠木料。

"不是。"

他说着又拱手："大人请说！"

徐齐放下茶盏问道："你之前在工部的时候，是怎么跟内阁处的？"

邓瑛平声应道："开年内阁与六部的结算和预算，其实我们不用参与过多。"

徐齐抬眼："何意？"

邓瑛走到他面前回话道："父亲伏法以后，山东的田产至今还在清算，司礼监和其余五部都在等最终的账目。这两年盐务和海贸都算不得好，所以不论今年如何统算拨派，都得等山东巡抚的呈报进京。待那个时候，我们提报三大殿重建的实需，才能探到户部的底和内廷真实的意思，现在说得过多，并没有太大的意义。"

这番话有些长，他说完，忍不住低头咳嗽了一两声。

徐齐没有想到他会亲口提清算邓颐田产的事，有些诧异，开口问道："你们邓家在山东的霸举，你之前就真的一点都不知道？"

"是，"邓瑛平和地回应，"十年未访。"

十年未访。

到底算为骨肉冷落，还是算作自洁不污？

徐齐一时竟有点想给眼前这个人下个具体一点的判定。

"你——"

他刚开了个话口，太和门的内侍就发动了下钥的催声。

徐齐只得作罢，与工匠们快速总完工需料单，起身走了。

邓瑛见雨没有停的意思，便让匠人们各自休息。

他自己独自撑伞穿过太和门广场，回直房去。

那日是二月初五，正是内阁与六科的给事中会揖①的日子。南三所的直房内灯烛还暖着，今日会揖不光是清谈，还说到了几个京官品行的问题。内阁次辅张琮不悦六科参奏他的学生，两边一杠起来，竟

---

① 会揖：明朝内阁与六科之间的会议。

杠过了时辰。

邓瑛走到南三所门前的时候，内阁首辅白焕也刚刚从会揖的直房里走出来。

雨下得太大了，邓瑛没有提灯，白焕一时倒没太识出邓瑛的样貌。

邓瑛进士及第那一年，白焕是科举主考。

那一年中进士的人当中，虽然有他白家的后辈，白焕最喜欢的却是邓瑛和杨伦这两个年轻人。杨伦是他一手提拔的，邓瑛却在做庶吉士①的第二年，被张展春看中了。张展春后来跟他私下提过很多次，即便邓瑛不在仕途，但还是不想让邓瑛断了和白焕的师生缘分。他不是一辈子耗在土石上的人，等三大殿完工，还是要把邓瑛还回来的。

没想到，人还没还回来，张展春就生了大病。

接着猖獗多年的邓党在张琮的谋划，以及他的推波助澜之下，终于彻底倒台。

迟暮之年，得见天光。

而他最喜欢的学生，也就这么，再也找不回来了。

11

邓瑛没有想到，这个时辰内阁还没有出太和门。

看见前面的白焕放慢脚步，邓瑛自己的步子也跟着慢了下来。

天光黯淡的阴雨黄昏，二人都撑着伞，本就有肢体隔阂，内心又有千重障，实不该就这么相见。

"老师！"

这一声是在伞下说的，雨水噼里啪啦地打在伞上，白焕并没有听得太清晰。

但他眼见着邓瑛放下伞，理袍在雨中跪下，向他行礼。

---

① 庶吉士：亦称庶常。其名称源自《书经·立政》篇中"庶常吉士"之意，是中国明、清两朝时翰林院内的短期职位。

青衣席地，见少年身形，和当年在翰林院拜礼时一模一样。

白焕没有出声，却也就此站住，不再往前走。

白焕的儿子白玉阳见父亲没有过来，便辞了六科的几个给事中，撑伞返回，到跟前看了一眼伏身在地的邓瑛，又看向在伞下沉默的父亲，小心催促道："父亲，没必要跟这奴婢一般见识。"

谁知白焕却赫然冲他喝道："胡言！"

白玉阳被呵斥得一愣，忙低头道："是，儿子放肆，只是还请父亲快一些。今日会揖，宫门已经晚闭了半个时辰，这会儿太和门的内侍已经催第三回了。"

"让他再等！"

"这……"

"等！"

白焕提高了声音，白玉阳不敢再劝，只得又往太和门去了。

雨水顺着邓瑛的领口不断往他的中衣里灌，白焕不对他说话，他也不能说话。

他毕竟不是张展春。

张展春对邓瑛言传身教很多年，彼此熟悉到既是师徒也是忘年交。

白焕和张展春不一样，他是个治学严谨、从不偏私的老翰林，在政治上又是实干派。在邓瑛心里，他们之间的师生关系一直有些紧张。

"以后不要再唤我'老师'！"

这句话在大雨天听来，寒凉无情。

邓瑛跪在地上，肩头一颤。

"为何？"

他没忍住，脱口问了出来。

白焕声音不稳："我不准你辱没了我从前最好的学生。"

他说完这句话，竟有些站不稳，蹒跚地向前踩了几步，邓瑛忙站起身去搀扶住他，却被白焕颤巍巍地推开了，不肯让邓瑛近身。

"你已经是伺候内廷的人，我当不起。"

说完，白焕高声唤回白玉阳，扶着白玉阳的手，头也不回地朝太和门走去。

邓瑛垂手站在雨里,清晰地看到白焕在推开他的时候红了眼。

白焕从前对很多人都说过,邓瑛就是他最好的学生。

所以这一句"我不准你辱没了我从前最好的学生"不仅伤到了邓瑛的心,也真实地伤了白焕的心。

非白焕所愿吧,但他此时,必须和这个从前的学生划清界限了。

至于杨伦,应该也是如此。

邓瑛没有再说话,侧身让到一边,作揖相送。

雨水在地缝里恣意流淌,草根、碎叶虽然卑微,此间却各有其位,不算漂泊。

邓瑛看着眼前的一片凌乱,竟觉得心里莫名好受了一些。

他一直等白焕走出太和门,才直起身。

过了酉时,四下开始点灯,邓瑛走回直房的时候,郑月嘉刚走,给他留下了一套用蓝布包裹的书。书旁边还有一服药,也是用油纸包着的。

内侍李鱼跟邓瑛说,这药是郑秉笔在御药房取的,对邓瑛的身子有好处,让他不要张扬,在后宫里找一个宫人,借娘娘们宫里的内灶煎了就好。

六宫内倒是各有各的火灶,护城河这边的直房却没有。

但内侍们的伙食又必须自己做。

这种情况下,在外搭灶毕竟麻烦,且遇上个事务繁忙的时候,大多顾不上饮食。所以有些内侍会在六宫各处找上那么一个宫女搭伙吃饭。

宫女原本没有白白多操一份心的道理,但架不住这些人殷勤。

深宫寂寞,又都是伺候人的奴婢,说话做事都得提着一口气,惺惺相惜起来,有时竟比情郎还暖几分。久而久之,这宫里对食的风气就起来了,有点地位的太监,都盘算着攒钱,找上那么一位菜户①娘子。

---

① 菜户:与宦官对食的宫人。

李鱼跟他传达完郑月嘉的话后，难免也调侃了一句："我们都在说，以后你若要寻个娘子，只有尚仪局的女使配得上。"

邓瑛没接这些话，把药放到箱柜里，打发李鱼出去。

之后关门点灯，脱下已经被雨水淋透的袍衫和鞋袜。

身上干燥了，反而觉得比刚才在雨中还要冷。

他刚想喝一口热水，却听李鱼在门外问他："你里面还有炭吗？我想着天还没黑透，去惜薪司碰碰运气，看还能不能支领。"

邓瑛走到门口应道："二月了，惜薪司现下还供炭吗？"

"有门路啊。惜薪司的掌印是我姐姐的对食相公，心疼我姐姐得很。我姐姐能揪着他的耳朵骂他，我这儿过去跟他说一声，他敢不给？再说，都是吃宫里的，陛下烧剩的星子，偷偷给我们一点又不算什么事。"

邓瑛听完笑笑："你去吧，我不大用得上了。"

李鱼在门口搓了搓手："那成，你若觉得冷了，找我便是。"

说完，踩着雨坑子，噼里啪啦地跑远了。

邓瑛在床榻上坐下，低头解开侧带，重新换了一身中衣。

天时还不算太晚，他不想那么早睡下，便随手从郑月嘉送来的书里抽出一本，摊到膝上看时，见是《千字文》。

这是内学堂的启蒙书，主要教阉童识文断字。

贞宁年起，朝中的文书来往量很大，识字宦官的人数，还不敷二十四衙门的需求。

所以内书房一直在试图增补翰林院的讲学官。

但这毕竟是一种比较扭曲的师生关系，翰林院中的清流大多不想把自己牵扯进内廷里面去。直到白焕奉诏，亲自入内学堂给阉童们讲学，又把杨伦也一道荐进去之后，无人应诏的现象才逐渐好转。

邓瑛手上的这一本书是白焕在内书堂做讲学的时候所用，上面的批注不算多，但每一处都写得很翔实。那字和白焕的性情相似，一看就很费工夫，虽然极小，但笔力到位，一点也不潦草。

邓瑛把灯挪到手边，撑着下颌，一页一页地翻读。

外面雨下小了，护城河里的水涨得很高，流水声越来越汹涌。

灯油见底的时候，外面忽然响起了敲门的声音。

邓瑛以为是李鱼回来了，压下书本抬头朝门口道："门没挂闩，进来吧。"

站在门口的杨婉手上抱着一堆东西，即便邓瑛说门闩没挂，她也腾不出手去开门，索性背过身拿屁股一顶。没想到门砰的一声撞到了墙上。

"这什么门啊？"

杨婉被自己吓了一跳，忍不住吐槽。

她一边说，一边倒退着进去，找了一处空地，把手上的一堆瓶瓶罐罐全部放下，这才发现坐在床榻上的邓瑛正浑身僵硬地抠着身下的褥子。

他身上的中衣虽规整地系着，但外面却松松垮垮地罩着一件夹绒袍子，被褥盖去下身大半，腰处却有一节汗巾没有遮住。

邓瑛看清了杨婉的样貌，坐在榻上愣了半刻才回过神来。

他发觉自己衣冠不齐，又不敢大动，犹豫了半天，才僵硬地把放在膝盖上的书慢慢挪到腰前，暂时遮住令他尴尬的地方。

杨婉看着邓瑛的样子，忽然觉得自己像个年纪一大把还不知羞耻的老色坯。

"这个……"

她想解释，没想到竟不自觉地吞咽了一口，要命的是随着她这一声吞咽，邓瑛竟然跟着咳了几声。

绝了，老色坯坐实，这下直接不用解释了。

杨婉拍了拍自己的脸，赶忙蹲下身子去理地上的东西，低头掩饰道："你这么早就睡了吗？"

背后那人的声音也是一样的错乱。

"我……我还没睡。"

他趁着杨婉蹲在地上的空当儿，系好了袍带，又把被褥压到腿下拢了拢。

如果说邓瑛从前拒绝和旁人私近，是为了守礼，那么如今他排斥私近，是害怕被羞辱。

衣冠之上，心照不宣，谁也不肯先失身份。

但衣冠之下，有人炙热张扬，而他却寒冷破败，从此以后的每一局，都是要输的。

他想捂住这必败的局。

可是他似乎拒绝不了杨婉。

或者换一句话说，她总能在他解开衣衫、松弛防备的时候找到他。

"你……"

"你躺着吧，你身子还没好全。"

"我已经没什么事了，下雨时地上会反潮，我这里尤其厉害，你……你不要一直蹲着。"

杨婉转身看向邓瑛，见他严严实实地坐在榻上，不自然地搓了搓手指："对不起啊，进来的时候就没想到是这样。我自己也觉得……有点尴尬。"

邓瑛摇头："没事。只是姑娘为什么——"

"为什么会在宫里，是吧？"

说到这个话题，杨婉真切地露了个笑容："我说了我还会来找你的，你看，我没有食言。"

这倒是，她没有食言，她真的来找他了。

自从杨伦把她带走以后，邓瑛根本不敢想还能再见到杨婉。

毕竟她是张洛的未婚妻，南海子刑房里的那一段时光，几乎算是上天借给他的，为此他觉得自己以后不知道要用多少报应来偿还。

可是她竟然真的来找他了。

这个过程有多难，邓瑛不得而知，但此时他在杨婉脸上，并没有看到愁容。

她说完，甚至站在邓瑛的床前转了个圈："好看吗？"

墨绿色的襦裙像蝶翼一样展开，那是尚仪局女使的宫衣。

"好看。"

他由衷地赞她。

"我也觉得好看。"

她说着,给自己搬了一个墩子,在邓瑛面前坐下:"我前日入的宫,如今在尚仪局写一些宫里来往的文书。昨日我原是去了内书房找你,可惜你不在,就我哥一个人在,我想以前也没听他讲过学,于是在内书房绊了两个时辰听他叨叨。结果回尚仪局时,局里事务很多,一忙起来就忘了时辰,后来就没得空再去太和殿。对了,这些东西是宁妃赏我的,别的我都没有给你拿来,就拿小罐罐装了些坚果子给你,你没事的时候吃,都不是热补的东西,但对身体好。"

邓瑛看向她罗列在地上的罐子,每一个都贴着条子,上面写着瓶子里装的坚果名字。

一排排整整齐齐地搁在角落里,看起来竟让他觉得莫名有些舒服。

"我希望你不要拒绝我,也不要误会我有什么目的。就是我喜欢吃,也想让你尝尝,我教你怎么吃啊。"

她说着,起身去打开罐子,在几个罐子里各抓了一把。

"你看哈,你每天可以抓一点核桃,再抓一些花生和果脯子,这样混着吃,不是很涩口,也不是很酸。"

说着把东西捧到邓瑛面前。

"伸手。"

不知道为什么,邓瑛发觉杨婉让他干什么,他就自然地照着做,即便他不是很理解,但不想因为自己任何的犹豫,让她不开心。

他伸手接过杨婉手里的杂果,忍不住问道:"这是什么吃法?"

"每日坚果的吃法。"

12

杨婉前辈子从来都没想过,自己会在六百多年以前的紫禁城里,教这座皇城的建造者吃东西。而且他真的照杨婉说的,认真地托着她捧给他的杂果,一口气塞进了口中,低着头慢慢地咀嚼。坚果很脆,在他牙齿间噼啪噼啪地响,像过年的时候没炸开的小哑炮。

小哑炮啊，多可爱！

杨婉托着下巴，对自己脑子里突然冒出的这个比喻感到很满意。

她坐直身，看着邓瑛被灯光照得毛茸茸的轮廓。

贞宁十二年，这个雨水绵绵的夜晚忽然变得很有现实的氛围，就像她在图书馆熬大夜的时候，保温杯里装着柠檬枸杞茶，暖手宝边放着坚果包，眼前这个叫邓瑛的人，化身大片大片锋利的文字，陪她度过了好几个完整的冬天。

"邓瑛。"

她忍不住唤了他一声。

邓瑛听见杨婉的声音，想开口应她，没想竟呛住了。杨婉忙倒了一杯水递到他手上："喝口水缓缓。"

邓瑛忍着咳意咽下一口水，过后自己也笑："对不起，以前吃食的时候，我也不会这样。"

"没事，你吃，我不出声了。"

杨婉放下托在腮上的手，终是忍不住道："你吃东西的时候，还挺不像你的。"

"那……像什么？"

"像我以前养的仓鼠。"

"仓鼠……是什么？"

"就是和耗子很像。"

"啊？"

他听完这个比喻，面色有些羞赧，忙掩住口鼻把口中剩下的坚果吞了下去。

杨婉托着下巴问他："你对别人也这样吗？"

"你指什么？"

"好性情，别人怎么说都不生气。"

"嗯……"邓瑛握着茶杯稍稍停顿了一会儿，"我交往的人不多。"

"那我哥哥呢？"

邓瑛听她这样问，似乎有些犹豫。

"你哥哥……是我为数不多的朋友。不过现在我也不能和他交游了。"

杨婉看着他手背上的伤疤，忽然说道："他现在这样对你，你不觉得他很不要脸吗？"

不要脸？

邓瑛起先并没有什么表情，把这三个字在心里重复了一遍之后竟然笑了一声，他抬起头看向杨婉："你说话总是让我想笑。"

"那是因为我爱说实话。"

杨婉说着，差点没把二郎腿跷起来："说真的，我以前以为杨伦挺厉害的，不过现在看来，他在贞宁年间也就那样。"

她撇了撇嘴："对妹妹呢，好是好，就是方法太笨，也不知道怎么做才是最好的，只知道一味护短。讲学呢……还凑合吧，一本正经地照着书念，果然是白阁老教出来的。"

她说到有兴致的地方，不禁扒拉住了邓瑛身下的褥子。

"哎，邓瑛，你什么时候去内学堂讲学啊？"

邓瑛看着杨婉的手，离他的腿不过三寸，他刚想往里面撤，她却适时地收了回去。

"你一定比杨伦讲得好。"

不论说什么话，杨婉都站在邓瑛这一边。

邓瑛到现在为止仍然不明白，这个之前从未谋面的女子为什么愿意和他站在一起。

在南海子里，他以为那是一种错误的爱意，但此时他又不是那么确定了。

不过他也不想问。

"姑娘是想听邓瑛讲学吗？"

"嗯。"

杨婉说着，从怀里掏出一个线封的小册子。

"你看，听课笔记本我都准备好了。还有，你以后不要叫我姑娘，我有名字，跟你说了的，我叫杨婉，我还有一个小名，叫婉婉。虽然他们都说后来我性格跑偏了，这个小名不太适合我，不过如果你想叫的话，也可以。"

"不会，'婉婉'这两个字很衬你。"

他说话时的目光和声音都很诚恳。杨婉听完却很想笑，忽然决定要在《邓瑛传》添一笔——邓瑛也是个对着姑娘睁眼说瞎话的人。

"你还是我成年后，第一个这么说的。唉……"

她说着叹了口气，抬头朝窗外看去："不过我很担心，杨伦好像不太喜欢我现在这样。"

"子兮——"

他脱口而出杨伦的表字，顿了顿又改了口："杨大人近日还好吗？"

"很好啊，他能有什么不好的。"

"你呢？"

"啊？"

杨婉一时没反应过来。

看到她发愣，邓瑛忽然有些惶恐，忙道："邓瑛无意冒犯。"

杨婉听他这么说，托着腮笑了："你是问我的近况吗？怕我被张洛为难？"

她眸光闪烁："别担心，现在整个京城的女人怕是都瞧不起他，天天骂他始乱终弃，逼我退婚还要玷污我的名声。昨日姐姐在陛下面前像是提了一句我与他的事，陛下动怒，命慎刑司打了他二十板子，这会儿估计在家里养伤呢。我哥表面上上了奏本替他们张家求情，私底下吧，我看是乐得很。"

说完，她自己也笑了，好不容易忍下来后，接着又道："你放心，这些事跟你都没有关系，你就好好做你的事，去内书房的时候，知会我一声，我好跟尚仪局告假。"

"我……"

邓瑛有些犹豫："很久没有讲过学了。"

"你还会紧张啊？"

邓瑛摇头："不是，是怕不及你想得那么好。我徒有虚名多年，事实上只是老师的弃生。"

杨婉听他说到这里，忽然想起杨伦曾在私集里提及，邓瑛死后无棺安葬，整个京城无人敢管，是白焕将备给自己的棺材给了邓瑛，而他自己死后，则是用一方贱木草草地葬了。

师生情谊深厚至此，却在有生之年有口难说。

这是时代的悲剧。

有些情感是违背当下伦理纲常的，明明存在，却要用性命来守住它，不让它外露。

"弃徒也是徒。"

不知道为何，这句话竟开解了邓瑛。

"姑娘说得对，弃徒也是徒。"

"这样想就对了。"

杨婉说着，站起身："天晚了，我要回去了，坚果收好，不要受潮了。"

邓瑛弯了弯身，应了一声："是。"

杨婉关上门走出直房，提着风灯朝承乾宫走，路上回想将才的对话，不禁想起白焕和邓瑛的关系。

他们真正决裂是在贞宁十二年的秋天，那个时候，历史上发生了一件特别惨烈的屠案，桐嘉书院八十余人全部被斩首，史称"桐嘉惨案"。

这些人大多是东林人，曾是连内阁都敢骂的人，最后一个一个地被张洛折磨得体无完肤，很多人受刑不过，在诏狱里把自己认了一辈子的道理都背叛了，然而最后还是一个人都没能活下来。

杨婉在史料上看到过这样一段描写。

"周丛海双膝见骨，已不堪跪刑台。死前痛骂天子，张口呕血结块，甚见腐肉，可谓内脏皆疮烂，其惨状不堪言述。"

这一段历史有几处盲点，可杨婉考证了很多次，都没找到实证。

第一，这些人是因为替邓瑛不平，才被捕下狱的，但是他们最后的惨死是因为张洛。张洛为什么要残忍地杀死这些人，其中原因，史料上并没有说清楚。

第二，这些人的下场过于惨烈，以至于文官团体震动，皇帝不堪压力，被迫启用东厂来监督锦衣卫，以此削弱北镇抚司的势力。

邓瑛就是在那个时候，从太和殿走到了司礼监和整个大明朝文官集团之间。史料上没有记载确切的过程，但是后来的研究者从白焕与邓瑛决裂的这个史实上分析，这场惨案应该是在邓瑛的推波助澜之下发生的。这也就是史学界判给邓瑛的第一宗罪——为了自己上位，亲自把那些曾经不顾性命为他发声的人推入了万骨堆。

杨婉不认可这个说法，但遗憾的是，这只是情感上的不认可，她并没有实证支撑。

如今距离贞宁十二年的秋天还有半年的时光，算起来，这好像是邓瑛在内廷里最纯粹的一段日子。

杨婉想起他坐在自己面前像仓鼠一样吃坚果的样子，有些怅然。

她忙揉了揉眼睛，告诫自己不要想得太多。

历史毕竟是历史，局中人再如何艰难，也与她没有关系。

"姨母。"

一声稚音打断了她的思绪。

杨婉抬起头，发现自己已经走到承乾宫的门口了。

宁妃的儿子，皇长子易琅正晃着她的胳膊："我还要看姨母变小人儿。"

杨婉见他身边没有人，又跑得一头汗，便蹲下来掏出自己的帕子给他擦拭。

"您又叫奴婢姨母了。"

易琅扒拉着杨婉的手："母妃说，你是她的妹妹，那就是我姨母。"

杨婉见他一脸小霸道总裁的模样，总想趁着没人去捏他的脸。

不管在哪个时代，暖心的小孩子总是让人心疼的。

"姨母，你不开心吗？"

杨婉摇了摇头："奴婢没有不开心。"

易琅松开手，一本正经地问杨婉："那为什么你刚才一直盯着地上不说话？"

杨婉笑笑:"奴婢的耳坠子掉了。"

她刚说完,宫门前忽然传来一道温柔的声音:"什么时候掉的?本宫遣人替你找。"

杨婉抬起头,宁妃正走下台阶,她刚刚下了晚妆,穿得素净,冲着易琅道:"什么时候跑出来的?"

杨婉忙行礼,宁妃一只手牵着易琅,另一只手扶起她。

"回来了?"

"嗯。"

"去什么地方了?"

"去看了个故人。"

宁妃温声问她:"婉儿在宫里有什么故人?"

"……"

杨婉只是笑,没有应答。

"是那个人吧?"

杨婉一愣,宁妃绾了绾她被雨打湿的耳发,轻声道:"傻丫头,你以前是最怕事的,现在是怎么了呢?"

她虽是这样说的,却没有责备的意思。

"还去看他,你就不怕吗?"

"有娘娘护着奴婢,奴婢怕什么?"

13

宁妃摇头:"是你聪慧,若不是你想到入尚仪局这个法子自证清白,我们杨家这回就难了。"

杨婉低头轻声说道:"本来就是奴婢的错,奴婢自救而已。"

宁妃握住她的手,往自己的怀里捂。

杨婉忙退了一步:"娘娘,不用,奴婢不冷。"

宁妃拽住她想要缩回去的手,看着她的眼睛:"你别动,姐姐问你,你……从前在家的时候,喜欢那个人吗?"

杨婉愣了愣。

说起来，在对杨婉与邓瑛的事上，宁妃的态度比杨伦要平和得多，以至于杨婉不太想搪塞她。

"谈不上喜欢，奴婢还没有喜欢过谁……"

宁妃捏了捏她的手，无奈道："你啊……你都十八了。"

十八，多年轻啊！

杨婉在心里感慨。

要说她在现代活了快三十年，人生中"白雪皑皑"，情史干净得连一个字儿都写不出来，但也没觉得有什么错。在古代怎么就会被四方喊杀，卑微得跟自己真就是个祸害一样？

所以中间到底发生了什么？

那些催婚文本是怎么产生的？内涵又是怎么演绎的？

这样一思考，"女性风评被害史"的领域，好像又可以添一个解构主义的研究方向了。

她的思绪跑偏了，没顾上回应宁妃。

宁妃见她不说话，便将她拉到自己身边："算了，姐姐入宫的时候，你还是几岁的小丫头，你长大了以后，姐姐也很难见到你，好多话都不能听你说，如今你进来也好。张洛这个人，是父亲定下的，那会儿姐姐年纪轻，看不出什么，也不能替你说话。如今姐姐有了些力气，你再陪姐姐一两年，让姐姐慢慢地给你挑，一定会寻到一个合你心意的好人。但你要答应姐姐，一定要护好自己的名声，如果不是真的喜欢那个人，就不要再与他纠缠了。"

杨婉垂下眼睛："若是喜欢呢？"

宁妃沉默了一阵，轻声道："不要跟着那样的人，在宫里走这条路，婉儿，你最后不会开心的。"

这句话听完，杨婉忽然觉得说这话的女人，似乎也不是很开心。

她不想再让宁妃不好受，于是抬头冲宁妃露了一个笑容："娘娘您放心，奴婢知道。"

说完，她弯腰牵起易琅的手："陪娘娘进去吧。"

"好。"

地上的雨水还没有干,踩上去便有镜面破碎的声音。

三人走在宫人手中的一道孤灯旁,杨婉朝着地上深黑色的影子,忽然唤了宁妃一声:"娘娘……"

"还有话没说完吗?"

杨婉站住脚步:"其实……奴婢有的时候觉得,清白贞洁原本就是碎的,不管我们怎么说都没有意思。"

宁妃停下脚步:"你怎么会这样想呀?姑娘的名节多么重要。人一辈子这么长,若是一直活在别人的指点里,多不好受啊!"

杨婉摇了摇头:"再干净的人,也会被指点。人们不是因为我们有了过错才指点,而是指点了我们,才能显得他们是干净的人。"

宁妃听罢怔了怔,不由得在庭树下站住脚步,端看杨婉的眼睛。

"你这回进宫来,我就觉得你说话做事和哥哥他们说的很不一样。这几年……"

宁妃顿了顿,似乎在犹豫该不该开口问她。

"这几年你在家里,是过得不好吗?……还是母亲和哥哥对你不好?"

杨婉忙道:"不是的,娘娘,他们都对我很好。"

宁妃的眼中闪过一丝心疼:"可是,你怎么说话像含着雪一样?陡然听着倒不觉得,可细细一想,竟冷得不像是个十几岁的姑娘说出来的。"

"……"

这话看似在试图戳破她,事实上却很温暖。杨婉像在百年以前遇到了一个忘年的知己。

杨婉甚至想对她说实话,此时竟犹豫了。

好在宁妃身边的宫人合玉适时从殿内走来问道:"娘娘,今儿婉姑娘还在我们宫里歇下吗?"

宁妃回过身应道:"是。陛下现下在何处?"

合玉回道:"去瞧皇后娘娘了。"

"好,知道了。"

宁妃点了点头,回头拍着杨婉的手背:"今晚与姐姐一道歇吧。"

杨婉领首:"是,不过等明日,奴婢还是去回了姜尚仪,自己回南所去吧。在娘娘这里住的日子长了,对您不好。"

宁妃道:"不必,姐姐既然去皇后娘娘那里求了恩典,让你在我宫里留几日,你便安心地留着。易琅看见你就开心,你能多陪他玩玩,姐姐也高兴。"

杨婉正要说话,易琅又拽着她的袖子来回晃荡。

"姨母,姨母,你再变小人儿看看嘛。"

杨婉虽然从来没想过生小孩这件事,但是她对软糯糯的孩子真的没什么抵抗力。

看着他像个小团子一样在她身边扑腾,杨婉便俯下身一把把他抱了起来。

"小皇子哟,你把奴婢的头都要摇晕咯。"

宁妃忙伸手替她托了一把易琅的胳膊,出声问她:"抱得动吗?听说你的脖子伤得很厉害,这孩子如今又重了好些。"

杨婉拢了拢易琅的衣领:"早就没事了,娘娘。走,我们进殿里去,奴婢变小人儿给你们看。"

这日夜里,地上反潮依旧反得特别厉害。

宫人们在内殿烧艾草熏床。

杨婉把易琅抱在膝上,用几个小魔术哄得他"咯咯咯"地笑了好一会儿。

乳母过来催了好几次,易琅都舍不得丢开她,后来竟然趴在杨婉怀里睡着了。

宁妃坐在一旁剥了好些栗子给杨婉,说看她喜欢吃坚果,今日又叫人拿了几罐给她。

说完,宁妃接过杨婉怀中的孩子,走到落地罩后去了。

杨婉看着眼前的栗子,试着回想了一下宁妃的生平。

宁妃生平不详,具体死在哪一年,也没有特别明确的记述。只知道，她是靖和帝朱易琅的母亲，后来应该是犯了什么错，被皇帝厌弃了。靖和帝登基以后，也没有给她谥号。

杨婉翻开自己的笔记，撑着下巴犹豫了一阵，终于另翻了一页，添上了宁妃的名字——杨姁。

写完后，她又托着腮静静地在灯影下面坐了一会儿。

想起宁妃说："不要跟着那样的人，在宫里走这条路，婉儿，你最后不会开心的。"

细思之后，又念及其容貌、性情，忽然觉得落笔很难。

若说她对男人们的征伐有一种狂热看客的心态，那么她对历史上这些和她一样的女人，则有一种命运相同的悲悯。

于是她索性收住笔，什么都没写，合上笔记朝窗外看去。

碧纱外云散星出，这一夜，好不清朗。

宫里的日子过得飞快，转眼到了贞宁十二年的四月。

暮春时节，杏花刚刚开过，落得满地都是。雨水一冲，便肆意地淌到了皇城的各个角落。

太和殿的重建工程进入了覆顶的阶段，但是京郊琉璃厂一直交不上瓦料。工部坐不住了，开始遣官下查，这下去一查，查出了琉璃厂一个叫王常顺的太监。起初工部以为，这不是一件特别大的案子，但刚查了一个头，就震惊了整个大明朝廷。此人监督琉璃厂十年，竟然贪污了白银两百余万两，相当于贞宁年间朝廷一年的收入。

六部的那些还在等着朝廷救济粮的官员知道这个消息，差点没在王常顺被锁拿入诏狱的路上，拿石头把他给砸死。不过，这件事在内廷的口风却非常紧，各处的管事都召集下面当差的人，严正盼咐，不准私议王常顺的贪案。

这日，内学堂将散学，邓瑛正坐在讲席上为一位阉童释疑。

杨婉坐在靠窗的一处座席上，低头奋笔疾书。

邓瑛趁着间隙抬头看了她一眼。她今日没有当值，所以没穿尚仪局的宫服。

藕色襦裙外罩月白色短衫，头上只插着一支银簪点缀珍珠的流苏钗。手臂下压着她经常写的那个小本子，手腕垂悬，笔尖走得飞快。其间只偶尔停下笔，屈指一下一下地敲着下巴，想明白之后，落笔又是一番行云流水。

春日晴好，窗棂上停着梳羽的翠鸟。

杨婉搁笔，端起杯子喝了一口水，看着鸟儿跑了一会儿神，趴在窗上，拿包在绢子里的坚果子去喂鸟。

她发现邓瑛在看她的时候，便冲他笑。

"你们接着讲，我今天要写的东西差不多写完了。"

阉童只有七八岁，倒不至于误会他们的关系。

阉童转身向杨婉作了个揖："女使写的东西奴婢看不懂。"

说完，又看向邓瑛："先生能看懂吗？"

邓瑛笑着摇头。

"我这是鬼画符，你可不要学，好好跟你们先生学，他讲的才是大智慧。"

阉童听了，冲杨婉点了点头，又道："先生，奴婢娘亲说，阉人都是苦命的人，我家里穷，不把我卖到宫中，弟弟们都活不下去。家里人别说念书，就连字儿也不认识，先生您也和我们一样，为什么您的学识这样好？"

杨婉听他说完，站起身几步走到那阉童面前，轻轻地提溜起他的鼻子。

"嘿，你这个小娃娃，夸人都不会夸。"

那孩子扭动着身子："您不要捏我的鼻子，都说尚仪局的女使姐姐们，个个都是最知礼的，您怎么……"

"你说啥？"

杨婉被他说得放开也不是，不放开也不是。

邓瑛笑着合上书："你也有说不过人的时候。"

杨婉丢开手，抱着手臂站起身，低头对邓瑛道："他小，我不跟他一般见识，你也别跟他一般见识。"

邓瑛捧了一把坚果子递给阉童，笑着应他将才的问题："先生以前是读书人。"

那孩子得了果子，欢天喜地地藏到袖子里，抬头又问他："读书人为什么要跟我们一样做宫里的奴婢？"

"因为先生犯了错。"

"哦……"

阉童的目光忽然黯淡。

邓瑛抬起手臂，把书推给他："去吧，记得温明日的书。"

"知道了，先生。"

杨婉看着那孩子离开时，不留意落在地上的坚果，抿了抿唇。

"为什么要对他实说啊？"

邓瑛起身走到门前，弯腰把那几个果子一个一个地捡起来。

淡青的宫服委地，那只带着伤疤的手，又一次露在杨婉眼前。

他捡完后站起身，看了一眼那孩子跑远的地方，看似随意地说道："他们总会知道的。"

"他们知道以后，反而不会当你是自己人。"

"为何？"

"……"

这是一个关于明朝宦官集团和文官集团身份立场对立的研究。

身处局中，邓瑛不可能跳脱出来理解这个问题。杨婉觉得，如果直白地告诉他，简直就是精神凌迟。

于是，她抿着嘴唇没再往下说，走到窗边重新坐下。

谁知刚一坐下，就听到内书房外的场院里传来沉闷的杖声。

她正要推窗看，却听邓瑛对她道："过来，杨婉。"

14

杨婉的手指已经攀上了窗栓，听见邓瑛的声音，又悻悻地握了回来。

她回过头问邓瑛："是怎么回事？"

邓瑛抬头看了一眼窗纱，只道："先过来。"

杨婉起身走回邓瑛身边，人还是忍不住朝外面张望："这是在打人？"

"嗯。"

邓瑛翻开一册书，把自己的目光也收了回来："不要出去，等他们了结。"

杨婉点了点头，没再莽撞出声，抱膝在邓瑛身旁坐下，凝神细听。

春日午后，翠绿的鸟羽在日光下轻轻颤抖，所有的庭景都对晴日有一种自觉性，温柔地蛰伏了下来。

除了杖声外，四下万籁俱寂，甚至听不到受刑人惨烈的痛呼。

但杨婉和邓瑛皆明白，这是因为受刑的人被堵了嘴。执刑人不需要他们的声音来警示旁人。

所以，这并不是什么对奴婢的惩戒，这是处死的杖刑。

二人都没有再说话，沉默地等待着外面的惨剧结束。

杖声带着明显的杀意，根本没有给受刑人任何求生的机会，精准到位，干净利落，十几杖之后就听到了背脊骨断裂的声音。

杨婉忍不住抽了一口冷气，一把握住了邓瑛的手腕。

春袍袖宽，将才为了诵书写字，他又刻意将袖口掖了三寸，半截手臂裸露在案，杨婉这一握，立时破掉了男女大防。

邓瑛低下头，看向那只白净的手。

肤若温瓷，衬在一只翡翠玉镯下。

和京城里所有的大家闺秀一样，她原本留着半寸来长的指甲，但由于在海子里坠坡时的抓扯，指甲几乎全部消损掉了，如今长出来的都是新的，暂时没有染蔻丹。质软，色泽也是淡淡的。

邓瑛时常习惯性地回避这个遮蔽在绫罗绸缎下的年轻而美好的女体。

正如他回避自己的身体一样。

但是他不敢躲避来自杨婉的"触碰"，怕被她误会成是自己厌弃和她接触。

于是他只能试着，将手臂悄悄地往身后撤，试图把手腕从她手里抽出来。

杨婉却并没有松开手,手臂摩挲着案上的书页,跟着他回撤的力道滑向他。邓瑛顿时不敢再动,只得将手臂僵硬地横在案上,任由她越抓越紧。

不多时,杖声停了。

接着传来一阵拖曳的声音,单薄的衣料和草丛摩擦而过,两三个黑色的影子经过窗纱,脚步很快,一下子就走远了。

这个过程自始至终都没有发出任何人声,只有皮肉被杖打的响声和匆忙却从容的脚步声。

奈何气味无孔不入,在尸体被拖过窗户的时候,杨婉顿时闻到血腥气,胃里猛地翻江倒海。

她想吐……

很奇怪,她并不是害怕外面拖过去的死人,只是纯粹觉得恶心。

"怎么了?"

"没什么,就是……很……很想吐。"

她捂住自己的嘴,背过身,为了忍住那阵呕意,愣是把双肩都逼得耸了起来。

"这……是不是已经不是第一次?……"

话没说完,胃里一阵翻腾上涌,酸水几乎蹿入喉咙,猛地刺激到了她的眼睛。

她忙蹲下身屏住呼吸,忍到最后整个人几乎缩成一团,浑身恶寒,抖得像在筛糠。

邓瑛看着蹲在地上的杨婉,一时惘然。

他低头看了一眼自己的手,忽然觉得自己想要在这个时候去触碰她的想法,是那么卑劣和无耻。

他忙把手握入袖中,转身倒了一杯水,挽衣蹲下,将杯子送到眼前:"少喝一点。"

杨婉接下水,仰头含了一口,摁着胸口尝试吞咽,终于开始缓和下来。

她又用水漱了漱口,仰起头将被鼻息喷得潮乱的头发一把拢到耳后,抬袖擦干脸上被刺出来的眼泪,喘道:"真……差点要命了。"

邓瑛接过她用过的杯子,放到书案上,压下自己内心的波澜:"对不起,竟不知你会如此难受,我……"

"没事。"

杨婉不知道他这声"对不起"是在为什么道歉,也不知道怎么跟他解释自己的反应。毕竟在现代文明社会,"处死"一个人的现场是必须对大众隐藏的。她对死刑有法律上的概念,对新鲜的尸体、死人身上的血腥味却没有具体的概念。

她想着,摁住涨疼的太阳穴:"我没事了,就将才闻到那阵味道一下子没忍住。"

说完又吸了吸鼻子,抓着椅背站起身,低头整理自己的裙衫,瓮声瓮气地接着问道:"最近司礼监为什么要处死这么多人?"

邓瑛趁着她没注意,拢了下衣袖,遮了手腕上的皮肤,反问她道:"姜尚仪是如何与你们说的?"

杨婉一边理衣一边摇头:"尚仪是女官里最守礼的,她不会提这种事。"说完,回到案旁坐下,拿出自己的笔记,翻了一页新纸压平,蘸墨提笔,抬头接着说道:"不过我猜,是不是因为琉璃厂的贪案?"

邓瑛原本不想提这件事,但是看到杨婉握着笔的模样,他又不忍敷衍她。

从认识杨婉开始,她就一直在写这本笔记。邓瑛看不懂上面的文字,却有些喜欢看她写字的样子。

从容而专注,丝毫不见内廷女子自怜自怨的神情。

"才因为这事杖毙了人,你刚才那般害怕,为何还要问?"

"想在宫里活得明白一点。"

她把笔尖往窗上一指:"你看他们,不也不明不白地死了吗?"

说着用笔挡住从鬓上松垂下来的耳发,接着又道:"而且,我只问过你,不会有事的。"

邓瑛听她这样说,不由得一笑:"你就这样信我。"

"当然信你,这世上没有人比我更信你了。"

邓瑛微怔。

人在微时,或者陷入自不可解的污名当中的时候,反而会害怕有人奋不顾身地信任自己,这代表着他自己的沉沦,也将会是她的沉沦。

就像桐嘉书院的那些此时正在诏狱中饱受折磨的读书人一样。

邓瑛不觉得自己这一生,配得上这样的献祭。

自从下狱以后,他用了很长一段时间说服自己,既然白日不可走,就行于寒夜。只不过,他情愿一人独行,而不肯提起任何一盏只为他点燃的风灯。

"你不想说,那我就先说,你帮我听一下,我说得对不对。"

她说完,把自己的册子拿起来朝前翻了几页,一只手撑着下巴,另一只手反转笔杆,戳着笔记上的要害处说道:"琉璃厂的这个王常顺……是司礼监掌印何怡贤的干儿子。这次工部查出的亏空虽然已多达百万余两,对整个内廷的亏空来说,却是九牛一毛。"

她说着,在某处一圈,却没有直接说出那个后世考证的具体数字,抬头问邓瑛道:"你和张先生领建皇城这么多年,建城一项的收支上,你心里有个具体的实数吗?"

邓瑛先是沉默,而后轻点了一下头。

"多少?"

邓瑛没有回答。

杨婉也没再问,低头把笔从那个数字上挪开:"行,你先不用说,总之也是个说出来要死一大堆人的数字。"

说着又往下翻了一页:"现在内阁很想把王常顺交到三司去,但是司礼监的意思则是要把他当成一个奴婢,在宫里处置。原因在于,王常顺一旦入了刑部大牢,司礼监这几位的家底,也就要一并抖空了。皇城前后营建四十九年,进出款项何止千万,贞宁年间的二十四衙门,织造、炭火、米肉、水饮,里里外外消耗巨大,百姓的赋税供养皇室宗族无可厚非,供养阉人就——"

"杨婉!"

邓瑛忽然出声打断她。

杨婉抬起头："怎么了？"

"不要碰这件事，这与你无关。"

杨婉搁下手上的笔："我知道，但此事和你有关。"

她说到这里也不继续往下说，静静地看着自己的笔记。

"杨婉。"

他又唤了一声她的名字。

"嗯？"

"你是怎么看到这一层的？"

"你这样说，就是你自己也想到了，是不是？"

邓瑛愕然。

杨婉的话已经快要点到要害了。

他的父亲邓颐在内阁的时候，为了讨好并蒙蔽贞宁帝，纵容司礼监起头，逼着户部在财政上大肆朝皇室宗族的开销上倾斜，皇城营建一项本已不堪重负，皇帝还在不断赏赐各处王府。

前年，贞宁帝胞弟成王的王妃江氏生子，成王禀奏内廷之后，贞宁帝竟一气儿赐了江氏在南京的母家黄金千两。要知道，当年西北边境还在打仗，南下筹措军费的巡盐使不堪巨压，差点没把自己挂在返京复命的船上。内廷却丝毫不顾财政上严峻的形势，依然不断地扩充宫中太监和宫女的人数，各处的宗室王府也在丝绸、棉布、粮肉上贪求而不知满足。

而这些东西，只要归账到内廷，就是归到皇帝的名下，三司六部无人敢查，司礼监的太监没有不在其中中饱私囊的。至于这些阉人到底亏空了多少，即便后世考证，也只得一个大概，在贞宁年间更是一个外人看不见的"天数"。

这就是邓颐掌控下的大明王朝。

危若累卵，坍塌不过顷刻之间，邓瑛虽不在朝，却身在皇城营建的事项之中，十多年来，看了很多也记了很多。在他年轻的时候，有些事项，他甚至落过笔头，张展春曾偶然看到他的记录，还为此把他叫到自己的书房内,狠狠地训斥了一顿。

自此之后,张展春不断地告诫邓瑛:"时候未到,不要妄图做不可能的事。"

邓瑛也就再也没有见过自己少年时私记的那本账册。

到张展春归老的那一年,邓瑛亲自替他收拾寝室时也没能找到。

"邓瑛!"

杨婉拿手在他眼前晃了晃。

邓瑛回过神来,却见她已经合上了那本小册子,弯着腰趴在他面前。

"不要想那么多,听到没?"

"你知道我在想什么吗?"

"知道。如果你觉得没有冒犯到你的话,我就说给你听。"

邓瑛笑了笑:"你不论对我说什么,都不是冒犯。"

"真的吗?"

"是。"

他诚恳地点了点头。

杨婉也笑了:"你对我可真的太好了。"

她说完,直起背,望着邓瑛的眼睛:"嗯……你在想,如果内阁的三司通过琉璃厂这条线找到你,你要不要和你曾经的老师还有同门站在一起。"

15

这话刚说完,门外忽然传来李鱼的声音。

"邓瑛,你还在里面吗?"

邓瑛抬头:"我在。"

李鱼"嗯"了一声,踮脚趴在门上催道:"都下学好一会儿了,你还守着呢。郑秉笔寻你去司礼监,我过来与你说一声,你换身衣服赶紧过去吧,我去门上当值了。"

杨婉看着窗上撤退的影子,抱着手臂站直身,挑眉低声道:"近水楼台先得月。"

说着，看向邓瑛："他们找来了。"

邓瑛点了点头，并没有立即起身。

他沉默地在书案后坐着，日渐偏西，烘了整整一日的暖气顷刻间就退到黄昏的风里去了。邓瑛一直等到太阳沉了一半，才站起身。脚腕上的旧伤突然传来一阵钻骨的疼，逼得他不得已闭眼去忍。

"疼是吗？"

杨婉在旁道。

"不疼……"

"没事，你站一下。"

她压根儿没理他的托词，蹲下身径直挽起邓瑛的裤腿，从自己的怀中取出一方绣着芙蓉花的绢帕。

"我先说啊，我不乱整，你也别动啊！"

说完，杨婉腾出一只手，把垂地的衣袖拢在膝上，而后小心地将绢子叠起来，用以包裹住邓瑛脚腕上的伤。

"你看吧，在海子里你不愿意听我的，现在成这样了。"

她说完这句，立即又掉了个头宽慰他："不过你别在意，这伤其实也没什么，就是遇到阴寒的天，要好好地暖着它。就像这样拿厚实点的东西护着，等寒气儿过去，就会好很多。"

邓瑛始终没有出声。

杨婉掖好绢子的边角，看他不动也不吭声，不由得抱着膝盖抬头去看他。

有一大丛叶影落在邓瑛脸上，她不大看得清他的表情。

虽然他现在愿意与杨婉说话，但本质上他仍然是一个沉默的人，就像写得很淡的文本，落笔时就已经预存了一层安静的仁性。

"怎么了，你又不说话了？"

"我……不想自己糟蹋了你的东西。"

"你不要才是糟蹋。"

她说着，撑了一把膝盖，站起身拍了拍腿上的灰："快去吧，我也要回南所了。"

说完,她又笑着指了指桌上的坚果:"吃光它,别糟蹋。"

邓瑛看了看案台上的坚果,还剩下几颗。

他伸手将它们全部捡起来。

杨婉写东西的时候,总是一刻不停地嚼。他起先并不觉得这些东西有多好吃,可是,跟着吃得久了,好像也快成习惯了。

他想着,不免自嘲。

抬手正要往口中送,谁知杨婉又从门外折返回来,扒拉着门框,探出半截身子叫他。

"邓瑛。"

邓瑛忙尴尬地捏住手,往袖里藏。

一时吃也不是,放回去也不是。

杨婉看着他的窘样笑了一声:"我刚才忘了跟你说,不要太纠结,你这样的人做选择错不到哪里去。"

她说完,晃荡着腰上的一对芙蓉玉坠,走到黄昏的浓影里去了。

吃完坚果,茶也彻底冷了。

邓瑛净过手走出内学堂。

外面的血腥气彻底被晚风吹散,风里甚至还带着一种无名的花香。

他今日腿伤发作,走得有些慢。

然而司礼监在寿皇殿的后面,需绕过万岁山,北出中北门,而后经尚衣监和针二局,路途很远。

邓瑛走到司礼监议室的时候,天已经黑尽。郑月嘉举着灯亲自站在石阶下等他。

邓瑛抬头看向议室的门户,门是闭合的,窗格内透出的光很幽暗,里面虽有人声,但也是刻意压低了的声音。

郑月嘉提着灯走到他的面前,灯火一下子照亮了二人的脸。

"司礼监有司礼监的规矩,你今日来晚了。"

邓瑛侧面避开火光,拱手道:"是,我会向掌印请罪。"

郑月嘉拍了拍他的肩膀，朝身后看了一眼："你晚的这半个时辰，足够改变老祖宗对你的看法。我不知道你是不是故意的，但还是要劝你一句，你的性命是司礼监给的，既然给了你这条命，你就和我们是一样的。在内廷里，没有哪一个奴婢可以独自活下去，陛下是我们的主子，老祖宗是庇护我们的天，你看错了一样，都得死。"

邓瑛点头："我明白。"

人讲骨相。

郑月嘉在司礼监这么多年，眼底下过了太多的阉人，有些是从海子里挣扎出来的，靠着韧劲儿和豁出尊严的勇性，最后倒是混出了些样子。但靠这些混出来的，都不是什么人样，一个个不是獠牙青面，就是官颜奴骨两副面孔。

但眼前这个人，青袍下裹着的那一副骨相却似乎天生和这一处潮寒的地方不相称。

即使他态度谦卑，姿态温顺，也仅仅是出于他自身的修养。

"明白就好。"

郑月嘉转过身："随我进去。"

司礼监虽然是内廷最重要的一处官署，但是其所在并不大。

面阔三间，明间开门即是正厅议室。

郑月嘉推开门，室内原本就很黯淡的灯烛瞬间被穿堂风吹灭了几根。

灯影里坐着的人皆抬起头，朝邓瑛看来。

坐在正中间的何怡贤此时还在喝药，并没有看邓瑛，斗大的药碗遮着他的脸，碗后的声音喻喻的，像是含着一口痰："来了？"

"是。"

"来了就好。"

他擎着碗慢慢地将药喝完，用端碗的手指了指自己身旁："月嘉，你过来坐，哪兴陪着底下人站的？"

"是，老祖宗。"

郑月嘉躬身作了个揖，撩袍走到何怡贤身旁坐下，顺手接过了他的药碗，捧在手里用自己的袖子仔细地擦拭。

"行了。"

何怡贤伸手要去夺:"日日都在喝,你还要不要自己的皮了?"

郑月嘉却背过身道:"儿子伺候您,皮也不要。"

说着,眼风在邓瑛脸上一扫而过。

何怡贤摇头笑了一声:"你啊,是从前和工部的人打交道打得多。"

他顿了顿,拍着郑月嘉的肩膀对在座的其他人道:"我这个干儿子,还是维护故人啊!"

邓瑛顺着何怡贤的话,迅速扫了一眼议室。

除郑月嘉外,秉笔太监刘定成、胡襄、周辛令也都在。除此之外,他面前还跪着一个身穿囚服、戴着重镣的人。

虽然灯火灰暗,但邓瑛还是认出了这个人是琉璃厂的王常顺。这样一来,今晚这个局的意图就挑开了第一层纱。

邓瑛看了郑月嘉一眼,屈膝在那人身后跪下,伏身向何怡贤行叩礼,开口唤:"掌印。"

刘定成就坐在邓瑛身旁,看他如此,冷不丁地道:"这是不改口?"

何怡贤笑着接过这话:"不能这样说。邓少监是张先生的学生,我们的避身之所,都仰赖张先生和邓少监,这口是不用改的,在主子们面前不错规矩就行了。"

说完,冲着邓瑛虚扶了一把:"你起来吧。"

邓瑛直背站起身,垂手而立。

何怡贤上下打量了他一通,忽笑问道:"你是不是很恨我?"

"邓瑛不敢。"

"你说是这样说,殊不知,白阁老他们,戳着我的背在骂我出了这么个阴毒的主意。"

他刚说完,胡襄便接道:"他们说阴毒,我就觉得不对了,张先生唯一的徒弟,他们不保难道不是怕遭牵连?搞得自己跟桐嘉书院的周丛山一样。说到底,是没那能力,我们保下来,那自然是我们的人。我觉得刘公公的话没错,是该改口,我们都是老祖宗护着才有了今天。怎的,救了整一个人,还得给杨伦他们让半个出去吗?没这个道理呀。"

"好了。"

何怡贤打断他:"我还没往这上面说,你们也不要急躁。月嘉,去搬一个墩子,让他也坐,这里面一个跪着就成了,多一个站着,反而乱糟糟的。"

郑月嘉应声去了。

邓瑛在王常顺身后坐下,通过胡襄将才脱口而出的一番话,司礼监的意图已经差不多挑明了。唯一让他有些意外的是王常顺的出现。

这个人是锦衣卫抓的,现在堂而皇之地跪在司礼监的议室里。

是司礼监通了北镇抚司的天,此事已不言而喻。

"王常顺。"

"老祖宗,儿子在。"

王常顺的声音带着很重的哭腔,含含糊糊的,显然在邓瑛进来前,已经哭哑了。

"你回头看一眼,认识吗?"

王常顺拖着镣铐膝行转身,看了邓瑛一眼,又连忙转身泣道:"认识,这是邓先生,我们厂上的人都认识他。"

"呵,"何怡贤笑了一声,"还会攀扯,都死到临头了。"

王常顺向何怡贤膝行了几步:"老祖宗,您一定要救救儿子啊,儿子不想死……"

"不想死?求我没用,你得求邓少监。你要求得他愿意救你的性命,我这儿才能给你一条升天的路。"

王常顺听懂了何怡贤的意思,忙不管不顾地扑到邓瑛面前,一把抱住了邓瑛的腿:"邓先生,求求您救救我,您要是愿意救我这贱命,我就把我外面那个小子,给您当儿子。我外头还有些个好看的女人,我都孝敬给您……只求您千万要给我条活路……"

邓瑛感到王常顺快要触碰到杨婉包在他脚腕上的绢子了,便将腿往后撤了半尺:"你先松开我。"

"邓先生……"

"先松开!"

他提高了些声音,抬头看向何怡贤:"我有话与掌印说。"

王常顺这才松开了他。

邓瑛弯下腰,也不顾在场人的目光,摘下杨婉的丝绢,轻轻弹去上面的灰,叠放入怀中。这才对何怡贤说道:"我在皇城营建一项上耗了十几年,很多事,如果我想说,早就说了。如今,我已经是残命,不容于师友,自不会狂妄自大,妄论大事。"

何怡贤偏头看着他怀里露出的那半截丝绢,忽道:"这绢子的质地好,你走进来的时候,我就看见了。"

邓瑛没有应答。

何怡贤对他摆了摆手:"你放心,她是杨伦和宁妃的妹妹,她无论做什么都有人护着她,至于我们……"

他笑了笑:"提都不配提她。"

这句话旁人乍听之下没什么,邓瑛却觉得自己怀中那放绢帕的地方猛地刺痛了一下。

"伤着了吗?"何怡贤直起身,"伤着了才好,你才会认认真真地与我说话。"

第二章 月浮杏阵

16

邓瑛轻握住膝盖上的衣料。

"掌印要邓瑛说什么?"

何怡贤看向胡襄:"算了,他年轻,听不来话,还是你来问他吧,我听着。"

"是。"

胡襄应声站起来,几步跨到邓瑛面前。

他是一个直性的人,身段看起来倒不大像个太监,说话的声音粗直,甚至有些刺耳。

他在邓瑛面前摆开了架势,直道:"刑部的公文今日送到了司礼监,要你明日受审。今儿咱们就摆一个公堂,你就当我是刑部的堂官,我问,你来答。"

邓瑛抬起头,顺从地应道:"是。"

胡襄咳了一声,正声道:"贞宁十年,山东临清的供砖共用去多少?"

"三万匹。"

"但据山东所奏,当年共供精砖五万匹。"

邓瑛看了一眼跪在地上瑟瑟发抖的王常顺,继续应道:"贞宁十年,皇极殿月台改建有失,曾废用了两万匹精砖。"

"有账可查吗?"

"有。"

他几乎没有任何迟疑地应答完这一连串的问题,胡襄满意地点了点头,侧身往边上一让,看向何怡贤。

何怡贤端起茶喝了一口,接着胡襄的话问道:"真的是废用吗?"

邓瑛抬起头:"若是刑部问邓瑛,自然是废用。若是掌印问我,那就不是。"

何怡贤笑了一声:"好,那你如实对我说说看。"

邓瑛放平声:"事实上山东临清只供了三万匹精砖,但虚报五万匹,其中两万匹砖的资费仍由户部支出,如今这些银钱在什么地方,我并不知道。"

"那你将才为什么不如实回答胡襄?"

此问一出,堂下沉默。

何怡贤搁下茶杯:"还是放不下你的身段啊,说出来又何妨,你现在是司礼监的奴婢,不是他们内阁的'炮仗',任由他们想怎么点就怎么点。"

邓瑛没有出声。

他看着王常顺身上的刑后伤,忽然觉得这些血肉裂痕,他身上也有。

"说话!"

不算太有逼迫性的两个字。

但有切割认知的力量。

邓瑛望着脚边自己的影子,躬下身准备回应,奈何却说不出那个"是"字。

何怡贤听完,笑着摇头:"你这个人不真切。"

郑月嘉看了一眼何怡贤的眼神,有些不安地望向邓瑛。

议室的氛围忽然凝重。

郑月嘉忍不住朝邓瑛喝道:"邓瑛,好好回话!"

"你不要出声!"

何怡贤回喝郑月嘉:"看他自己怎么说。"

室内所有的人都朝他看来。

邓瑛在众人目光下,终于慢慢地松开握在袖中的手,屈膝跪下。

青衫及地,他闭上眼睛,此时他什么也没有想,只是庆幸,杨婉不在。

"是，奴婢明白。"

何怡贤这才点了点头，挥手示意胡襄退下，又道："你今日慢得不是一点半点，不过，将才也算是答得不错了。但是你以后，得换一个想法。我们是宫里的奴婢，主子过得好，才会赏下钱来给我们。你将才说，你不知道那两万精砖的费用在什么地方，好，现在我告诉你，那些银钱都在给主子修蕉园的账上，我们这些人，是一分都没见着。不过主子他老人家开心，这比什么都重要。听明白了吗？听明白了，起来应一声。"

邓瑛应声站起身，垂眼应了一声："是。"

何怡贤点头，自己也站起身。

"行了，今儿就议到这儿吧。我乏了，你们也都散了吧。"

王常顺见这边要散，忙一把抱住何怡贤的腿："干爹，那儿子的性命呢？干爹答应要救儿子的啊！"

何怡贤弯腰撩开他的头发："邓少监都没有说要救你，我怎么救你，啊？"

"干爹……"

"成了！"何怡贤直起身说道，"你家那个女人，还有你那什么干儿子，都有干爹给你看着。你就放心地去，干爹给你备了很多冥钱，保你到下面吃香的喝辣的，怎么都用不完。"

"干爹！干爹！干爹！求您不要啊，儿子还要留着性命伺候干爹啊！"他说话之间声泪俱下，抖若筛糠。

何怡贤被他扯得有点不耐烦，对胡襄道："你去诏狱传个话，这人的舌头，能给他断了就断了。我看他也是不想活了，这会儿剪了，就当他自己咬的。"

说完，用力一踢，把人踢到了一边。

王常顺听完这句话，两股间一热，一股焦黄的水便从囚裤中渗了出来，顿时什么体面都没有了。

邓瑛看着地上惊恐失禁的人，喉咙紧痛。

文死谏，武死战，只有蝼蚁偷生，终死于粪土，泡于便溺。

杨伦和邓瑛一起读书的时候说过,他这一生最厌恶的就是阉人,他们都没有骨头,死了之后就是一摊烂泥,恶心至极。

邓瑛曾觉得杨伦这话过于极端了一点,但此时此刻,他好像有些明白,杨伦为什么会那样想。

"邓瑛。"

何怡贤掩了口鼻,声音有些发瓮。

"在。"

"知道他没舌头了,意味着什么吗?"

"知道。"

"知道什么?"

"刑部会以邓瑛为突破口。"

"刑部的背后是谁?你说说。"

邓瑛忍住喉咙里的咳意:"白阁老和杨侍郎。"

"很好,以后啊,司礼监护不护得住你,就看你这回怎么面对那两个人了。"

另一边,杨婉独自回南所。

慈宁宫的临墙杏花本应在三月底开,因今年早春湿暖,此时已经开到了盛时。花如艳云,与殿顶覆盖的琉璃瓦相映成趣。好些路过的宫人都忍不住驻足小观。尚仪局女使宋云轻看见杨婉从南角走来,便挥手唤她:"杨婉,打哪里过来呢?"

杨婉没提内学堂,只道:"今日不当值,四下逛着呢。"

宋云轻忙道:"那你得空去御药房一趟吧。"

"嗯,什么差事?"

"也不是什么差事,是姜尚仪的药,本该我去御药房取的,可慈宁宫的宫人央我来描这杏花样子,说这是许太妃的差事,我这儿做得细,没想到耗到现下还没完呢,我怕等我了结这活儿,会极门那边就要下闩了。"

杨婉看了眼天时:"尚仪的头疾还没好吗?"

105

"可不嘛，这几天风大，又厉害了好多。"

杨婉点了点头。

"成的，我现下过去取。"

宋云轻合手谢道："那可真是劳烦你了，你说，你明明是宁娘娘的妹妹，平日咱们烦你，你都不闹，可是个好神仙，赶明儿你的差事我做。"

杨婉笑道："行，那我去了。"

她说完，辞了宋云轻，往御药房去。

御药房位于文华殿的后面，在明朝，御医是不能入内廷侍值的，所以当日当值的太医，都宿在会极门的直房里，以应对夜里的内廷急诏。

杨婉走到会极门的时候，门后的直房正在换值。

御医彭江拿了姜尚仪的药交到杨婉手中，笑着和她说道："就等着你们尚仪局过来取了。不然，我也出去了，幸好今儿会极门要晚关半刻。"

杨婉接过药："我刚过仁智殿的时候就以为这趟是要空跑了，没承想还是得了东西。不过，今儿您这边为何要晚闭啊？"

她说着，朝身后看了一眼。

背后风灯隐灭，但一个人也没有。

"哦，也不是什么大事。"彭御医一面收拾一面跟她闲聊，"我刚听着是锦衣卫指挥使并两个司使在养心殿回话，过会儿要从会极门出吧。"

杨婉听了这话，忙与彭江相辞，跨过会极门往西面走。

刚刚走过皇极门前的广场，就看见张洛一身玄衣，沉默地行在夜幕下。

杨婉知道避不过了，便侧身让向一旁。

张洛也没有避，径直走到她面前。

"抬头！"

杨婉抬起头："大人对奴婢有吩咐吗？"

张洛冷笑一声："你喜欢当这里的奴婢？"

"大人——"

"还是你喜欢当奴婢的奴婢?"

他打断杨婉,弯腰低头盯着她的眼睛:"你兄长在朝堂上的骨头是廷杖都打不断,你却如此低贱!"

"我哪里低贱了?"

杨婉抿了抿唇:"如果你肯放过我兄长,我不会出此下策。"

"呵呵。"

张洛直腰:"你也知道是个下策,你以为你这样说,我会怜悯你?"

杨婉摇头:"我什么都不敢想,如果大人肯放过奴婢,奴婢会对大人感恩戴德。"

张洛没有立即回话,他试图趁着夜色看清这个女人真实的面目。

"行。"

良久,他才吐了这么一个字。

"整个京城,没有人不想要北镇抚司的怜悯。你不想要我的怜悯,那我就当从来没有认识过你。下次见到我的时候,你最好也像今天这样站直了。"

他说完,转身朝会极门大步而去。

"等一下。"

杨婉抱着药追到他身后。

张洛站住脚步,却没有回头。

杨婉立在他身后,提高了自己的声音:"虽然我是为了自保,但的确是我做得过了一些。我不敢要大人的怜悯,但我愿意答应大人一件事,以作补偿。"

张洛半侧过脸,斜眼看她道:"我会有求于你?"

"也许没有吧,不过,我想对得起自己的良心一些。"

她说完,放缓了声音:"我无意之间捣了些乌龙,等我反应过来的时候,大错已成,无法补救。这实非我本意,但我也无力向大人解释。我只希望,大人不要因为我再迁怒旁人。"

张洛听她说完这句话,冷笑一声。

他寒声道:"你说错了,杨婉,北镇抚司从来都是秉公执法。我厌恶那个罪奴,不是因为你,而是因为他狡脱刑律,与阉人为伍,奴颜婢膝,苟活于世,其行其心,皆令人作呕。"

"你说什么?"

张洛忽觉背后的声音陡然转冷,他不禁回过头。

杨婉凝视着他的眼睛:"你说我贱可以,我听着,什么都不会说,但其他的话,还望大人慎言。"

她分明在维护那个人。张洛瞬间被激出了怒意,寒声道:"为什么一而再,再而三地非要在我面前维护那个罪奴?"

"他是罪人之后,但他不是罪人,如果不是他,你我所立之处无非砾木一堆!"

她说完也转了身:"我收回我刚才给大人的承诺,我就不该对张大人心存侥幸。"

17

翻过惊蛰,针工局和巾帽局便开始为内廷裁剪夏衣,各处的事务一下子繁忙起来。

就在这个时候,皇帝身边的一个宫人蒋氏有了孕,拟册婕妤。

虽然姜尚仪和梁尚宫二人,对这个未经民间甄选的嫔妃态度很平淡,但因为皇帝的子嗣如今只有韩王朱易琅一个,母凭子贵,司礼监的人都捧着延禧宫去了,六局也不能怠慢。册令一出来,整个尚仪局立即被眼下这措手不及的册礼打得人仰马翻。杨婉在尚仪局里虽只是文书往来上的笔吏,也被古今通集库①的人缠得一连几日都抽不开身。

加上承乾宫这边,宁妃感了风寒,拖了些时日竟正经地厉害起来。

杨婉每日奔波于承乾宫和尚仪局两地,偶尔挤出时间去寻邓瑛,却总是遇不见他。

---

① 古今通集库:专门管理宫内的档案的机构。

从贞宁十二年的四月起,一直到十二年秋天的"桐嘉惨案"前,关于邓瑛的史料几乎是空白的。

对于史学研究而言,没有记载要么代表岁月静好,要么代表讳莫如深。

杨婉不太确定邓瑛属于前者还是后者,因此心里总有些不安。

只是宁妃病得实在厉害,易琅惶恐,夜里总要找杨婉,于情于理,杨婉都觉得自己不好在这个时候丢下他们。

这日晚间,宁妃又咳得很厉害,喝完合玉服侍的汤药,在榻上折腾了好一会儿,好不容易才睡下。

杨婉哄睡了易琅,站在锦屏前等合玉,见她走出来便朝她使了个眼色。

合玉会意,凑到杨婉耳边轻声说道:"我看这症候像是被蒋婕妤的事闹的。"

杨婉轻声问道:"娘娘在意这些吗?"

合玉摇了摇头:"娘娘倒不大在意这些,但她一贯是个要体面和尊重的人,前些日侍寝……"

她说着,又朝次间看了一眼:"您是娘娘的妹妹,奴婢才说的,您听了就是,可别多问啊!"

杨婉点头:"嗯,我懂。"

合玉把杨婉往明间里带了几步,压低声音说道:"前些日娘娘侍寝回来,奴婢就觉得娘娘心里有些不痛快。但这些事是内私,奴婢不能问,只能猜,奴婢想……娘娘怕是受了陛下什么话。"

能是些什么话?自然是男人在床上嘟瑟过头的狗屁话。

杨婉一点都不想知道。

她在尚仪局早就听宋云轻等女使私底下说了好些蒋氏素日的做派,什么水蛇腰、杨柳肢、勾魂摄魄的女鬼貌,迷得禁欲多年的贞宁帝白日里都把持不住。杨姁定是不愿意被拿来和蒋氏作比的。

"女使。"

"嗯?"

"今儿晚上您还回南所吗？"

杨婉挽下手臂上的袖子，应道："我就不回了，今儿我给娘娘守夜，你们连着几个晚上没歇好了，趁着我在，早些去睡吧。"

"唉，"合玉叹了一声，"您都没说累，我们哪里敢叫累？不过，您守着娘娘倒是能宽慰她几句，比奴婢这些有嘴没舌的好太多了。奴婢去给您拿条毯子来，这夜里还是冷的。"

"好。"

杨婉说完，绕过锦屏走进次间。

鎏金兽首香炉里，暖烟流淌。

面前床帐悬遮。床榻对面安置着一张紫檀木香几，几上寡摆了一只白瓷瓶，瓶中清供松枝，虽然都是清寒之物，但看着倒并不让人觉得冰冷。

宁妃好像睡熟了，只偶尔咳一两声。

杨婉坐在香案旁的圈椅上，移来灯火照膝，翻开自己的笔记。

她的笔记停滞在内书房与邓瑛分别的那一日。

琉璃厂案还没有后续……

杨婉在"司礼监"和"内阁"这两个名词之间，画了一幅邓瑛的小人像，画完又觉得自己画得很丑，正想蘸墨涂了，却听到宁妃忽然又咳了起来。

她忙放下手里的东西，起身走到榻前，抬手撩起床帐，弯腰问她："娘娘要茶吗？"

宁妃坐起身来摆了摆手。

"看你坐在灯底下想事儿，想叫你披件衣裳来着。"

杨婉随手抓过挂在木椸上的褙子披上，把灯拢过来，侧坐在榻边。

"这不就好了吗？娘娘别冻着才是真的。"

宁妃看着她披自己的衣裳，不由得摇头笑道："你这什么规矩？还是尚仪局的宫人呢。"

说完又道："不过……也真是，你这样倒让我觉得，有一点像在家里。"

杨婉替她拢好毯子。

"若是在家里，娘娘心里有事，就对奴婢说了。"

宁妃一愣。

"你……瞧出来了？"

"是合玉瞧出来的。奴婢那么笨，哪里知道！"

宁妃摸了摸杨婉的额头："姐姐没事。你尚仪局的事忙，别想那么多。"

"我忙那里的事做什么？我愿意照顾您。"

"你这话——"

杨婉抬头打断她道："虽然娘娘听我这样说，又要说我不懂事，但我知道，娘娘听这些话才开心。"

宁妃怔了怔，用手轻轻抚摩了一下杨婉的脸颊，然后把手摊放到膝上，低头笑了笑："你可真是个通透人。"

她说完，转了话头，握住杨婉的手："你将才在想什么呢，想得那么出神？"

"我……"

杨婉看了一眼自己匆忙留在圈椅上的笔记。

宁妃顺着她的目光看去，不由得道："不止一次看你拿着那个册子记啊记的，写的都是什么？"

杨婉抿着唇没吭声。

宁妃等了她一会儿，见她没有回答的意思，轻道："你看，你有心事也不跟姐姐讲。"

杨婉捏着自己的手指，说："娘娘，这个事其实就不该在这个时候做，但是……"

"是和邓少监有关？"

杨婉没有否认："嗯，娘娘又该说我了。"

"不是。"

宁妃拍了拍她的手背："你刚才那句话就很有意思，道理谁都会讲，也都是为对方好，可是，人生苦短，确实也该听一些喜欢听的

111

话，做些喜欢做的事。姐姐是后宫的嫔妃，不如你自由，说话也刻板，你只要知道姐姐对你的心就好。你愿意做什么就做什么，姐姐在一日，就护你一日。万一哪天姐姐不在了，还有易琅，婉儿不要怕。"

这一段话，杨婉听后竟然有些细思极恐。

古今之间不同的观念，虽然看起来有很大的鸿沟，比如女性群体从沉默到发声，民主意识从酣睡到觉醒，其中经历了千百年的演变。过去的人绝对不能对现在的人张口，所以人们真的敢想象，两个不同时代的人直接交流之后，那种洞穿三观的穿刺感吗？

毕竟历史有时间的阻隔，但人性是可以通过裂痕沟通的。

杨婉觉得，在血缘之外，这个活在大明朝的女子，竟然给了她一种在现代被称为"女性友谊"的东西。

很……神奇！

"嗯……说到邓瑛，有件事姐姐要跟你说。"

宁妃的声音把杨婉从自己的思绪中拽了出来。

"娘娘您说。"

"邓瑛这几日不在宫中。"

"不在宫中？"

"对。"

杨婉忙追问道："姐姐怎么知道的？"

宁妃的目光稍黯："在养心殿时，偶然听到司礼监的何公公跟陛下回话，刑部带了邓瑛去，但是为了什么，姐姐不能够过问。"

杨婉低下头："我……"

"你想去问哥哥？"

杨婉一怔，继而笑道："哥哥怕是不会见我。"

宁妃摇了摇头，含笑道："没事，姐姐帮你。"

次日内阁会揖。

杨婉牵着易琅的手在宫道上走。

她边走边低头问易琅："娘娘让殿下跟我来之前，跟殿下说了什么呀？"

易琅仰起脸："母妃就说，如果舅舅不肯好好跟姨母说话，就让我喝住他，不准他走。"

"哈哈……"

杨婉忍不住笑出了声。

易琅看她笑了，边走边晃她的胳膊："姨母，你笑的时候最好看了。"

杨婉蹲下身，一把把他抱起来："殿下你这么小，就知道怎么哄奴婢们开心了。"

易琅搂着杨婉的脖子："不是，姨母和母妃就是宫里最好看的人。"

"啊，是想一会儿看奴婢给您变小人儿吧？"

"才不是……"

说话间，会极门那边传来了一阵脚步声。

杨婉抱着易琅朝门口望去。

六科年轻的给事中们纷纷从会极门走出来，杨伦也走在这一群人中，正面红耳赤地和他们争论着什么。他看到杨婉与易琅之后，匆忙辞了人，快步朝他们走来。

杨婉把易琅放下来，冲杨伦行了个礼："杨大人。"

杨伦没有应杨婉，躬身向易琅行礼："臣参见殿下。"

"杨大人请起。"

杨婉看着眼前这一幕，倒觉得有些意思。

孩子的天性虽然很难收敛，但看得出来，他对君臣大礼还是有自己的认识的。

杨伦站起身，刚要说话，却听易琅说道："姨母有话问杨大人。"

杨伦脖子一梗，诧异地看向杨婉。

"你太放肆了吧，连殿下都敢……"

"杨大人！"

杨伦牙齿差点咬到舌头，不得不打住，躬身作揖。

"臣在。"

"不可以凶姨母。"

杨婉没忍住，扑哧一声笑了出来，杨伦脸上顿时五光十色。

易琅并不懂杨婉在笑什么，只管一味地护着她，板着小脸对杨伦道："大人起来。"

"是。"

杨伦站直了身，一个眼风扫向杨婉。

杨婉往后撤了一小步："你别这样看着我，我一个奴婢，哪里敢跟殿下说什么。"

杨伦脸色一阵红一阵白的，正了正梁冠，正声道："问吧，我不能与你私谈过久。"

"好，我直接问了，邓瑛在刑部吗？"

"你——"

杨伦刚想骂人，就看见易琅气鼓鼓地看着他，只好咬着牙吞咽了一口，压下声音道："我看你是疯了。你要和这个人私近，我管不了你。但你如今身在内廷，朝廷的事，不是你该过问的！"

"哥哥这话很不对，"杨婉毫不客气地回应，"邓瑛也是内廷的人，你们不也是说牵连他，就牵连他了吗？内廷是陛下的内廷，朝廷也是陛下的朝廷，账都烂到一堆去了，当真分得开吗？"

"杨婉！"

"哥哥也别骂我，我也不是没脑子的人，这话我只在哥哥面前说，在旁处我是连嘴都不敢张的。我只是想跟哥哥说，若是为了琉璃厂的案子，你们要拘扣邓瑛问审，这是没有用的。你们问不出什么，只会白白折磨他。"

她说着，稍稍眯起眼睛，偏头看着杨伦的眼睛："我一直有句话想问你，你眼睁睁地看着他们折磨邓瑛，你心里不难受吗？"

"……"

杨伦哑然。

杨婉松开易琅的手，朝杨伦走近几步："我说这话，不是像你们想的那样，想和邓瑛在一起想疯了。我明白哥哥是为朝廷和百姓好。是，宦官贪腐的弊病是要消除，但哥哥也要看上位者是谁，他如今是不是有这个决心。历朝历代当第一个'炮仗'的人多了去了，哥哥还是该护好自己。我们杨家这一辈凋零，弟弟还在学里，朝中只有哥哥一个人……哥哥也该听说了，陛下新册了一个婕妤，这一段日子娘娘的身子很不好……哥哥是我们在宫外唯一的依靠，哥哥要珍重，我们才能平安。"

18

正如杨婉想的那样，刑部对邓瑛的审问陷入了一个僵持的局面。

白玉阳坐在刑部衙门的后堂中，听堂官念诵昨日堂审的供词，与他同坐的还有刑部右侍郎齐淮阳和都察院的两个御史。后堂里台面干净，桌上的白瓷盏里盛着寡茶，此时已经冲了三泡，早就没味儿了。

白玉阳摆手叫堂官停下，摁了摁额头，问齐淮阳："杨大人今儿来不来？"

齐淮阳看了一眼外头的天，回答道："尚书大人，今儿内阁会揖，杨伦在六科有名声，自然跟着白阁老去那边了。"

白玉阳笑了一声："我看他是不想和那个奴婢撞上。昨日是第四回堂审了，张次辅都在，他偏偏告病。"

齐淮阳将就着冷茶喝了一口，放下手里的卷宗淡淡地说道："人之常情嘛。不过，这事问到现在，的确有些麻烦了。"

白玉阳点头："是，司礼监在问了，我知道。"

"是啊。邓瑛毕竟是司礼监的少监，部堂大人。你看，我们也不能把他收监，这几日都是叫司狱衙找地方暂时把人看管起来。王常顺在诏狱里咬舌死了，司礼监立马补了胡襄亲自过去，等琉璃厂那边重新运转起来，太和殿那半截子瓦木堆，还得靠他去搭。"

"好，好……你先别说了。"白玉阳朝他摆手，"你说的这些我都知道。"

他接过堂官手里的供词，抖得哗啦作响："可你看看，一丝不漏啊，啊？这是做的什么功夫？这怕是从十年前起，他邓瑛就在为了这个劫修炼呢。这里头的账抹得如此平，我看着都想替司礼监叫好。你说这个邓瑛，他还真天生是个奴婢，没挨那一刀的时候，就和那几条老狗搅在一起。我们还怎么审下去？"

齐淮阳道："这就看，我们要不要动这个人。"

"你指什么？"

"动刑。"

两个在场的御史听了这句话，相互看了一眼，并没有吭声。

白玉阳捻着供词的边角："我不是没有想过，但一旦动刑，就必须让他吐出东西来，如果吐不出来……"

他抬起头扫了一眼堂中的人："那就不好办了。"

在座的人皆陷入了沉默。

不多时，门外传来脚步声，门扇一开，一个高大的人影应声而入。

杨伦大步走了进来。

他没有换赤罗[1]，肩头阴湿，满身雨气。

白玉阳收起供词，朝外面看了一眼："杨侍郎，下雨了？"

杨伦拍着身上的水："刚下的。"

他说完，朝白玉阳作揖，直身又道："我家里的人传话传得慢了，让几位大人久等了。"

白玉阳道："来了就坐。来人，给杨大人搬一把椅子过来。"

杨伦撩袍坐下："听说，是白尚书写了条陈给陛下，陛下才让我来听审的。"

"是。"白玉阳转身看向他，"毕竟事涉户部，有你在，我们可以问得清楚些。"

杨伦看向门外，天阴雨密，黑云翻墨，庭中树木被雨打得噼啪作响。

"今日是第几轮？"

"第五轮，问出的东西都在这儿，你看看。"

杨伦接过供词，刚翻开一页，便听白玉阳道："把人带过来，就

---

[1] 赤罗：朝服。

不挪去正堂了。齐大人，劳你作录，我与杨大人同审。"

"是。"

简易的公堂在后厅里摆了起来。

齐淮阳等人各自归位，安静地等待着衙役押人过来。

不多时，雨打阔叶之声，就被鞋履踩水的声音打破了。

杨伦不再看供词，他抬起头看向外面。

雨幕昏暗，邓瑛自己撑着伞，走在几个衙役的身后。

他身着青灰色的交领直裰，比之去年交游时，又寡瘦了很多。

他走到门前低手放伞，撩袍走进堂中揖礼。

这是邓颐倒台之后，杨伦第一次见邓瑛。

如果不是因为早上在会极门杨婉说的那一番话，杨伦可能来得还要更晚些。

邓瑛并没有看杨伦。

他静静地立在白玉阳面前，垂手待问。

白玉阳看了杨伦一眼："杨大人，这样，关于山东供精砖的那一项银两，你再问一遍吧。"

杨伦看向邓瑛。

邓瑛已然侧身面向他，只不过目垂于地，好似刻意在他面前维持着卑微的姿态，以此来与他拉开距离。

杨伦忽然有些明白杨婉对他说的那句话："你眼睁睁地看着他们折磨邓瑛，你心里不难受吗？"

"没什么好问的。"

杨伦把目光从邓瑛身上避开："这上面他已经答得很清楚了。"

"你就信了？"

杨伦又看了看手上的供词，半响，方从齿缝里咬出一个"是"字。

白玉阳道："我们这边就这样结审，是不能过都察院那一关的。"

他说完，拿走杨伦手上的供词："这么干净的供词，这么清白的账目，你也敢替户部认了？这几十年的亏空，都亏空到哪里去了？都去了邓颐老家吗？我看他家都抄绝了，也才勉强补齐了北面的军费，其他的银子呢？冲进了哪条江？"

杨伦低头咳了一声："白尚书的意思呢？"

白玉阳反道："我今日想听听杨大人的意思。"

"我的意思，是先放人。"

白玉阳忽然提高了声音："我的意思，是换一个地方接着审问，别的都不用问，就山东这一项，咱们仔仔细细、理缝抠隙地问清楚。"

杨伦听完，赫然起身："那尚书大人问吧，户部月结，底下的官员们还等着去岁的欠银。杨伦实在脱不开身，今日这供词已审看过了，若尚书大人再有问讯，差人传杨伦便是。"

"等一下。"

齐淮阳也站起身，出声劝道："杨大人不必如此，我等都是希望能审清楚这件事，毕竟关乎社稷民生。白尚书拳拳之意，即便伤了杨大人过去的同门之谊，也不该让他在这里受不白之冤啊！"

他强调"过去"二字，代表这是一个警告，也是一个提醒。

然而杨伦只看了他一眼，转身即往外走。

"杨大人！"

背后忽然传来邓瑛的声音。

杨伦回过头，却见他躬身揖礼："邓瑛有几句话，想跟杨大人说。"

说完又道："白大人，可以容邓瑛单独与杨大人说吗？"

白玉阳和齐淮阳相视一眼。

"可以，你伺候杨大人走几步吧。"

"是。"

外面仍在下雨，杨伦背着手走在前面，邓瑛慢一步跟着他。

两人都没有撑伞，双双沉默地走出了好长一段距离，直到走近刑部衙门的正门，杨伦方站住脚步。

"你做什么？跟来又不出声？"

邓瑛立在雨中，单薄的青衫此时贴着他的皮肤。

杨伦以前听说男子受腐刑之后容貌会有所改变，但邓瑛没有，只是气色越发地淡，从前的谦和之中，略渗着一丝自审身份后的顺服。

"你看得出来吗？他们希望，由你来刑讯我。"

"哼！"

"你该听他们的。"

杨伦转过身："我问你，我对你用刑，你会说实话吗？"

"不会。"

他几乎是脱口而出。

"所以，司礼监的那些人，的确亏空了不少吧？"

邓瑛在雨中抬起头："是。"

"你为什么要维护他们！"

邓瑛忽然咳了几声："非邓瑛所愿。"

"这是什么屁话！"

"大人，你要看明白一点，司礼监这十年来的确亏空了朝廷很多的银子，但是这些款项，大部分是用到了皇室宗族之中。陛下暂时不会动何怡贤，这个时候如果你与老师……"

他忽然想起白焕对他说过的话，忙改口道："你与白阁老要用琉璃厂和三大殿的亏空来与司礼监相争，轻则损天家颜面，重则你与白阁老的政治前途都会就此斩断。"

杨伦静静地听完他的这一段话，忽然道："这些话，你在宫里教过杨婉吗？"

"什么？"

杨伦抱起手臂："差不多意思的话，杨婉今日也对我说了。"

"杨婉——"

"你住口！"

杨伦忽然呵斥道："谁准你唤她的名字？！"

邓瑛闭了口，垂目拱手："是，邓瑛知错。"

杨伦沉默地盯着他，逐渐捏紧了手掌。

"我问你，从前杨婉在家里的时候，你们之间到底有没有什么？"

邓瑛听他这样问，望着雨地里喧闹的水流，惨淡地笑了笑："我连她的名字都不曾知道。"

"那现在呢？"

杨伦逼近他几步："现在在宫里，你和她有没有什么？"

邓瑛抬起头，面上的笑容暗带自讽："我怎么敢？"

他说完，轻轻握住自己的手腕："我在这一朝是什么身份，我心里明白。我可以立誓，我若对她有一丝的不敬之意，就令我受凌迟而死。"

"我不想听你说这些。"杨伦背过身，"我只想告诉你，她是我的妹妹，她要跟着你，我没办法骂她。但她以后势必要出宫，嫁一个好人家，哪里寻不到好少年配她？我杨伦的妹妹，大可在这偌大的京城慢慢挑。"

这几句话砸入雨中，惊起了叶丛中几只躲雨的小雀，它们被雨淋得飞不起来，颤巍巍地挪到邓瑛脚边。

杨伦和邓瑛一道低头看去，暂时都没有出声。

良久，杨伦才开口道："你知道吗？听到你刚才为我和老师考虑，我有点恶心。我不知道杨婉到底是怎么回事，她既然知道你是怎么想的，她就……"

杨伦磨着牙齿摇了摇头："她就不觉得难受吗？"

邓瑛受完这一段话，轻道："为什么要对我说这样的话？"

"没什么！就是想说了！"

杨伦赫然提高了声音："邓符灵，我真的很恨你变成现在这个样子，你让我和老师情何以堪！"

话声回荡在雨里。

回应他的声音听起来有些绝望，但尚残存着一丝温度："那你们就当符灵死了吧。"

19

邓瑛不在宫中的这一段时间，杨婉和李鱼在护城河边的直房外对峙了两天。

李鱼抱着手臂，看着蹲在直房门口的杨婉，不屑道："我听姐姐说，尚仪局有个女使对邓少监疯魔了，就是你啊？"

杨婉吸了吸鼻子："你姐姐是谁？"

"我姐姐是你们尚仪局的女使，宋云轻。"

杨婉站起身："宋云轻是你姐姐，怎么她姓宋，你姓李啊？"

李鱼仰头，提声道："这是我干爹疼我，他老人家在司礼监做秉笔，跟着他姓面子老大了。"

杨婉看着李鱼得意憨痴的模样，心里想这人天然呆，邓瑛跟他待在一块也挺好的。

杨婉扯了扯他的袖子，李鱼嘟着嘴道："你扯我干什么？"

杨婉笑道："小屁孩，我扯你怎么了？我问你啊，邓少监几日没回来了？"

李鱼抓了抓脑袋："十来天了吧。不过昨夜里倒是回来了一阵，可惜你没见到。今儿一早又不知道去什么地方了。对了……"

他看向杨婉，说："听说你那儿有好吃的？"

"什么？你听谁说的？"

李鱼认真地看着杨婉："邓瑛有个盒子，里面锁了一堆瓶瓶罐罐。他每从外面回来，都会从那堆罐子里抓些东西来吃，夜里看图纸的时候，好像也在吃。我问他要过一次，他不给我，后来吃的时候还躲我。我姐姐说，你以前搬过瓶罐来看他，那肯定就是你给他的。"

这李鱼年纪不大，描述出来的场景却很生动，杨婉脑海里立即有了邓瑛坐在房里吃坚果的画面。

而且，他居然还会藏吃的。

杨婉忽地发觉，邓瑛这个人有点可爱。

"那就是些核桃仁、花生米，还有点葡萄干，混着一把往嘴里丢，的确很好吃。"

李鱼听完，脸一垮："啊……就那些啊，我还以为是什么肉脯子呢……"

杨婉靠在门框上笑他。

121

正说着，忽见邓瑛从前面走回来。

他穿着白灰色交领中衣，外面罩一件同色袍子，散发在背，肩上的衣料有些潮润。

看见杨婉靠在门上，他不禁错愕，怔怔地站住了脚步。

李鱼回头打量了他一眼，直接道："你去洗澡了吗？"

"嗯，是。"

他应的虽是李鱼的话，看的却仍然是杨婉。

继而踟蹰，不知道该不该上前。

终是觉得，自己这一身落在她眼里，似乎不尊重。

自从邓家覆灭，他在生活上就变了一个人。虽然他还保持着从前的习惯，却不再受婢仆的侍奉，像吃饭、更衣、沐浴这些琐碎的事，都失去了从前的仪式性，逐渐沦为窘迫生活当中的必需。

"不是说要等明日我向姐姐拿了香露再去吗？"

李鱼不知道他在想什么，把这种私底下的话说得越发具体。

邓瑛伸手拢了拢自己的衣领，对李鱼说道："哦，我看房里还有半块胰子，就去了。"

说完，他低下了头，捏着袖口走到杨婉身旁，犹豫了一阵，才拔下门闩，轻轻推开门。

"你……"

"我可以进去吗？"

她倒是比他先问了出来。

这便让邓瑛没有那么局促，他下意识地搓了搓手，轻道："我昨日才从刑部回来，来不及整理。"

"没事，你放我进去，我就进去，你不放我进去，我站这儿跟你说也是一样的。"

邓瑛看了一眼李鱼，李鱼直接对邓瑛翻了个白眼，笑道："你可别看我，我啥都知道。"

杨婉转身笑撑道："你个小屁孩，知道什么呀？"

"嘿！我姐夫跟我说了的！"

他急得跳了起来。

"李鱼！"

邓瑛忽然沉声，李鱼忙摆手："好好好，我走了，我一会儿还上值呢。"

说完，拔腿飞也似的跑得不见影了。

杨婉看着他的背影笑道："我觉得，你跟这小孩在一处挺好的，这憨傻憨傻的，叫人多乐呵。"

她自顾自地说着，背后人的声音却压得有些低："对不起，我不知道他会那样说。"

杨婉转过身："他不是被你吼住了吗？没说出什么呀。"

邓瑛侧身替她挡住门，低头没看她，只轻轻说了一句："进来吧。"

杨婉走进房内。

比起上一次来，室中多了一些陈设，虽然都是新木造的，成色还没有出来，但看得出造这些箱柜的人手艺极好。

床是简单的榆木架子床，挂着灰色床帐，床下放着他的两双鞋子，床上整齐地铺着深蓝色的褥子。床头安置着一个屉盒，如李鱼所言，上面挂着一把锁。

邓瑛几乎是习惯性地走到屉盒旁，打开锁，正准备把罐子拿出来，忽然发觉杨婉就在他身后，忙把手收了回来。

"吃呀，你这是好习惯。"

"现在不吃，没剩多少了。"

"我明日再给你拿来。"

她站在门前，面上笑容清朗，秀气的眉眼顾盼神飞。

正如杨伦之前所言，像她这样的一个女子，大可在京城里慢慢地挑。

"这都是宁娘娘的赏赐，我不敢再要。"

"不是。"

她走到他面前，顺手拿出一个罐子，冲着他晃了晃："这是我对人的好，娘娘只是金主，等我以后自己存下钱，我就让他们（指能出宫采买的人）出去，给咱们多多地买，到时候你看书、画图，我写字的

123

时候，都可以慢慢吃。"

这原本是一句平实到不能再平实的话，邓瑛竟然险些被"割伤"。

杨婉这个人实在太明快了。她给了他在这个境遇中无法承受的温暖。

他倾慕于杨婉的好，但这种倾慕几乎让他认为自己是一个卑劣的人。

以蜉蝣之身，妄图春华。

想要，又明知不该，甚至开始没意义地对她患得患失。

不对啊，他怎么敢啊？

"为什么要这样对我？"

邓瑛脱口问出这句话的时候，自己也一怔。

相似的话，他也才在刑部衙门问过杨伦。

"你……知道我朝不保夕，根本——"

"送你几罐坚果，你就跟我说这些。"杨婉笑着打断他，"你要是想谢我，不如也给我造个箱子吧，这个是真的好看。"

她说完，不着痕迹地把罐子放了回去，转身往椅旁走，刚要坐，忽被邓瑛唤住。

"等下，垫一样东西，我这里落了很多灰。"

他说完，走到木槐旁取下自己的袍衫，叠放在椅面上，这才道："坐吧。"

杨婉低头看着他的衣衫："我没那么讲究的。"

"我知道，但我不想这里脏了你的裙子。"

他说完，倒了一杯水放到杨婉面前，转身看着床头的屉盒："你真的喜欢吗？"

"嗯，喜欢，很精巧。"

"这是太和殿的一位工匠造来送我的，你如果喜欢，我请他替你造一个。"

杨婉捧着杯子喝了一口，抬头道："你会造吗？"

"也会。"

"那你造一个送我吧？"

邓瑛犹豫了一下："我在木工一项上并不如他们好。"

"没事。"

杨婉一只手端着杯子,另一只手托着下巴:"嗯……我可以给你画个图,但是……我可能画得很丑,也不知道你能不能看懂里面的……那个透视?"

她用了一个不太确定邓瑛能不能听懂的词,接着又问道:"你懂'透视'吗?"

邓瑛摇了摇头。

杨婉有些失落,却又听他接着说道:"你画了也许我能明白。"

"那太好了。"

杨婉站起身:"有纸笔吗?"

"有。"

他往书桌边一让:"你过来吧。"

杨婉很喜欢邓瑛的那一方书桌,桌上就放着一个黑石笔架、一方无名的墨、一只素石砚、一尺来高的图档,还有两本他在内学堂讲学的书。和邓瑛那个人一样,干净到除了尘埃,就是皮肤和血肉。

她不太想瞎捣鼓邓瑛的东西,铺纸研墨的时候也有些紧张。

"你不会研墨?"

"啊?"

杨婉看了看自己的手法,说她不会研墨倒不至于,她的导师是个书法大拿,虽然有一堆师兄师姐鞍前马后地伺候笔墨,轮不上她这个一直不受待见的徒弟,但是杨婉在旁边还是看了很多次。

"这样……不对吗?"

邓瑛抬起手臂,将袖子挽于手肘处:"来,你放下吧。"

"好。"

杨婉乖乖地放下墨块,往边上让了一步,邓瑛走到她身边,身上淡淡的皂香散到杨婉鼻中,她忍不住侧头看他。

邓瑛还没有束发,一缕头发松落下来,垂在他的手背上,杨婉再一次看到了那道月牙形的旧疤。她不禁道:"你这道疤是什么时候留的?"

邓瑛研着墨,听到她问自己,便低头看了一眼,应道:"七八年前吧，好像是修寿皇殿的时候伤的，我自己也忘了。"

"以前的事情……你现在是不是忘得都挺快的？"

邓瑛手上一沉："为什么会这么说？"

杨婉取了一支细笔，压纸蘸上邓瑛研好的墨："就是觉得，你好像不愿意提以前的事。我也不知道，这样对你来说，是好还是不好……"

她说着摇了摇头，低头落笔。

"你其实什么都没有变，你看，你的字还是一样好看，生活还是一样清净疏朗。而且你什么都知道，你会照顾我，给我造屉盒，保护我的兄长和你自己的老师，你甚至愿意对那些听过你几堂课的阉童用真心。"

她说到这里，抬起头，用笔杆戳着下巴看向邓瑛："是吧？你仍然可以做你自己想做的事，你看你多棒。"

因为她就在面前，邓瑛无法细想她说的这几句话，却由衷地想要对她笑。

杨婉看他笑了，心情也跟着愉悦起来，捏着笔，揪着自己的耳朵，看向自己画的图开始自嘲。

"唉，我这画的是什么呀？！"

邓瑛听她叹气，便放下墨块，轻轻地把纸朝自己这边拖了一寸。

"我能看懂。"

"不是吧，这你都能看懂啊？"

"嗯，差不多。有些地方要想一想，这个样式以前没见过。"

杨婉被他这么一说，顿时有了自信。

"这个叫'胭脂水粉收纳……盒'。"

说完之后又觉得自己太"中二"，忙平下声解释："反正就是放一些脂呀、粉的。你随便做做吧，不用太在意，我就是兴趣来了，画得还这么丑……"

"是。"

邓瑛看着纸面："我也不知道什么时候能造出来。我……"

"刑部还要带你走吗？"

她在须臾之间精准地切住了要害。

邓瑛低头应了一声:"嗯。放我回来,是因为太和殿的主桦这几日在重架。"

"他们没对你用刑吧?"

"没有。"

杨婉松了一口气。

"我跟杨伦说了,这个杨大牛听懂多少我不知道,但我赌他还有点良心。他要是跟那些人一起犯蠢,我下次让殿下骂死他!"

邓瑛实在没忍住,转身笑出了声。

20

"说真的啊,邓瑛。"

杨婉尝试整理被自己薅得有些乱的笔筒,逐渐收敛住声音:"你准备就这么扛着吗?"

邓瑛发觉她的情绪忽然有些低落,低头看回杨婉的那张图,撑着桌案,弯腰从笔筒里取了一支笔,又铺开一张新纸,扼袖蘸墨:"扛……什么?"

杨婉看他在另外一张纸上复画自己的图纸,竟然有些不想进行这个话题。

详细的生活细节,本身就可以扼杀掉人的很多执念。

他吃坚果的模样,他握笔的姿势,他准许她进入的起居空间,他贴身的衣服,闲时穿的鞋袜,百忙之中抽出时间画的画,都让他与杨婉在时间上的边界越发模糊。

"你知道我在说什么。"

"我没事。"

"是,你不扛你能怎么样?刑部好不容易顺着琉璃厂抓住了山东这条线,就算杨伦想帮你,他也不敢做得太明显。"

邓瑛在纸上描勒框架,偶尔转头参照杨婉的图纸,声音不大,也很平静:"其实,虽然你将才那样说,我听了很高兴,但事实上,我不希望杨大人帮我。这个时候,他最好是和白尚书这些人一起面对我。对他来讲,哪怕于公堂上回避我,在内阁眼中都是不对的。"

杨婉看着他不过半刻就模仿出了她画得乱七八糟的图样:"你这样说……到底是在为谁着想?"

这个问题好像过于具体了,并不适合在研究里进行设问。

毕竟人是一个历史性的个体,大部分的决断都和他自身的身份立场、社会关系相关。

杨婉并不希望他认真回答。

但邓瑛停下了笔,望着笔下图纸认真想了一阵。

"我的朋友不多,认可的人也不多。不说是刻意为了他们,是到现在,我本身……"

他说着顿了顿。

墨汁已经渐渐在笔尖凝滞,他低头将袖子又往上挽了一截,探笔刮墨:"我本身已经无所谓了,所以我想做一些我自己还能做到的事情。我如今担心的是三大殿工程浩大,涉及账目众多,老师已经归乡,我不知道,这么多年里,我和老师有没有遗漏之处。"

"如果有呢?"

杨婉追问。

邓瑛笑笑,弯腰落笔,继续勾画:"那就像你说的,扛着。"

说完,他忽觉脚腕上的伤传来一阵刺痛,不得不闭眼忍了一会儿,有些自嘲地笑着自问:"不知道扛不扛得过去?"

"能的。"

邓瑛笑了笑,去拿她手边的镇纸,接着问她:"你怎么知道?"

怎么告诉邓瑛呢?

因为贞宁十二年的春天在历史上风平浪静,一片空白。

司礼监仍然如日中天,内阁毫无波澜,杨伦、白焕、白玉阳这些人各在其位,没有经历任何的官场沉浮。所以根据现有的情势,在这一段空白背后,邓瑛做了什么选择,其实并不难推测。

杨婉事后在写这一段笔记的时候,总觉得有一点不忍下笔。

她可以记得比较简单,比如:贞宁十二年春,邓瑛受审刑部,掩盖琉璃厂案。

这样就够了。历史研究首先需要的是史实,其次才是人性。

她在纸上写完这一段话后,却觉得它的内涵远不够完整。

"姨母!"

杨婉手中的笔一顿,闻声抬头。

月色清亮,扇门一开,各色花香就散入了她的居室。

易琅跑到她身边,一把抱住了她:"姨母,我母妃呢?"

杨婉搁笔搂住他:"娘娘吃了药刚睡下了。"

"哦……"

易琅忙放低了声音。

杨婉抬起头,问跟着他过来的内侍:"怎么这么晚?"

内侍应道:"是,今日殿下温书温得久了一些。"

"哦。"杨婉牵着易琅站起身,"你们下去歇吧,我来服侍。"

内侍们躬身退出内殿,易琅便趴在桌边看杨婉翻开的笔记。

"姨母,你也在温书吗?"

杨婉抱他在自己的椅子上坐下:"是啊。"

易琅仰起头:"姨母是女人,为什么也读书读到这么晚?"

这话还挺有意思的,杨婉甚至有点忍不住想说破,给这小娃娃"洗洗脑"。

隔了太过久远的年代,这孩子应该永远想不到,六百年以后,特权阶级全部消失,会有一堆女孩子跟他们一样"冲杀"在高考一线,然后一路"杀"进过去常年被他们垄断的领域,自信地和他们争抢话语权。

"那不读书,姨母应该做什么呢?"

"姨母要嫁一个好人。"

没法说,和 21 世纪不一样。

这还真是当下她能收到的最真心的祝福。

杨婉收好笔墨，蹲下身拍了拍易琅腿上不知道在什么地方沾上的灰。

"在殿下心里，什么样的人才是好人？"

"为百姓谋福祉的人就是好人。"

"那什么样的人是坏人呢？"

"邓颐那样的人就是坏人，他让百姓过得不好。"

杨婉点了点头："殿下为什么会这样评判？"

易琅拉着杨婉的袖子："因为我的先生教我，'民为重，君为轻'。"

杨婉顺着问道："哪一位先生？"

易琅仰起小脸，明朗地答道："张琮，张阁老。"

哦，张洛的父亲。

他也是靖和年间的第一位首辅大臣，一个在历史上和邓颐"齐名"的奸佞。

杨婉发觉历史的走向虽然有规律可循，但只要注意观察个体，就会有点魔幻。

比如，无论帝师的品性如何，他们都会拼命地努力，力图把这个王朝的统治者引向正道。虽然他们当中，不乏整天搜刮民脂、狎妓风流的人，但这也不妨碍他们要求君王做明君，哪怕有一天，自己也会死在君王的手里。

在这一点上，宦官和这些人是完全不一样的。

阉人的生死富贵，全部系于君王的情绪上，因此他们往往致力于关注君王的喜怒哀乐。

这也是大明百年，文官集团始终无法彻底搞垮宦官集团的根本原因。人总是喜欢无脑关照自己的人，就算自身知道，这是不对的。

杨婉抱着膝盖蹲在易琅面前，终于想明白，为什么她会觉得笔记上那一段记录的内涵不够完整。

邓瑛做的事，和后人总结的这个历史规律是相逆的。如果具体地分析，其中涉及的就不仅仅是时代洪流下的选择，更是一个人自我精神世界的反向外化。

"姨母……你在想什么啊？"

易琅捏住她的手指："你怎么不跟我说话？"

杨婉回过神来，忙道："奴婢在想你先生教给你的话。"

"姨母。"

"啊？"

易琅的小脸突然凑近杨婉："姨母你特别喜欢想问题。"

"哈哈，"杨婉捧着下巴逗他，"你怎么知道的？"

"因为你经常拿着册子发呆。母妃说，你很聪明，只是你不愿意跟我和母妃说你在想什么。但母妃也不让我问你。"

"为什么？"

"她说问你，就变得跟那些说你坏话的人一样了。可是我不懂，他们为什么要说你的坏话啊？明明姨母那么好。"

杨婉站起身，趁着没人，放肆地摸了摸易琅的脸蛋："等殿下大了就懂了。"

"哦……"

杨婉摸了摸易琅的头："姨母带你去睡吧，明儿还得早起听讲呢。"

四月初，太和殿的殿顶工程基本上完工了。

婕妤蒋氏的册礼也在六局的鸡飞狗跳之中平安了结。

这日，杨婉在古今通集库和掌印的太监传递文书。会极门正换值，好像是因为交接时有些问题，两班人面红耳赤地在争执。通集库的掌印吴太监关上门窗，捏着鼻子走到档架前，一边避灰一边对杨婉道："你们尚仪局还没有闲下来吧？"

杨婉应道："我们快了，其他五局的事还多。"

"哦，听说宁娘娘病了，现下好些了吗？"

杨婉点了点头："天暖和起来就好多了。"

"那便好，要这么一直病着也不好。"

杨婉听出了他的意思，笑应道："您也替宫里想啊？"

吴太监笑笑，摆手道："女使见笑了，我们这里，虽然连娘娘们脚底的灰都沾不上,但起起伏伏看得多了,以前不敢说,现在仗着自己老了,有的时候忍不住,也要啰唆几句。"

刚说完,外面的声音又提高了几分。

吴太监皱了皱眉:"这段时间,四门的值守越发地严了,我看走更官①每轮又多了两人。"

杨婉站在书桌边,借窗户透的光填写档录,一边写一边问:"他们吵什么呢?"

吴太监给杨婉倒了一杯茶:"唉,会极门一向是金吾卫在值守,这几日四门督防调整,换了羽林卫。他们守的规矩死,不变通,将才和外面衙门的差役发生龃龉,这会儿换防述情,可能没说清楚吧。"

杨婉停笔将要接着问,忽然有人敲窗。

吴太监提声问道:"谁啊?"

窗外的人小心地应道:"尚仪局的婉姐姐在里面吗?"

"我在。"

杨婉搁下笔,对吴太监道:"我出去问问,等会儿再回来写。"

吴太监点头道:"欸,女使自便,我们这儿平日闲儿多得很,就等着伺候你们尚仪局的。"

杨婉笑应着走出门,见门口站着一个穿灰衣的小内监,局促地看着她,怯生生地问道:"是尚仪局的婉姐姐吗?"

杨婉点头:"嗯,我是,你是……"

"奴婢是太和殿的答应。邓少监让奴婢跟姐姐带个话。姐姐托他做的东西,他做好了,不敢私送去姐姐寝处,就暂置在太和殿前的毡棚内,请姐姐得空时去取。"

杨婉一怔:"你们邓少监……"

"今日刑部遣人来请了邓少监出去。"

杨婉听完,朝会极门看了一眼。

---

① 走更官:晚上在四门巡逻的护卫。

132

她虽然并不意外，但想起邓瑛之前说过的话，浑身竟然隐隐地有一丝战栗。

"姐姐。"

"哦，你说。"

"还有一句话要带给姐姐，邓少监说太和殿的事太多了，他着实做得有些匆忙，若有不对的地方，请姐姐先将就使着，等他回来再给姐姐重新造一个。"

21

那日杨婉迅速了结了她在通集库的差事，便径直去了太和殿。

将将出会极门，太和殿庑殿顶上辉煌的琉璃瓦阵便映入了她的眼中。

杨婉看过故宫现存的太和殿，却没有见过它在明朝时的模样。

此时它还只是邓瑛手下的一个半成品。

虽可见规模恢宏，但外设寡素。

丹陛左右分置的日晷、嘉量都还没有安放，御道两旁的六座重檐亭，也才刚刚造好了底下的须弥座，石质未经打磨，在富丽堂皇的殿宇楼阁之间露着灰白的底色。即便如此，仍旧能感觉到它的建造者在其中倾注的心血。

杨婉走进月台下的毡棚。刚过了午时，工匠们各有各的事，毡棚内只有两个匠人在讨论工艺上的问题，看见杨婉走进来，忙放下图纸招呼。

"姑娘来了？"

这些人不是内监，也都有些年纪，一辈子钻在土木堆里，人粗糙得很，说话也直接，但并不唐突。

杨婉笑着冲他们点点头："多有打扰。"

"哪儿的话，姑娘坐。"

说完，他们发现，因为邓瑛不在，毡棚内几乎没处下脚，便都有些尴尬："唉，平时先生在时见不得乱，总是一遍一遍地整理。他一走,我们这些粗人就顾不上了。不过,茶叶是我们先生的,给姑娘沏一杯。"

"好。"

杨婉也不讲究,随意在木石料堆里的一块地方坐下。

"我是过来取先生留在这儿的东西的。"

"哦,那只怪盒子啊。"

旁边倒茶的人听他这么说,端着茶走过来嗔道:"什么怪盒子,先生一连造了几个晚上。"

那人忙附和:"是,是,也不是怪,就是咱们以前没瞧过那样式的,我去给姑娘拿过来啊。"

杨婉接过茶喝了一口,抬头问倒茶的人:"他夜里做的吗?"

"是啊,是啊。"那人连声道,"这几日工程太忙了,猜是姑娘要得急吧?"

杨婉闻话笑了:"原来师傅们看我这般不懂事。"

那人顺手捞起地上凌乱的图纸,拍着灰道:"先生的事,我们敢说什么。"

正说着,取盒的匠人回来了,随声附和道:"是啊,我们都是粗人,听到宫里那些难听的话,也想不通。姑娘你是宫里的人,先生也是宫里的人,姑娘喜欢先生,先生也对姑娘好,这事儿有什么呢?宫里那么多对食户儿,是吧?"

杨婉边听边笑:"对。"

那人把盒子放到杨婉面前:"姑娘看看。"

杨婉伸手把屉盒挪到自己膝上。

别说,邓瑛还真的把她那张自己都觉得着急的图纸给研究出来了。

屉盒是楠木质的,看起来是邓瑛就地取材的边角料。

底下是三层双抽屉,顶上是一个双开门的小柜。杨婉打开小柜的门,隐约发现,柜中暗处好像还雕着什么。

"欸?这个是……"

她说着,把手移到光下,凑近细看,竟是一朵指甲盖大小的芙蓉花,好像为了不让人发现似的,刻意雕在最靠边角的地方。

"位置这么刁钻,怎么雕上去的啊?"

两个匠人也凑过来看,其中一个得意地说道:"我们先生的手,那可不是谁都能比的。"

杨婉还在研究那朵芙蓉花:"可他之前跟我说,他造这些东西不如你们。"

"啥?他是这样跟姑娘说的啊?"

"嗯。"

杨婉试着把手伸进去,摸了摸那朵芙蓉,发觉它边角圆润,一点也不割手。再看盒身,虽然还没来得及上漆,但表面已经十分平滑,不知道锉磨了多少回,才能有这样的质感。她惊异于此物工艺的精湛,没有注意到替她取盒过来的那个匠人,表情逐渐变得有些恨铁不成钢。

"可真着急。"

他嘟囔了一句。

旁边的人撞了撞他的肩膀:"你着急个什么?"

那人看着杨婉,压低声道:"先生平时说话就淡淡的,现对着人姑娘,直接不会说了。"

旁边的人抱着手臂翻了个白眼:"先生不会说,你就会说啊?"

"我……我这不是帮先生说了很多嘛。"

"对了。"

杨婉终于放下盒子,转头却见他二人面红耳赤的,不由得一顿:"你们……"

"没什么,姑娘有事说?"

"哦,也没有什么事,就是想问问你们,先生是什么时候走的?"

她说起这个,二人顿时收敛起了神色。

其中一个有些犹豫:"不知道先生想不想让姑娘知道……"

"有什么不好说的,我来说。今儿一早是刑部的人来请的,后来司礼监的秉笔郑太监和工部的徐齐徐大人也来了,我们听到两边好一番交锋。不过先生一直没说什么。"

135

"交锋？郑公公和刑部的人吗？"

"嗯，因为琉璃厂的事情，先生已经去过一次刑部了，我们不清楚这次为什么还要带先生走，就留神听了一下，说的是什么事来着，好像是山东供砖的事……我听他们还提到了贞宁十年建皇极殿的几个人……"

"对。"

旁边的人接过话："郑太监是不想让刑部带先生走的，不过先生跟我们说他没事，几日后就回来。照理说，先生的话我们该信，但这事吧，看起来好像……又有点复杂。"

岂止复杂。

如果司礼监让郑月嘉过来过问，那就说明山东供砖的事情，恐怕真的如邓瑛所担心的那样，在账目上有所遗漏。

杨婉想到这个地方，太阳穴忽然感到一阵尖锐的刺痛，她忙抬手摁住，低头忍着。

"姑娘怎么了？"

"没事。"她松开一只手，冲二人摆了摆，"缓一下就好。"

说完，索性趴在案上，紧闭上了眼睛。

忍痛间她隐约感觉到，琉璃厂牵扯出的这件事情，好像和贞宁十二年秋天的桐嘉惨案有关，但是她暂时推不出来其中具体的关联。

历史上大片大片的时间空白，永远是令研究者既恐惧又兴奋的东西。

杨婉从前认为这两种情感的分量是相等的，但如今她自己身在这一段未知的空白之中，除了恐惧和兴奋之外，似乎还有另外一种她暂时说不太明白的情绪，就像这一阵没有征兆的头疼一样，突然就钻了出来，痛得她不能自已。

缓和过来以后，杨婉没有再多留。

她带着屉盒回到了南所，坐在窗下，翻看自己的笔记，试图把前后贯通起来思考。

杨婉很清楚，不论邓瑛如何，她都不应该直接介入他的政治生涯。

可这种旁观,却又让她有一种如临刀锋的刮切感。

日渐西沉。

宋云轻从尚仪局回来,见杨婉在出神,以为她在为邓瑛被刑部带走的事担忧,便坐到她身旁拿话去宽慰她。

"进来就看你闷着。"

杨婉松掉撑在下巴上的手,顺势合上笔记。

"没有的事。"

"我听说太和殿的事了。"

她说着,拉起杨婉的手:"都是在宫里做奴婢的,难免招惹上事。陈桦以前也常犯事被摁着出去打板子,我那会儿跟你一样急。不过,过些日子就好了,他也有了地位,人们对他也就有了忌讳。你看吧,人在宫里,只要不是十足的蠢,都能有一番天地,陈桦那样的人都可以,别说邓瑛了。"

杨婉忽然想起,她是惜薪司掌印太监的菜户娘子。

"云轻,我问你啊……"

"什么?"

杨婉有些犹豫:"就是……担心陈桦的时候你能做什么?"

宋云轻托着腮想了想:"做不了什么,只能在心里求主子们开恩。哦,对了,陈桦爱吃,咱们做女官的,别的不比他们强,做吃食还是行的。"

她这么一说,杨婉忽然想起她在她亲哥家里炸厨房,吓得她嫂子差点报警的光荣战绩。

"那个……我不会做吃的。"

"知道,你是杨家的小姐,十指不沾阳春水。"

她说完,给自己倒了一杯水:"也伺候你一杯?"

杨婉站起身拉住她:"可以跟你学吗?"

"学做吃的啊?"

"嗯。"

"行。"

137

宋云轻一只手端茶,另一只手撑着桌面凑近她。

"那明日局里的文书……"

"我抄。"

这边刑部的司狱衙中,邓瑛和杨伦相对而坐。

沉默对峙,最后果不其然还是杨伦输了。

他"噌"地站起来,猛拍桌面,空荡荡的木头面儿上立即腾起一层淡淡的白灰。

"你就不能让我们赌一把?司礼监不能再把控在何怡贤手上了!"

邓瑛抬起一只手臂放在桌面上,直脊抬头,看向杨伦:"且不说你们能不能赌赢,哪怕你们赌赢了,陛下真的处置了何怡贤,司礼监还是司礼监,不过换一个人而已。但白阁老和你想在南方推行的新政,上奏到陛下那里,连清田这一步都走不出去。"

"你现在这样的身份,新政关你什么事?!"

杨伦说完,立即后悔。

然而邓瑛只是把脸侧向一边,没有出声。

杨伦僵着脖子沉默了一会儿,逼自己坐下,尽量收敛住声音里的气性:"你知不知道,白玉阳找到了贞宁十年修建皇极殿的那一批工匠,不知道为什么,有几个人直接咬出了你。你和张大人当年账目虽然做得干净,但是有了人证,白玉阳就可以肆无忌惮地对你用刑,来撬你的嘴,司礼监也不敢说什么。你今日还能坐在这里,是齐淮阳为你说了话,一旦等到明日过完堂,你就得去刑部大牢!"

"你没有说话吧?"

他抬头问了这么一句。

杨伦咬牙切齿:"邓符灵,我说了很多次,不要管我的事!"

邓瑛望着二人之间的灯焰:"不是让你们当我死了吗?"

杨伦忍不住又站了起来:"你让我如何?真让我看着你死吗?如果杨婉知道我就这么看着,我这个妹妹就没了。"

邓瑛依旧没有动:"杨大人不要看就好了,至于杨……至于大人的妹妹……"

他说着抬起头:"她比大人明白。"

杨伦肩头忽然颓塌,不禁向后退了一步,摇头道:"我实在不明白,你为什么要做一些你根本没必要做的事情?"

"《癸丑岁末寄子分书》,大人还记得吗?"

杨伦听完这句话,猛地握紧了拳头,内心羞恨皆有,一时竟不敢再看眼前的邓瑛。

"行了,住口!"

邓瑛没有听从杨伦的话,平声继续说道:"我已是残身,斯文扫地,颜面不谈,所以棍杖绳鞭加身,也不会有辱斯文。我知道白大人不想听我的,大人你也不需在其中为难。生死只是一个奴婢的事,你们既然不信我,就看淡些。"

第四章 阳春一面

22

杨婉开始在贞宁十二年春,尝试做一件她在 21 世纪绝对不可能做的事情——开伙。

然而那就像是一场灾难,最后甚至连尚在病中的宁妃都被惊动,亲自来内厨房看她。

承乾宫的内厨房在后殿的外面,面阔只有两间。

杨婉坐在外间的门槛上,手搭在膝盖上,一言不发地看着地上零星的蒜皮。

合玉跟着宁妃走来,赶忙挽了袖带人往里间去。

杨婉抬起头,见宁妃正站在她面前,听着里间宫人的抱怨和闹腾发笑。

杨婉抿了抿唇:"娘娘。"

宁妃见她情绪不大好,低下头道:"本宫听合玉说,姜尚仪把你从尚仪局的厨房赶出来了?"

杨婉没吭声,只是应声点了点头。

宁妃收住笑,挽衣蹲下身,望着她的眼睛:"怎么了,婉儿?"

杨婉捏住被自己割伤的手指:"没事,娘娘。"

宁妃看着她的神情:"这是被姜尚仪气到了吗?"

杨婉不禁摇头:"奴婢怎么敢啊?"

宁妃没再往下问,取出自己的帕子擦了擦杨婉脸上的柴灰:"回姐姐这儿来就好了,没人说你。"

杨婉回头看了一眼,摇头道:"娘娘这里都被弄得人仰马翻了,别人还说不得,难免要在后面骂我仗着娘娘轻狂。"

说完,杨婉扶着宁妃站起身:"其实奴婢没事,就是这几日心里……一直不太安定。"

宁妃看见她手上有伤口,忙让人拿灯过来:"怎么割得这么深?"

杨婉自己也抬起手看了一眼,自嘲地笑笑:"没切断就算奴婢厉害了。"

宁妃打断她:"说什么胡话!"

杨婉悻悻地笑了笑。

"是,奴婢知错。"

宁妃见她神色和往常不大一样,轻轻握着她的手腕,低头放低声音:"婉儿,心里不安定,是不是在想邓少监的事?"

杨婉没有否认。

"不能这样一味地去想。"

杨婉垂下眼点了点头:"奴婢懂,娘娘您去安置吧,奴婢进去帮合玉。"

宁妃拉住她:"你闹成这样,姐姐歇什么呀?易琅都醒了,闹着说饿呢。"

说完,宁妃带着她往内厨走:"来,跟姐姐过来。"

明朝的开国君主是泥腿子出身,其妻亦崇尚简朴,虽为皇后,也时常亲自补衣做食。大明宫廷后来也沿袭这样的传统,妃嫔有闲时,皆会做些女红和吃食。

宁妃带着杨婉走进内厨,摘下手腕上的镯子交给合玉,挽袖洗手。灶上温暖的火光烘着她的面容,反衬出她细腻如瓷的皮肤。

她抬头对杨婉道:"教你煮一碗阳春面吧,人从外面风尘仆仆地回来,最想吃一碗热腾腾的汤面了。"

"人从外面风尘仆仆地回来",这一句话,令杨婉想起邓瑛那一身常穿的灰色常服,不由得喉咙一哽。

"婉儿。"

"奴婢在。"

"从前在家里的时候,你还太小,姐姐没教过你,今日倒是补上了。这做吃食,要紧的是认真,做的时候啊,你什么都不要想,水该烧沸就烧沸,菜叶儿该烫软就烫软,猪油不能少,酱也得搁够。"

不知是不是被锅气熏的,杨婉听着宁妃的声音,眼睛竟有些发潮。

"对不起,娘娘,奴婢知道您为奴婢好,您自己还在病中,还要顾着奴婢这些乱七八糟的事。"

锅里的水渐渐滚起来。

宁妃抖下面条:"姐姐其实并不知道你在想什么,你虽然只有十八岁,但你看人看事,比姐姐不知道强了多少。你有分寸,甚至有的时候,姐姐觉得你好像对什么都不大上心。"她笑着侧身,看了一眼杨婉,"当然,除了邓少监的事。"

杨婉沉默了一阵,水汽逐渐模糊了她的视线,笼住宁妃单薄的身子。

也许这些人对杨婉来说,都是由数百年前的故纸堆中来,所以他们越好,越给人一种命薄如纸的感觉。

"娘娘,您才是慧人。奴婢有的时候,都不知道自己在想什么,您却知道,您刚才一句'人从外面风尘仆仆地回来',把奴婢这几日心里的结,解开了不少。"

宁妃笑了笑:"那你为何不肯叫我姐姐啊?"

杨婉一怔。

杨姁的敏感并不尖锐,甚至很温暖。

她一张口,眼兀自红了。

"我……"

杨婉说不下去。

宁妃见她沉默,独自摇了摇头。

"没事,婉儿,姐姐是姐姐,你是你,姐姐这样问你,是很想把咱们姐妹这几年不在了的情分找回来,但姐姐也不愿意看见你因此不自在。"

杨婉抿着唇不断地点头,半晌方抬起头道:"娘娘,奴婢跟您学做吧?"

宁妃点头："好，你来。"

杨婉以前从来没有想过，自己人生的第一碗面，是六百年前的一位皇妃亲自教她做的。

咕嘟咕嘟的面汤里，挑起两筷，再盛点滚着油珠子的热汤，佐以时令的菜叶儿……

趁着烫，热气腾腾地端出去。

鲜烫软面，油香菜碧。

零失误！

即便历史的壁垒坚如城墙，但亘古相通的"口腹之欲""冷暖知觉"，总能找到缝隙，猛地探头钻进去。

杨婉坐在宁妃身旁，和易琅一起吸溜吸溜地吃掉那碗汤面。

口舌生津，腹内温暖。

她那大文科科研的浪漫精神，让她开始延伸"风尘仆仆"这四个字的含义。

比起邓瑛、杨伦、宁妃这些人，她逐渐发觉，自己才是那个穿过历史壁垒、风尘仆仆的归来人，比任何一个人都更想蹲在城门口吃碗热汤面。

次日，难得的暮春大风天。

天还没大亮，广济寺外只有一个面摊儿竖着旗，风呼啦啦地从阜成门街上吹过。

杨伦拴住马，坐下吃面。

摊子上烧着的火炉子，烘得他背上一阵一阵地出汗。

西安门方向灯火明亮，今日文华殿经筵，白焕、张琮以及翰林院的几个老学[①]都进去了。杨伦本想在去刑部之前，再去见自己的老师一面，谁承想昨日白焕称病，在府上避了他。于是，他今日刻意起了

[①] 老学：翰林院学士别称。

145

个大早,不想还是在西安门错过了。

杨伦心里郁闷。

他坐在冷风里吃完一碗面,起身刚要掏钱,挑面的师傅却指了指他后面:"那位大人给了。"

杨伦回头,见张洛刚取筷坐下。

他身着黑色的袍衫,腰上系着白绦,以示人尚在孝中。

"再吃一碗?"

杨伦不想与他多话,转身牵马:"有公务在身。"

"不急在这一时。"

张洛搅开面上的碎肉浇头:"今日刑部会审,白尚书主审,都察院录案,北镇抚司奉旨听审。"

"什么?"

杨伦转过身:"北镇抚司听审是什么时候的旨意?"

张洛背对着杨伦,挑起一筷面:"杨侍郎去了刑部衙门就知道了。"

他说完,吃掉了一筷面,那声音像一把匕首,悄悄从风里切过去,能威胁性地割掉几根人的头发。

这个旨意来得很突然,却令杨伦彻底明白了邓瑛的坚持。

皇帝命北镇抚司听审,即是警告。

而自己的老师,今日和昨日刻意不见自己,意在无视这个警告。

这场君臣博弈,此时都向对方表示了明确的态度,其中唯一的变数就只剩下邓瑛一个人。

杨伦想到这里,立即翻身上马,却听张洛提声道:"杨侍郎能为当年同门之谊做到哪一步?"

这话里也有机锋,杨伦一把拽住马缰:"张大人既然要去听审,有话就到刑部大堂上问吧。杨某先行一步。"

杨伦穿过宣武门大街,直奔刑部衙门。

马至衙门口时,天光才从云层里破了一个口子。

风吹得道旁的梧桐树冠哗啦啦地响,杨伦翻身下马,见白玉阳的软轿也刚刚抬至门前。

二人站定互揖后,杨伦先开口道:"北镇抚司奉命听审的旨意大人接到了吗?"

白玉阳正冠朝门内走:"接到了。"

杨伦跟上道:"今日不宜刑讯邓瑛!"

白玉阳站住脚步,背手转身:"你还有别的法子问下去吗?"

杨伦上前一步:"等今日经筵结束,我再去见一见阁老……"

白玉阳抬声压住杨伦的话:"父亲若要见你,昨日就见了,今日也不用避你!"

说完,甩袖大步跨进二门的门槛。

云破日出,天色一下子就亮了起来。但风仍然很大,吹得二人衣衫猎猎作响。

都察院的几个御史,并齐淮阳等两三个堂官,此时已经候在正堂内。众官相互揖礼,杨伦甚为敷衍,只和齐淮阳打了一声招呼,就站到了门口。

堂内叠置四张台案,右摆一双黄花梨木雕花圈椅。白玉阳径直走上正座落座,众官自然随他各归其位。

不多时,二人悬刀入堂。

白玉阳起身揖礼:"张副使。"

张洛在门前作揖回礼,却没有应答他,沉默地从众人面前走过,撩袍在堂右坐下。

他本是幽都官,有名的冷面吏,京城里的官员平时对他避得很远,几个都察院的御史都没有这么近地看过他,这会儿难免凑耳。

白玉阳咳了一声,堂内顿时噤声。

刑部正堂四面皆有小门,是时洞开,室内风流贯通。

白玉阳抬起手,用镇纸压住案上的卷宗,对衙役道:"把人带来。"

顺势又唤了一声:"杨侍郎。"

杨伦仍然立在门口,没有应声,眼看着一道人影从西面走来,暗暗握拳。

邓瑛是从司狱衙被带过来的,走的是仪门旁的西角门①。

他身上的袍衫已被剥去,只留了一件中衣。

迎风而行,即见骨形。

23

他没有戴刑具,因此每一步都走得很轻,鞋底与地面接触,几乎没有声音。

杨伦在门前和他对视了一眼,他便在阶下略站了一步,抬臂向杨伦揖礼。

杨伦看着他被摧残殆尽的衣冠,竟从那贴身的衣质上看到了一丝削锦去罗之后,如雪松般清寒的斯文。

他没有回避邓瑛这个揖礼,在门后拱手相回。

堂上的白玉阳见此,没有出声,几个都察院的御史却在皱眉。

他们几乎都是以骂人为二业的耿臣,当年因为几番弹劾邓颐,都察院不知有多少人在午门被廷杖。如今看到杨伦与邓瑛对揖,其中一个刘姓的御史忍不住开口道:"杨大人,对此罪奴不该如此吧?"

杨伦直起身,转身道:"何来罪奴一说?三司对他定罪了吗?"

刘御史年事已高,猛然间被一个同样出身御史的后辈如此顶撞,顿时红了耳。

"你——"

杨伦冷哼了一声,没再说话,甩袖走回白玉阳右边的位置坐下。

齐淮阳等杨伦落座,起身朝白玉阳揖道:"尚书大人,开始吧。"

"嗯。"

白玉阳正冠理袖,直背正要张口,忽听一人道:"内廷奴婢刑部受审,不当跪?"

---

① 西角门:衙门押解犯人出入的门。

148

众人侧目，说话的人是张洛。

邓瑛侧身看向张洛，张洛也正盯着他，冷声继续问道："无官职，也非革员，刑部如此宽待，是何意？"

"宽待？"

杨伦忍不住质问："张大人见过这般'宽待'一个尚未定罪之人的？"

他刚说完，却见邓瑛在堂下剜了他一眼，已然屈膝跪下："诸位大人，问吧。"

他态度配合，行事温顺，几个御史也无话可说。

白玉阳拿开镇纸，案上纸张顿时飞卷，若蝶翼翻响。

他从中抽取了一卷，命人递到邓瑛面前："这是当年修建皇极殿的十五个工匠的供词，你先看看。"

邓瑛跪接过卷文，展于眼前。

供词中的几个人的确是当年皇极殿的修建者，有一两个上了年纪的，甚至是张展春的同乡好友。

白玉阳道："这些人供述，贞宁十年，皇极殿台基修建，耗用临清供砖一万四千匹，比所奏之数恰好少了两万匹。邓少监，本官知道，这已经是两年前的事，皇城营建千头万绪，偶尔错漏是难免的。但是实数与档录差距如此之甚，本官不得不再问一次，户部调用的这两万匹供砖的银钱，究竟在何处？"

邓瑛将供词放到膝边，抬头看向白玉阳。

"自古皇城营建，备基料，开御路，所用时日超十年之久。从修建台基至搭建重檐，有工艺所废之料，也有因气候不好而废的料。工匠们虽对修建所用的供砖心中有数，但只是估算而已，要核算营建实际所费之资，大人应该重实账，轻人言。"

白玉阳听完，冷笑一声："你这话也就是说，这供词不可信是吧？那你再看看这个。"

他说完，将一本册子径直扔到邓瑛膝边。

邓瑛只低头看了一眼，心下便一阵冷寒。

白玉阳道："这是贞宁十年，皇极殿工匠何洪写的私志，里面记

149

载了贞宁十年那一年,皇极殿台基修筑的所有工序以及物用,和其他工匠的供词一样,仍少两万匹。邓少监,你说要我等不能重人言,而轻账录,那此册,你又有何解释?"

邓瑛记得这个写志的人,他时年应该有六十二岁了,是最早一批跟着张展春的匠人,也是张展春的多年老友。

"大人对何洪——"

"来,把何洪带上来。"

堂外传来一阵拖曳的声音,接着一股刺鼻的血腥味随风直灌入堂。

邓瑛转过身,来人已经完全不能行走,被两个衙役左右架着,跌跌撞撞地扑趴到了邓瑛身边。他的上衣已被剥去,浑身是血,意识已不大清醒,看见邓瑛,只张了张口,颤巍巍地说了一句:"邓……瑛,你告诉展春,我何洪对不起他……现在又要害你了……"

"何老……"

何洪张开口,满嘴的脓血顺着下巴流到地上。他想哭,奈何已经流不出眼泪了。

"对……对不起。"

邓瑛忙弯腰道:"不,是我连累何老受苦。"

何洪听他这样说,双眼一红,对着邓瑛含泪摇头。

白玉阳提声道:"邓少监,你是司礼监的人,又身担太和殿的重建事项,陛下对你很是看重,本官也不想对你过于无礼,但人证、物证此时俱在,你若还不肯对本官直言,本官只能换一个方式问你。"

邓瑛没有出声。

何洪仰头看着他:"说吧……到这一步了,没有人会怪你,展春……也不会怪你的。"

"邓瑛!"白玉阳见他沉默,又唤了他一声,"你是打定主意不肯说吗?"

话声随着风声,一下子掷出正堂。

杨伦手掌暗握,御史们也伸长了脖子。

白玉阳失了耐性:"来人,杖二十,再接着问。"

"白尚书!"

"杨侍郎,你只是协审,还请你不要妨碍堂审。"

刑杖早就备在了外面,衙役们得了令,立即就搬了刑凳进来,接着便上前架起邓瑛,将他推到刑凳上,又用绳子捆缚住了他的手脚。

邓瑛发觉,衙役们没有给他留任何的余地,伤及他脚腕上的旧伤,疼痛钻心。

可是他此时并不太在意这些知觉。

他只是觉得冷。

那种冷是从背脊骨上传来的,一阵一阵地,往他的内心深处钻。

大明的杖刑一直有两重色彩。

一重是权力阶级向受刑者示辱,另一重则是受刑者向权力阶级明志。

很多文臣直言上谏,惹怒天颜之后,都会受廷杖之刑。

这种刑罚在事后反而会成为一道"荣疤",烙在这些文臣的风华册上。

可是邓瑛明白,这与他无关,他此时所配承受的,只有羞辱。

对此,虽然他早有准备,但还是难免怅然。

杨伦眼见这情景,心里着急,起身刚要再开口时,张洛却开口道:"衣冠体面是留给国士的,按律,对罪奴没这个恩典。"

杨伦听他这样说,简直忍无可忍,恨不得直接上去给张洛一拳。

"张洛,你不要太过分,这里是刑部的公堂,不是你诏狱的刑堂。"

张洛面无表情:"我司掌诏狱,本应与三司共正《大明律》,但户部什么时候可以过问刑律?再有,既是要刑讯,这一身衣衫就是多余的,留着打进血肉里,反而增伤,有碍下一次讯问。"

说完,他看向邓瑛:"我并非与你在私恨上纠缠。此举为守明律尊严,也是为你好。你明白吗?"

邓瑛没有看他,闭眼应道:"是。"

杨伦却已出案上前:"张洛你——"

"杨大人!"

刑凳上的人突然唤他。

杨伦只得站住脚步，低头朝他看去，却见他埋头闭上眼，轻声道："看淡些。"

杨伦愕然失声。

在场的几个御史，心绪也忽然有些复杂。

齐淮阳见白玉阳没有出声，便出声道："既如此，听上差的意思。"

他说着，看向邓瑛："去衣吧。"

话音刚落，一个衙役忽然报进："诸位大人，外面有一老者传递此物，让属下即呈给大人，说与今日堂审有关。"

杨伦忙道："先不要动刑，呈上来看。"

齐淮阳接过衙役呈来的物件，扫了一眼，抬手递与白玉阳："大人，是一本账册。"

邓瑛闻话，在刑凳上抬起头，艰难地朝白玉阳手中看去。然而只看了一眼，他便不顾周身束缚，拼命地挣扎道："白大人，一切只与邓瑛有关，邓瑛愿受刑责！"

白玉阳皱眉，朝衙役使了个眼色。

"请大人——"

邓瑛脊上顿时受了一杖。他措手不及，身子一震，后面的话立即痛断在了口中。

白玉阳把账册递向张洛。

"张副使也看一眼吧。"

他说完，对堂外道："把外面的人带上来。"

杨伦原不解邓瑛为何会忽然失态，但看见跟着衙役走进来的人时，一下子全明白了。

那人身穿香色直裰，白须及腹，步履蹒跚，竟是张展春。

他慢慢地跨过门槛，走进正堂，躬身朝白玉阳揖礼。

邓瑛侧脸望着他，忍痛唤道："老师！"

张展春并没有看邓瑛，沉声道："你住口！"

白玉阳起身向张展春揖礼，而后直身道："没想到张老先生归乡多年，竟会再来京城。"

张展春没有应他，转身颤巍巍地蹲下身，伸手沉默地去解邓瑛手脚上的绑绳。

他上了年纪，手上的力气也不够，一下一下解得很慢。

"老师。"

"不要说话。"

"可是老师……"

"我叫你不要说话！"

他说着，终于费力地解开了所有的绑绳："起来，跪下！"

邓瑛不敢违逆他，忙起身跪下。

张展春直起身，对白玉阳道："这是刑部的公堂，我本不该说这样的话，但我怕我没有机会再说，所以今日务必失这个礼。"

他说着，朝前走了一步，用手指向白玉阳："你告诉你父亲，符灵原本是我与他最好的学生，我将符灵留给他，他却任由你们对其如此羞辱。皇城营建四十几年，他在工程上不过十几年，他能知道多少？啊？"

他说完，哑笑一声，指向堂外："听说他白崇之（即白焕）两日不肯见杨伦，怎么，他自己不肯对我这个老友动手，也不准他自己的学生顾念同门之谊？无耻！"

他这一通骂得白玉阳脑子涨疼，白玉阳张口想要说什么，却听张展春的声音又高了一层："你不用跟我解释！"

"张先生……"

"哼，"张展春冷笑道，"你们不是想知道那两万匹砖的资银到底到什么地方去了吗？你手上的那本账册是当年的实账，不仅有十年的，还有贞宁五年、六年、七年、八年所有的营建款项，邓瑛知道的都在，他不知道的也在里面写着。你先看，看了我来受你们的审！"

24

白玉阳是张展春的晚辈，此时不敢狂妄，但他身居刑部正堂，又不能不作为。

他一时不知如何自处，不自觉地端起茶盏，却又一口都喝不下去。手腕微颤，额头上也渗出了汗。

齐淮阳见状，斡旋道："尚书大人，既有了实账，我等合该一道核看后再议。"

这个台阶搭起来，白玉阳才稳住了端茶的手臂。他拂开台案上的卷宗，又抬手摁了摁太阳穴，方接过齐淮阳的话道："先将二人收监，押后再审。"

杨伦听完这句话，暗松了一口气。

张展春闭上眼睛。

他本已重疾缠身，此次来京，车马颠簸，全靠一口气撑着，此时气灭，顿觉胸闷难当，眼前阵阵发黑，身子往后一仰，险些栽倒。

邓瑛忙站起身扶住张展春，对白玉阳道："白大人，请容邓瑛照顾老师。"

齐淮阳见白玉阳没有说话，便起身做主道："将二人关押在一处。"

刑部的大牢十分阴寒。

贞宁十一年年底，皇帝才因太后千秋大赦过一次。

因此牢中关押的囚犯不多，且大多已判了秋决，人生已经毫无希望。

为了让邓瑛照顾张展春，齐淮阳没有让他戴镣铐。但即便如此，牢中湿冷，他的脚伤仍然疼得厉害。

"是去年年底在这里伤的吧？"

张展春看他背对着自己看脚腕，便靠在墙上轻问了一句。

"学生没事。"

邓瑛否认过后，张展春也没再往下问。

他仰起头，看着头顶苔痕斑斑的木梁，怅然道："我在乡里听说邓颐的事以后，本以为这一辈子就跟你别过了，没想到，有生之年，还能有机会见你。"

邓瑛转身跪在他面前："老师……不该回京来。"

张展春咳笑一声："跪什么跪？你又没错。"

邓瑛低下头："我连累老师受苦，实在无地自容。"

他说着，弯腰伏身，不肯再起。

张展春看着他，摇了摇头："符灵，你是我带上这条路的，你和杨伦同年进士及第，无论才学还是政经，你皆不在杨伦之下。是我看重你的天赋，明知白焕也看重你，但还是把你带到土木堆上，一晃就是十年。我明知其中很多腌臜腥臭之事，却逼你与我一道隐忍，到现在，你一直做得很好，从没有让我失望。"

"老师不要如此说，邓瑛惭愧！"

张展春咳了几声："你叫我一声老师，我怎么能够不维护你？只要我尚有一口气在，没有任何人可以侮辱我的学生。他白崇之也不可以。"

"老师，其实符灵已经不在乎什么羞辱了。"

"你不可这样想。"

邓瑛抬起头："老师，我求您明日在堂上改口吧，那个实账是我当年不懂事的时候写的，根本就与老师无关。内阁虽然刑讯我，但只要我不开口，他们也不会真的处死我，毕竟太和殿还没有完工，我……"

张展春挺直背脊，提声道："别再往下说了。"

说着，他一连咳了好几声，邓瑛试图替他顺气，却又被他用力挡开。

"你要明白，身体发肤，受之父母，不管你是什么身份，都不得轻视你自身。即便你无罪而受辱，你也不能认为，是因为你身份卑微，所以你就该受羞辱。邓符灵啊，无论前路如何，都不可怕，可怕的是，你自己忘了你自己是谁，那才是真正的万劫不复！"

"是……"

邓瑛的话还没有说完，张展春又是一阵呕心般的重咳。

邓瑛一下子慌了，忙叩首："邓瑛知错，邓瑛知错，请老师责罚，但求老师不要生气。"

张展春抚着胸口摇了摇头："你起来，不要跪了。我不是生气，我是心疼……"

他说着，眼底起了潮气："三大殿重建，大半是你的心血，你是内心淳厚的年轻人，却因为内阁这些人的沉浮，受了太多不该受的苦。"

邓瑛抬起头："即便如此，我也不能连累老师。老师，无论您怎么骂我，我都不能让您去认这件事情。您一旦认下，司礼监……"

他不敢往下说。

牢门外突然传来一阵脚步声。

杨伦提着风灯走到牢门前。

邓瑛转过身，见杨伦身后还站着一个身着赤罗袍的人。

张展春抬头朝牢门外看了一眼，呵笑道："来了？"

"是啊，来了。"

那人走到灯下："把门打开，本阁要问话。"

邓瑛看清了白焕的样貌，刚要起身，却听张展春道："不要行礼，先问清楚他今日是来做什么的。"

白焕走进牢室："我今日是来看老友，你们后辈不必拘礼。"

他说完，看向张展春："自古皇城的营建者，没几个人能得善终，你既然归乡，为何又要回来？"

"哼。"

张展春抬起头："我不回来，你今天就要把他切碎了。去衣刑讯啊，白崇之，你是不是老糊涂，忘了他是你我的学生？"

白焕看了邓瑛一眼："我的学生都是经国治世的年轻人，你也年逾古稀，不该拿此人自辱。"

"迂腐！"

白焕没有恼，只是叹了一口气："本阁并没有想对他用去衣之刑，今日之事，是北镇抚司介入所致，其实他若早弃执念，也不会走到今天这一步。"

张展春质问："这一步是他走的吗？你们把人逼到这一步，还要责怪？这是什么道理？！"

白焕甩袖背过身，沉声道："你有你的想法，本阁有本阁的立场，你既置身江湖，就不该再管庙堂之事，你也管不了。"

"好。"

张展春撑着墙试图起身,邓瑛想去扶他,却被他挡开。

他独自扶着牢门,蹒跚地走到白焕身后。

"他是我在工学上唯一的学生,他的手还要留着去建太和殿。你既然有这个执念,觉得你们此次可以扳倒阉党,那你就拿我的命去试试吧。"

"张展春……"

"白阁老先听我说完,我今年七十有二了,本就活不了几日,这两年在外偷生,也没多大意思,不如就拿给你们去试,我只有一个要求……"

他说着,看向邓瑛:"放他回去。"

"老师,不可这样!"

邓瑛转向白焕,屈膝跪下:"白大人,不可!"

张展春道:"杨伦,你过去把他扶起来!"

"是。"

杨伦忙拽住邓瑛的胳膊:"你先起来。"

邓瑛不顾杨伦,一把拽住白焕的衣袖:"白大人,试不赢的!若为了遮掩这件事,司礼监一定会对老师布杀局!邓瑛少年离家,是受大人和老师教养成长,我视你们如父,尤胜我生父,大人不肯认我这个逆徒,我就只有老师一人了。大人,求你不要听老师的,不要听!"

"符灵,站起来,不准求他,让他试!"

他说着,凝视白焕:"白崇之,你不试这一次,永远都不知道,你这个弃徒捧给你们的是什么心。"

"不行,老师不可啊!"

"行了,别说了!"

张展春说着,垂下撑墙的手,慢慢走近邓瑛,伸手搀住他的手臂。

"起来。"

邓瑛不敢让他使力,忙站起身扶住张展春。

张展春看着他,笑了笑,目露慈意,声音也放平了些。

"符灵,事到如今,就这样吧。今日张洛在堂,这个时候,陛下和司礼监,应该已经知道我回京了。你安心地回去,好好把太和殿修

157

建完成。"

"不——"邓瑛泪流满面地说，"不，我要和老师在一处。"

"不要说这些。"

"老师，求你不要赶我走……"

"符灵啊！"

张展春唤了他一声，声音有些哑。

"我一生营建宫城，却未能看到它竣工的模样。对我来讲，这个遗憾比什么都大，你若真的尊重我，就回去，好好做完你该做的事。"

邓瑛喉舌颤抖："连老师……也不要我了吗？"

"胡话！你永远是我的学生，记着，不要忘了你自己的身份，即便在现在的艰难处境中，你也可以做你一直想做的事。邓瑛，尊重你自己，好好活下去，这世上除了老师之外，还有其他的人，值得你去保护。"

邓瑛不知道该如何回应这一番话，只能忍泪拼命地点头。

张展春笑了笑："我知道这些话说得有点多余，你一直都在做。你就当老师老了，多唠叨了你几句，听了就过了啊。"

邓瑛不出声，只是摇头。

白焕朝向杨伦："把邓瑛带出去，我有几句话，要单独说。"

"是。"

邓瑛虽不肯，但杨伦也没给他余地，径直命狱卒进来，将邓瑛架了出去，自己也跟着一道，退到牢室外面。

白焕待二人离去，方脱下身上的赤罗袍，叠放在地，盘膝靠着墙，与张展春一道坐下。

"你是不是觉得，我对邓瑛做错了？"

牢室内墙壁因将才人多，凝结了很多水汽。

张展春伸手抹去一片，摇头道："没有，你在内阁，也有身不由己之处，不如我老来疯。还好，我当年弃了工部的职，做了这么个江湖老头，不然，今日我也是来逼他的人之一，而不是来救他的。"

白焕觉得这话颇有玄机，不禁笑了一声。

"崇之。"

"你说。"

张展春露了一个温和的笑。

"听说，杨伦的妹妹很喜欢邓瑛。"

"嗯？你怎么过问起这个事来了？"

张展春扶着墙在白焕身边坐下："我就是知道你不会过问，来。"

他从怀中取出一块翡翠雕芙蓉的玉佩，递到白焕手中。

"杨家尚玉，邓家以前倒是有很多好玉，可惜邓颐死后，邓家所有的东西都充库了。这个是我的私藏，听说那姑娘名婉，有个小名儿叫'玉芙蓉'，我看这个还挺衬的。你找个人替我交给邓瑛。看他自己吧，这个孩子倔得很，哪怕那姑娘肯，他也不一定敢要那姑娘的心。"

25

时令至暮，万花归尘。

内廷里寂静无边的晚春，也让人心生寂寥。

杨婉给自己煮了一碗面，热腾腾地捧到窗边，趁着南所的直房没有人，便把腿缩到椅子上，准备打个尖儿。

面还太烫，她吃了一口，险些烫到舌头，索性把碗推到一边冷着，挽袖继续写自己的笔记。

这几日的笔记，杨婉写得很乱，甚至一连撕了好几页。

写不下去的时候，她就习惯性地在纸上画邓瑛的小人像。

她最初很想画出她第一次见到邓瑛时，感受到的那种完美的破碎感。然而她画工不好，笔下的邓瑛看起来总有那么点呆。但不知道从什么时候开始，她对那种破碎感逐渐没有了执念，甚至开始有意地想去回避。

于是她轻轻地翻过那一页小人像，暂时停笔。

她侧身吃了一口面，回来提笔，却还是半天写不出一个字。

司礼监和内阁烧的"暗柴"已至燃火的边缘。

杨婉内心的不安,也随着时间的推移越发强烈起来。

没有史料的支撑,全然依靠对人性的猜测,她很难推测出邓瑛究竟是怎么从司礼监和内阁的死局里走出来的。

回忆邓瑛对她说过的话,杨婉不止一次想到了刑部残酷的刑讯。

她自己并没有研究过明朝的刑罚,但她有一个师姐在这方面潜心钻研了很多年,其中提到过邓瑛,提到过午门口那一场持续三日的凌迟。师姐在论文之外的手记上写下过这样一段话:

"当时的皇帝,也许只是把这个人的身体当成了一个有罪的符号,用极刑向世人宣告他对阉党的态度,明示宦官团体的卑贱,昭示皇权对宫廷奴婢的绝对控制。他们在宫城门前处死邓瑛的时候,或许没有一个人想得起,这个惨死的阉人,曾是这座皇城的建造者。"

杨婉记得,自己是在研究室的资料里偶然读到这一段话的。

那个时候师姐已经毕业,去了国外的一所学校教书,她不好贸然打扰。

事实上,这一段话也只是在学术之外,平静地描述凌迟一个阉人在当时的意义,对邓瑛那个人,并没有任何特别的立场。

杨婉当时读到这一段话,觉得师姐是一个对历史有悲悯心的人。

但如今,当她再回忆起这一段话时,她竟然有些想哭。

"吃个面又把眼睛吃红了,我看你啊,得出去走走。"

宋云轻抱着一盆刨花水走进来。

杨婉回头:"你洗头去了?"

"嗯。"

宋云轻的声音很轻快:"今儿天晴好,我看尚宫局的那些人都去了。唉,不过啊,她们尚宫局总觉得自个儿高我们一等,拿腔拿调,混闹着让我伺候她们。哎,你要洗吗?这会儿去,我走的时候,她们也走了,你这会儿去了正清净。"

杨婉低头吃面:"行,我吃了面就去。"

宋云轻拧着头发坐到窗边,突然想起了什么,"噌"地站了起来:"哎哟,我且忘了一件事。"

杨婉边吃边含糊地问她:"什么?"

"胡司籍的事。让你走一趟通集库,说是取什么文书。"

杨婉扒拉着面道:"哦,我知道,不是明儿才要吗?我今儿也不当值。"

宋云轻撇嘴:"你又不是不知道她,催命娘娘一般的人。她今儿上午没寻见你,猜你是去了宁娘娘那儿,就没敢找过去,所以找的我,让我跟你提,可我这儿也忘了,这会儿见到你才想起。"

杨婉看了一眼天时:"还得去会极门。"

"嗯,都是我,跟你说得晚了。"

杨婉低头继续吃面:"没事,事总是要做的,吃完我就去。"

"行,碗留着,我给你洗了。"

杨婉笑了一声:"怎么敢使唤你?"

宋云轻道:"行了,赶紧去,都知道邓少监不在,你心里乱,你不糟蹋厨房就行了。"

杨婉明白她是好意,也不推辞。

三两下吞了剩下的面,换了身宫服往会极门的方向走去。

会极门是内阁的那些大臣出宫的必经之门,但宫中女官不得与外官私授,所以,即便杨婉和杨伦有时会在那儿遇见,也不敢公然私谈。可是,身在内廷,要想知道邓瑛的情形,她只能问杨伦。于是今日,杨婉想犯这个禁。

不像上一回有易琅在,她这时只能缩在会极门后等。

内阁今日似乎有事,大门关得很紧,杨婉时不时地朝内阁直房看,却一直不见门开。

门内外清风贯行,吹起她将将换薄的宫服,有些冷。她吸了吸鼻子,抱着膝盖靠宫墙蹲下来,正想歇一会儿。

忽然,眼前落下一个人影。

杨婉抬起头,面前的人身穿玄色素袍,腰结丧绦,手握绣春刀柄,正低头看着她。

"宫中女官与外臣私授会如何?"

161

他声音极冷。

杨婉站起身:"杖二十,城道提铃。"

"看来你知道。"

"大人不也是外臣吗?"

张洛冷笑一声:"你一直不知道该如何跟我说话。"

杨婉行了个礼:"杨婉知错。"

张洛看着她矮身后站直,忽然开口:"你即便从杨伦那里知道了那个奴婢的处境,你救得了他吗?"

杨婉抿了抿唇:"他从一开始就没想过让任何人救他。"

张洛听完这句话,迈腿朝杨婉走近几步,离得近时,杨婉几乎能嗅到他身上的檀香气。

"你是一个比杨伦聪明的女人。"

杨婉用手撑着墙壁:"大人想跟我说什么?"

"我想问你,为什么要弃我而去,跟着那个连男人都不算的人?"

"大人很在意这件事吗?"

"对。"

张洛扬声:"我在意。我前几日在刑部听审时见过他,他跪在地上,任由衙役摆布,《大明律》对罪奴无情,刑讯时剥衣去裤,猪狗不如,颜面全无,这样的身子,你还会想看吗?"

杨婉脑中嗡地响了一声:"你们侮辱他?"

"呵!"

这声冷笑很刺心。

"杨婉,你这话不对,不是我要羞辱他,是《大明律》要管束他。"

杨婉听完这句话,立时明白过来,这个人身上的压迫感,并不完全来自他的阴狠,而是来自他对这个封建时代秩序的执念。他并没有在邓瑛身上发泄他的私恨,他只是对阉人没有悲悯,从而把士大夫阶级对宦官的厌恶演绎到了极致而已。

杨婉想起了师姐写下的那一句话:"或许没有一个人想得起,这个惨死的阉人,曾是这座皇城的建造者。"

杨婉心头忽然涌起一阵难以自抑的悲意，冷不防眼泪夺眶而出。

她忙仰起头。

张洛看着他："你竟然会为他哭？什么时候开始的？"

他说着抬起手。

杨婉往边上一避。

"不要碰我。"

"哼！"张洛哼笑了一声，"杨婉，我这几年一直在东奔西走，没有过问过你的事。前几日父亲问及你，我也在想，如果我早几年娶了你，让你待在我身边，好好地管束你，你是不是不会像现在这个样子？"

"管束？女人在你眼里是什么？"

这句话，杨婉几乎脱口而出，说完之后脑中却腾起一阵苍白的无力感。

在六百年前对张洛说出这句话，根本毫无意义。

她正想再开口，身后忽然传来杨伦的喝声。

"张洛！"

杨婉侧身，见杨伦快步走了过来，他一把拽住她的手腕，向旁边一拉，将她挡在自己身后。

"你要做什么？这里可是内廷！"

张洛往后退了一步："杨侍郎不用如此，令妹品行，满城皆知，我也嫌脏。"

说完，转身便往门外走。

杨伦气得喉疼，正想去追，却被杨婉拽住了。

"你让他说吧，我又不会少一块肉。"

杨伦转过身道："他对你动手了吗？"

"没有。"

"那你怎么哭了？"

"我没哭。"

杨婉忙抬袖揉了揉眼睛。

杨伦有些无措地看着杨婉。

163

以前在家的时候,杨婉倒是经常对着他哭,可自从把她从南海子里接回来,这还是杨伦第一次看到她在自己面前流眼泪。

"我去问张洛!"

杨伦拔腿又往前走。

杨婉被扯了一个趔趄:"好了哥!真没事,你不要在这个时候跟他过不去。"

杨伦忙回身扶住她,看向她的脸:"他没伤着你就好,不然哥哥不会放过他。"

杨婉点了点头:"我知道,谢谢哥哥。"

杨伦见她止住了眼泪,这才直起身,问道:"你怎么在这里?"

"哦,胡司籍命我过来,在通集库有差事。"

"了结了吗?"

"还没有,我刻意在等哥哥。"

杨伦听完,朝后退了一步:"想问邓瑛的事?"

"嗯。"

杨伦绷着下巴,看着杨婉沉默了一会儿,终是开了口。

"今日司礼监已经从刑部大牢把他接回来了。"

"他伤得重吗?"

"他没有受伤。"

杨婉一愣。

"将才张洛说……"

"本来是要用刑的,但是……"

杨伦顿了顿:"但是张先生来了。"

杨婉突然想起,张展春好像死于贞宁十二年五月,但至于怎么死的,历史上没有记载。她忙问道:"是张展春张先生?"

杨伦点了点头:"具体的,你自己去问邓瑛吧,不过这一两日,他可能不大好。"

"为何?"

杨伦低下头:"张先生为了救他,自己认了山东供砖一案的罪。他教养了邓瑛十年,是邓瑛最尊敬的老师,如今为了他身陷牢狱,唉!"

杨伦忍不住叹了一口气。

"行了,我要出宫了。娘娘和殿下还好吗?"

杨婉没有说话,只是怔怔地点了点头。

"照顾好他们,最近……朝局不稳,娘娘难免也会听到些消息,你替我好好解释,不要让娘娘过于忧心。"

杨婉跟上几步道:"哥,你们不要查这件事情了。"

杨伦回过头:"婉儿,邓符灵和张先生不怕死,我们也不是怕死的人。不论陛下如何,总要让百姓看见我们这些读书做官的人对大明朝的心。"

旁观历史,即有悲悯。

但若身在其中,仅仅悲悯,好像是不够的。

杨伦走后,杨婉拢着袖子往南所走。

在宫道上遇见正上值的李鱼,他看见杨婉,忙偷溜下来道:"可见到你了。"

杨婉咳了一声:"怎么了?"

李鱼道:"邓瑛回来了,整整一天都没有开门。我喉咙都喊破了,他也不出声。我怕他人出什么事,他在宫里也没别人管他了,你不是喜欢他吗?去看看吧。"

一阵风从宫道上灌来,吹起杨婉的裙摆。仆仆红尘拂面而来。

杨婉拢了拢衣,问李鱼道:"你们那儿有面吗?"

"面?"

"对,现成的。"

"有。"

"那炉子呢?"

"炉子也有,在护城河的大杨柳那儿。"

26

护城河的流水声日夜不息。

在没有风雨的晴朗夜晚,邓瑛几乎能听到它与城墙相撞的声音。

从刑部回来以后,他原本很想趴着睡一会儿,但他睡不着,甚至连衣衫都不愿意换,一直安静地坐在榻边,用手拢着眼前唯一的油灯。

"笃笃。"

门口传来敲门的声音,邓瑛抬起头,一道清瘦的人影从窗纱上一晃而过。

接着他便听到了杨婉的声音:"邓瑛,是我。"

床上的褥子被邓瑛轻轻地攒入手中,他很想见杨婉,却又不想在她面前流露过多毫无意义的悲意。

好在她只敲了一声门,之后再也没有催促他。

门内与门外一样沉默,屋顶上传来一两声宿鸟的懒鸣。

天时已晚,河边的风渐渐大起来,垂柳的影子婆娑于水光清冷的河面上。

和 21 世纪的城市没什么两样,水泥砖石,在昼夜之间各有各的生息。

"邓瑛!"

杨婉终于出声唤他,然而声音却有些犹豫,尾音处的颤抖听起来像一丛期期艾艾的火苗,很温暖也很克制。

"嗯……我现在有点拿捏不好我应该怎么做,如果你觉得我不该打扰你,你就跟我说一声,我这会儿就回去。如果你觉得不算打扰,那我就再站一会儿。"

她说完,喉咙里灌了一口冷风,一时发痒起来,忍不住咳了好几声,眼红脸涨的,瞬间有些狼狈。

她只得背过身,弯腰低下头捂住口鼻,忍着不咳得那么大声。

身后的门立即开了,一件衣衫轻轻地盖到了杨婉的背上。

杨婉抬起头，见邓瑛半屈膝地蹲在她面前。几日不见，他看起来有些憔悴，但也只是流露在眼神里而已。

"我去给你倒一杯热水来。"

杨婉松开捂着口鼻的手，连连摆着，并吞咽了一口，道："不用，是被冷风呛着了，缓过来就好了。"

说着，她看了看身上的衣裳，还没有开口再说什么，便听他说："这一件是开春新制的，我从未穿过。"

杨婉听完，笑着拢了拢肩膀上的衣衫，扶门站起身："你这样洁净的人，谁会在意啊？"

她说到了"洁净"这个词，邓瑛竟不知道应该如何回应，人却在她靠近的时候，下意识地往后退了一步。

杨婉问道："怎么了？"

邓瑛局促地说道："我从牢里出来，还来不及清理。"

杨婉试探着捏住他的衣袖，见邓瑛没有躲，这才隔着布料握住了他的手腕。

"你别这样想，谁都有身在泥淖里的时候，如果怕自己身上脏而不肯见人，那人和人之间的关系得多冷漠？从泥淖里爬出来的人又得多可怜啊！"

说完，她仰起脸露了个笑容，笑容中的明朗，邓瑛再熟悉不过。

这一日他用了很多力气，也没能把自己从自责和悲意的泥淖里拽出来。好在，她来拉他了，甚至还不顾他满身的泥泞，愿意触碰他的身子，甚至对着他笑。

"李鱼说你一天没吃东西了。"

"你遇到他了吗？"

杨婉点头："嗯，我觉得他跟你在一块特别好，他年纪小，不太懂你的事，但心眼好。"

"嗯。"

"你饿了吧？"

"不……我……"

"我给你煮面吃。"

她说话间不经意地晃着邓瑛的手臂,顿时抑住了邓瑛的话。

他松了眉头,含笑应道:"好,我吃。"

杨婉听他答应吃东西,自个儿也笑了,然后两人一起朝河边走。

她没有松开邓瑛的手腕,而邓瑛脚腕上的伤在牢中发作了,此时还没好,踏台阶时忽然很疼。他虽然没停下来,脚下却明显顿了顿。杨婉感觉到他的停顿,回头见他皱着眉在忍疼,忙道:"忘了你腿上有伤,疼得厉害吗?"

邓瑛摇了摇头:"我总要习惯的。"

杨婉看向邓瑛的脚腕:"我本来想煮好了面,给你端过来的,可是,李鱼的那个炉子吧,我还真不会烧。"

她说完,面上不知不觉地爬上一丝赧红,忙抬起手掩饰性地压住耳边乱飞的碎发,自嘲地笑笑。

"我最初觉得自己什么都知道,只要我愿意,到了这里也没有我学不会的东西,结果也就会写那么几个文书里的字儿。"

"没事,在哪儿?"

杨婉抬起头,邓瑛正冲着她笑,那笑容很淡,却恰到好处地包容了杨婉此时不愿意承认的窘迫。

"在河边那大柳树下面。"

她抬起手朝前面指去。

邓瑛顺着她手指的方向抬起头:"那带我过去吧。"

"好。"

杨婉牵着邓瑛,从一排一排的司礼监直房前走过。为了照顾邓瑛的腿伤,她刻意走得很慢。

夜里上值的人还没有回来,不在值上的人都趁着空闲在打盹儿。

星稀月朗,风声温和,四下静悄悄的。

邓瑛不敢跟杨婉靠得太近,只能尽量抬高手臂,在他与杨婉之间拉出一段距离。

杨婉身上的一双芙蓉玉坠子顺着她的步伐轻轻地敲撞着,在流水声的衬托下十分悦耳。

"邓瑛。"

她背对着他唤他的名字。

邓瑛忙应了一声:"嗯。"

"你还有每日坚果吗?"

"我都吃掉了。"

"我明日再给你拿一些过来。"

他想也没想,温和地应了一个"好"。

杨婉听到这个"好"字,不由得笑着晃了晃他的手:"你现在不拒绝我了。"

邓瑛看着杨婉握在他手腕上的手指:"我不想让你生气。"

"什么?"

"我不想连你也被我气走了。"

杨婉知道他这句话背后真正感伤的含义,但她没有明说,只笑着回道:"我不是一生气就走的人。"

她说完,转过身,仍然牵着邓瑛的手腕,一边退步,一边说道:"我先说,我只会煮一种面。"

邓瑛稍稍偏头,一边帮她看着她身后的路,一边问她:"什么面?"

"阳春面,宁娘娘教我的。"

"宁妃娘娘是什么时候进宫的?"

"我……十三岁那年吧。"

邓瑛颔首笑笑:"这么久了,难怪娘娘心疼你。"

"是啊。"

杨婉笑着冲他点头:"我进宫以后,娘娘从来没有说过我,除了你之外,娘娘是对我最温和的人。只是她最近身子不好,一直在吃药,殿下又太小了,我之前忙着照顾他们去了,几次说给你送坚果,结果都忘了。"

正说着,他们已经走到了大垂柳边。

169

内监们住的地方没有独立的小厨房,这棵大杨柳下面,便是李鱼他们凑伙食的地方,此时地上还有些焦灰没来得及清扫。

杨婉松开邓瑛,挽起裙子蹲在炉子旁,把放在石头上的簸箕拿过来放到膝上,给邓瑛让了一块位置:"我搞了好半天都没把它点燃。"

邓瑛也蹲下身,挽起袖子接过杨婉递来的火折。

不多时,温暖的火焰便烘明了二人的脸。

杨婉试探着去拨火,邓瑛却回头轻轻地摁了一下她手上的长柴棍:"小心一点,这柴火有些生,容易溅火星。"

杨婉忙收回手,护着簸箕里的面条和酱醋:"你做什么事都很认真。"

邓瑛接过她的柴棍,小心地翻着炉中的生柴,温声应她:"你也一样。"

杨婉摇了摇头:"我不是,我只对我喜欢做的事用心,若是我不喜欢做的事,我总会做得令所有人都失望。不论我在哪里,都会惹家里很多人不开心。所以邓瑛,你真的是我见过的最好的一个人,不论品行、性格都很好,好到我也快想不通了,为什么他们要那样对待你?"

她说完,鼓着腮帮子呼出一口气,挪到炉子前:"好了,我要来下面了,你去坐一会儿吧。"

"好。"

邓瑛听了她的话,靠着柳树坐下。

锅子里的水逐渐滚起来,白色的水汽笼着杨婉的脸,模糊了她清秀的五官。

她不是一个很会做饭的女人,时不时地烫手捏耳,或是被火星子惊得躲开,但她做得很认真。邓瑛不禁在想,若是像她将才说的那样,那煮面给他吃这件事情,应该是杨婉喜欢做的事吧。

面汤里菜叶的香味,随着锅子里的热气逐渐飘了出来。

折腾了好一会儿,杨婉终于端着两碗面小心翼翼地走过来。

"小心!"

"知道。"

她头也不抬:"这要是翻了,我今日罪大恶极。"

邓瑛笑了一声:"也不能这样说。"

杨婉蹲下身,把面端到邓瑛手里:"你尝一口,看看咸淡。"

邓瑛低头吃了一口,面条很软,温暖地充盈了他的整个口腔,没有很复杂的味道,只有菜叶的清香,以及猪油混合葱花的鲜味,慰藉五脏六腑。

"好吃吗?"

"嗯,好吃。"

杨婉听完他的评价,笑着不断地点头。

她松了一口气,也在邓瑛身边坐下,端起碗来吃了两口,又喝了一口面汤。

两个人都没有说话,虔诚地想要留住这碗汤面带来的慰藉。

过了好久,杨婉才说起白日里的事。

"今天,其实我偷偷去见了杨伦,他跟我说了一些你在刑部的事情,但没有说完整,他说如果我想知道得具体一点,就来问你。"

邓瑛放下碗,看向杨婉:"我可以跟你说。"

杨婉抬起头,望着树冠的缝隙里透下来的冷光,轻声地道:"我来之前是真的很想问你,但是来之后,就只想跟你一块吃一碗面。"

她说着,吸了吸鼻子:"如果……以后我忍不住问一些你不想说的事情,你就不要跟我说,你甚至还可以骂我。"

邓瑛忙道:"我不会那样对你。"

杨婉转过头看向他:"你先听我说完,你不在的这几天,我一直在想,你在刑部会怎么样,你要怎样才能出来,但我没想到最后是张先生……"

她说着顿了顿,继续说道:"其实过程如何我都不想问,我只是想跟你说,你不要难过,你并没有做错什么。如果最后的结果,你想一个人消化,我就不做什么,只是你得吃东西,得喝水,不要伤了自己的身体。"

邓瑛听着她的话,低头一口一口地吃着碗里的面,直到吞掉最后一片青菜叶。

"不是你说的那样,我很想见你,但是,我对子兮发过誓,如果

171

我对你有一丝妄念与不敬，就令我受凌迟而死。"

杨婉听到"凌迟"这两个字，脑海中突然一声炸响，手中的碗险些砸到地上。

历史是客观存在的，而杨婉是这些客观存在之中的一条漏网之鱼。

可是，当邓瑛在她面前说出他自己的结局的时候，杨婉竟觉得，她不是漏网之鱼，她就在网中。

27

五月开头，京城里的大户赵员外嫁小女儿。

这个赵员外是前一届的阁臣，和邓颐虽然一向不对付，但邓颐倒台以后，他也厌倦了，索性急流勇退，辞官致仕，做了个闲散翁。

他和张展春是多年的好友，在家中听说张展春下狱以后，一时之间气得连女儿的喜事都不办了，害得那头的亲家苦口婆心地劝了几次，这才说得他松口，继续嫁女儿。

夫家怕这个倔老头临时变卦，便广发请帖，但凡有些个交集的京中官员都一一请到了。杨伦因为张展春的事情，原是不想去的，奈何妻子和那夫家的夫人交好，他不想拂萧雯的面子，也只好跟着去应酬。

然而他情绪不好，去了就坐在人群里喝闷酒。翰林院的庶吉士们向来喜欢和六科出身的人扎堆，看着杨伦坐在角落里，就纷纷坐了过来。他们中间不乏东林学派的年轻官员，言辞锋利狂妄，一两分酒劲儿上来，就更没了限。

"如今案子虽然发到三司了，但也审得慢啊！"

旁边一人轻佻地笑道："慢什么？皇城营建四十几年，这皇城的案子不也得审个四十几年？"

杨伦以前喜欢混在这些人中间，可是自从看了邓瑛和张展春在刑部的遭遇以后，他便有些不太想听这种虽然有立场，却没有人情味的揶揄。

大明历经两代之后，文臣之间的口舌之仗越打越厉害，也越打越失去了辩论的意思，有的时候甚至会变成党派之间的意气之争。这种观点，杨伦从前不止一次在邓瑛那里听到过，他也直接问过邓瑛，这是不是邓瑛不愿意留在翰林院的原因。

邓瑛当时没有否认，杨伦还觉得他的想法过于出世，并非读书人该有的经国志向，但此时听到这些年轻人的"狂言"，他竟忍不住"啪"的一声掷了酒杯。

人声随着泼酒声落下。

萧雯转身，见酒杯在地上碎成一大片，忙走过来，劝道："你是怎么了？今儿这场合是别人家的婚宴啊，你怎么能失态啊？"

杨伦揉了揉眉心："有点醉了，手没稳住，我出去站一会儿。"

萧雯拽住他："你等等，今儿司礼监的胡公公也在，母亲有一包东西要带给我们婉儿。你也知道，外头是不能私下给宫里传递的，等到真递进去，指不定得猴年马月了，刚好那胡公公在，你与他说一声，岂不就有便宜了？"

杨伦看了一眼她搁在椅子上的包袱。

"我为什么要向他要那便宜？"

萧雯道："自从咱们家的两个姐儿都进宫里去了，我眼瞅着母亲精神越发不好，就这么一个艾枕，都做了一个春天，后来做不下去，还歇了半个月，想着婉儿的脖子老犯疼，挣扎起来又做。你若不愿意去，那你就拿去处置了，我是万不敢带回去给母亲的。"

杨伦被她夹软枪搁软棍地这么一说，倒真的站了起来。

谁知他还没来得及拿起那包袱，就见两三个穿着喜服的家仆慌里慌张地从后堂跑出来，宴堂外面照应的家人忙迎上去问："怎么了？"

家仆神色慌张，没压住声音，一串话说得在场很多人都听到了。

"赵家老爷，在后面呕血了，这会儿人已经晕过去了，也不知道还有没有活头，我们这前面可怎么好？"

管事的家人一下子也慌了，忙叫宴上的乐鼓停下，转身回报主人去了。

萧雯走到杨伦身旁，拽了拽他的衣袖："出什么事了，怎么停

173

乐了？"

杨伦摇头："不知道，好像是后堂的赵老爷子出事了。你先坐回去，我过去看看再来。"

他拔腿刚想走，身后一个给事中突然高声喊道："张先生死在牢里了！"

在场的人先是一愣，之后一片哗然。

杨伦脚下一个不稳，险些栽倒。

萧雯忙扶住他："夫君，你别吓我。"

杨伦脑中一片混乱，唯一清晰的只有邓瑛跪在白焕面前喊出来的那一句话："司礼监一定会对老师布杀局！"

他终于明白了，什么叫作"拿我的命去试一试"。

"夫君……夫君！"

萧雯慌乱地唤他，杨伦回过神来，一把甩开她，几步跨到胡襄面前："你们做什么了？"

胡襄站起身："杨大人在问什么？"

杨伦尽力克制住自己的声音："张先生是怎么死的？"

胡襄冷声道："人在刑部大牢，大人怎么问起我来了？"

杨伦切齿道："刑部没有用刑！"

"那就是他老了！"

胡襄的声音陡然提了上来，轻狂道："老了，不中用了，就死了！"

这一句话瞬间激怒了在场的年轻官员，他们拥上来怒骂不止，有几个骂得很厉害，甚至与胡襄动起手来。胡襄是个阉人，哪里经得起这样折腾，不一会儿就被打得鼻青脸肿。

杨伦给他气蒙了，眼看着年轻的官员动手，也没有发话。等他再回过神来的时候，胡襄已经狼狈地钻到了桌子底下。

他忙上前拉开打得最狠的那几个人："都停手！"

众人这才散开，胡襄捂着鼻子从桌子底下钻出来，踉跄地指着杨伦道："你们这样闹，这样不把皇上……皇上主子放在眼里，迟早……迟早……要出天大的事。"

杨伦喝道:"你给我住口,平日你们消停,我们也就唤你一声'公公',但你始终是个奴,即便打了你,也扯不到陛下那里去。还不快给我滚!"

胡襄知道杨伦这话虽然是在骂他,但也是在给他找机会,忙应着那声"滚",灰溜溜地跑出了喜堂。

此时后堂传出了赵老太爷吐血而亡的丧讯,家人们乱糟糟的,里里外外一片哭声和骂声。赵员外的小女儿穿着喜服,披头散发,哭天抢地地跑到后堂去了,整个喜堂顿时一片狼藉。

东林学派的几个官员,已经骂骂咧咧地准备联名上折子,痛斥司礼监弄权杀人。

杨伦站在其中,忍无可忍地喝道:"大家能不能先不要贸然联书!等内阁和三司审定之后再说!"

"信你们内阁吗?"

有人质问道:"三司审这件案子审了多久了?当初审讯邓瑛,听说就是把人绑起来打了一棍子。杨大人,你们曾经是同门,惺惺相惜就不说了,但都察院的人怎么也能睁着眼看下去?如今,那阉人全身而退,张先生却惨死,你让我们怎么信服?"

"我……"

杨伦忽然想起太和门前,杨婉拉着他说的那句:"你们不要查这件事情了。"

与此情此景一关联,他竟然有些后悔。

此时宫中,杨婉正在尚仪局里抄录文书。

天光有点暗,她刚想起来去找一根蜡烛,忽见宋云轻匆匆忙忙地跑进来,看着她就问:"上回姜尚仪那治伤的药,你记得搁哪儿了吗?"

杨婉指着旁边的一个红木箱子道:"像是在那里面收着。"

"欸,好。"

宋云轻连忙挽起袖子,去箱子里翻找。杨婉放下笔,也一面走过去帮她找,一面问道:"是陈桦伤着了,还是李鱼伤着了?"

175

宋云轻道:"都不是,是司礼监的秉笔太监胡公公,在宫外被人打了。李鱼的干爹听说我们尚仪有一瓶治伤的好药膏,特意来求的,我看他平时对李鱼着实好,就想着帮他找找。"

"胡秉笔被打了?"

"嗯,你没听说吗?"

杨婉摇头:"我忙了一日了,还没抄完呢。欸,你看是不是这一瓶?"

"哦,是,是。"

宋云轻拿着药就往外走,杨婉忙追上去:"你话还没说完呢,胡秉笔为什么被打啊?"

宋云轻边走边道:"这外面的事,我也听不大懂,好像是说,刑部大牢里面的张先生死了。他们都说是什么杀人灭口——"

她还没说完,背后突然传来一道严厉的女声:"你们两个不要命了吗?"

杨婉回过头,见姜尚仪正站在药箱前。

"云轻!"

宋云轻向来最怕姜尚仪,被她这么肃着声一叫,顿时低了头。

"尚仪,我们不敢了。"

姜尚仪看了看她手上的药:"你先去送药吧。"

"是。"

宋云轻赶忙应声退了出去。

"让你抄的文书抄完了吗?"

杨婉抿了抿唇:"还没有。"

"杨婉,你今日一定不能去见邓瑛!"

"我——"

姜尚仪打断她的话。

"你一直是很聪明的人,还需要我对你说为什么吗?"

杨婉沉默低头。

姜尚仪稍稍放缓了些声音:"抄好文书,就回承乾宫去,好好陪着宁妃娘娘。你得记着,你是宫里的女官,深宫寂寞,你对一个宦官好可以,但如果这个人与朝廷的关联过深,在局面不明晰的时候,先护好你自己。"

"我明白,尚仪。"

姜尚仪见她顺从,这才缓和了神情。

"去吧,把文书录好,蜡烛在窗台上,自己取来点上。"

她说罢,朝内堂去了。

杨婉走回案后,挽袖坐下。

书案上的字逐渐在眼前变得有些模糊,她从怀中取出自己的笔记,翻到最后几页。

在张展春的名字下,她早就写下了一大段详细的记录,只在最后那句"亡故于"三字后面,留着一段空白。

这日是五月二日。

杨婉握着笔沉默了好久,终于落笔,将那个空白填写完整了。

提笔抬头,她忽然有些恍惚。

唯一一个真正对邓瑛好的长辈死了。

离贞宁十二年的秋天还有两个月。

听到胡襄被打这件事情之后,她忽然快要想通邓瑛身上的这一段空白和桐嘉惨案之间的关联了。

原来,在邓瑛真正走到司礼监与内阁之间以前,他失去过这么多东西。

杨婉捏着册角,抬头朝窗外看去。

云压得很低,飞鸟仓皇地四处乱飞。

"你不要太难过,也不要太自责。"

她在口中默述这句话,试图找到一个可以在邓瑛面前开口的语气,然而试了很多次,都说不出口。

第五章

晴翠琉璃

28

张展春的尸体被杨伦从刑部大牢里接了出来。

临抬出去前,杨伦与仵作一道亲自查看了尸体。

人死在牢里,衣冠完整,没有外伤,也没有中毒。仵作是被上面提点过的,对着杨伦只说是死于窒息,至于具体的原因,则说是因为张展春年老,本就有肺病,受不了这牢里的潮闷,闭气而亡。

杨伦还要细问,他就闭口不谈了。

杨伦心里也知道,这个时候根本问不出什么。

张展春是孤身一人入京的,妻子已经亡故,他的儿子在海南做官,路途遥远,尚在奔丧的路上。杨伦只好将他的遗体简单入殓,暂时停放在广济寺里。

寺中的僧人们都很敬重这位德高望重的皇城营建者,即便杨伦没有说什么,广济寺的住持圆安法师还是带领着僧人们,自发为张展春一连做了几日的超度法事。

六科的给事中,以及都察院的年轻御史们和司礼监此时正陷在一场根本不受内阁控制的极度混乱的文字拉锯战里。

官员们各有各的出身,或是师徒,或是同门。

尽是十年寒窗苦读的饱学之士,他们聚在一起,将各自的奏本当成了科举考试的大文章来彼此斟酌,引经据典,旁征博引,用尽剔肉剥皮的话,行文间,把司礼监的几个大太监骂得体无完肤。一时之间,各个衙门的奏书如雪花般堆到了司礼监,继而堆到了皇帝的案头。

白焕借助这场声势浩大的"文喧"①，开始向贞宁帝施压。

因此所有参奏司礼监的票拟上，都只有几句模棱两可的话。

失去了内阁的意见，皇帝只得亲自批复，于是这场拉锯战逐渐演变成了皇帝自己和文臣之间的文字博弈。

京中文官成百上千，年轻，精力无限。

但皇帝毕竟是一个人，拉锯到第四日，贞宁帝终于受不了了。

他一把将御案上的折本扔到地上，宁妃挑灯的手一顿，养心殿内所有的太监、宫女都跪了下来。

今日在御前当值的是郑月嘉，此时正跪在贞宁帝脚边。

皇帝人在气头上，朝着他的心窝子就踹了一脚，踹得他仰面摔到了书柜旁，头狠狠地磕在书柜的边角上，顿时流了血。但他也不敢管顾，连滚带爬地又匍匐到皇帝脚边。

"奴婢该死！"

皇帝喝道："你们司礼监口口声声说是为了朕，啊？为朕尽心？"

他说着，抄起手边的一本奏折直接甩到郑月嘉的脸上。郑月嘉受了一道罪，连动都不敢动，只跪着不断地说道："奴婢该死，请陛下息怒！"

"该死就死！来人，把郑月嘉拖到午门，杖毙！"

在场有很多内监都受过郑月嘉的恩惠，听到"杖毙"这两个字尽皆愣住，一时竟没有一个人去传话。

皇帝怒极："朕的话，你们没有听到吗？"

殿内很安静，宁妃手上的铜挑②忽然当的一声掉在地上，顺势滚到了郑月嘉膝边。

门前侍立的太监这才回过神来，慌忙奔出去，去慎刑司传话。

皇帝看了一眼宁妃，见她怔怔地站在灯下，浑身都在轻轻地发抖。

"宁妃？"

---

① 文喧：文人引起的舆论浪潮。
② 铜挑：铜质的灯剔。

"是，妾在。"

皇帝看了看还跪在自己脚边的郑月嘉，又看向宁妃："你怎么了？"

"妾……手抖了。"

皇帝压低声音道："朕还以为，朕吓着你了。"

郑月嘉趁着皇帝抬头的空当，朝着宁妃轻轻地摇头。

宁妃忙避开落在她身上的目光，尽力稳住自己的声音，对皇帝道："妾去给陛下重新沏一壶热茶。"

皇帝此时什么兴致也没有，喉咙倒是真有点干疼，便没再问什么，摆手令她去了。

宁妃转身走进后殿，合玉见她脸色煞白，忙上来扶住她道："娘娘怎么了？"

宁妃反握住她的手："婉儿在哪儿？"

合玉道："杨女使……这几日都是跟着我们，这会儿应该在养心殿的月台下候着呢。"

宁妃摁住自己的胸口，身子抑不住地发抖。

"好……好……你出去问她，有没有办法能救……救郑秉笔的性命。"

合玉也是在宫里伺候了很多年的老人儿了，听她这么说，不由得怔了怔，劝道："娘娘，没有这个必要啊。"

宁妃捏紧合玉的手腕："你去替本宫问就是了！"

合玉从来没有见过宁妃如此神情，心里也害怕起来，忙安抚她道："好，娘娘不要着急，奴婢去问。"

杨婉此时正站在养心殿的铜鹤雕下，这几日她偷偷去太和殿看了邓瑛几次，却没有让他看见自己。他人很沉默，但手上的事一刻都不曾停。太和殿的工程在他的带领下一丝不苟地进行着。杨婉站在暗处，亲眼见证了琉璃瓦顶全面覆盖的整个过程。他站在月台上，从容地调度匠人，监察所有复杂的工艺，就像杨婉说的，他做任何事情都很认真。只有在匠人们去吃饭的时候，他才一个人站在月台下面出神。

他终究没有听杨婉的话，好好吃饭、喝水。

但杨婉明白,这何尝不是他对自己的惩罚和处置。

人不能太自作聪明,自以为看得透人心,就贸贸然地撞进去。

做了近十年的学术,白眼、冷漠,结果推翻再重来,论文退稿再写,各种沉沉浮浮的事,杨婉也经历了不少。她深知,内心强大的人,往往希望倚靠自己做最初的挣扎。

于是她总是趁着邓瑛回直房之前,偷偷找李鱼给他送坚果。令杨婉欣慰和开心的是,每日她带过去的坚果,无论多少,第二日都会被邓瑛吃掉。

今日她去送坚果的时候,发现邓瑛平时放坚果的那个屉盒居然是打开的。她拿出屉里的罐子,想把带来的坚果放进去,谁知竟在里面捡到了一朵用木头雕成的芙蓉花,很小,但能看到每一片花瓣的纹理。杨婉将花托在手中细看的时候,发现花蒂上甚至还穿了孔,竟然可以做一颗穿在玉佩上的定珠。

她赶紧解开她腰上的玉佩,将这颗芙蓉花定珠穿在悬璎上。

邓瑛的这个回应很克制,但杨婉太喜欢了,整整一日下来,她没事就想去捏那颗花珠两下。

这会儿她正捏珠子打发时间,忽然看见慎刑司来了几个人。

杨婉起初有些担心宁妃,但没过一会儿,却见是司礼监的秉笔郑月嘉被架了出来,也就没太在意。

谁知不多时,合玉竟匆匆地从月台上下来,也没等杨婉开口,拉着她就避到了月台后面。

杨婉看她神色不大好,忙问:"出什么事了吗?"

合玉侧身朝外面看了一眼,确定没有人过来,这才拉着杨婉的手对她说道:"女使,娘娘让我问你一句,你有没有法子救救郑公公?"

"郑公公?他怎么了?"

合玉压低声音道:"陛下要杖毙他。"

"杖毙?为何啊?"

"奴婢也不知道,今日陛下一连批了两个时辰的折子,不知怎的就恼了,叫了慎刑司的人来,说是要把郑公公拖到午门去。奴婢看着娘娘在里面听到这个事的时候,眼睛都红了,脸色也发白,竟是不大好。"

杨婉来不及去想宁妃为什么要她救郑月嘉,但宁妃既然让合玉开了口,此事就非同小可。

"婉姑娘,你……"

"别急。"

杨婉冲合玉摆了摆手:"让我想一想。"

她说完,转过身低头迅速回忆了一遍这几日的事。

张展春的死带来了京城的"文喧"。杨婉试着拿捏了一下白焕等人的态度,隐约猜到内阁这次应该没有和皇帝站在一边。皇帝被这些文人给逼得受不了,陡然间把怒气撒到了司礼监的三号人物身上,但这显然是皇帝在没有内阁辅助的情况下,一时冲动之举,一旦杀了郑月嘉,即是变相承认了司礼监的罪名。

想到这里,她忙转过身:"合玉!"

"奴婢听着呢。"

"你去告诉娘娘,让她问问陛下,今日杀了郑公公,明日何大伴[1]该如何?"

合玉有些踟蹰:"这……这样说就能救下郑公公?"

"对,你让娘娘试试,但是请娘娘记着,说的时候不能红眼。她是皇妃,她这样说是为陛下分忧,是为陛下好。"

她说完这句话,自己忽然愣了愣。

是啊,这是为陛下好的事,那宁妃之前为什么会红眼呢?

杨婉在一阵错愕之中,想起了宁妃曾经对她说的那句话:"不要跟着那样的人,在宫里走这条路,婉儿,你最后不会开心的。"

所以……

"等一下,合玉!"

她忙跑了几步追上合玉。

---

[1] 大伴:陪伴皇帝一起长大的太监,这里指何怡贤。

合玉回过身:"还有话要我带给娘娘吗?"

"你跟娘娘说,无论如何,都要冷静一点。救不救得了郑公公,完全在于陛下肯不肯信娘娘是真心为陛下好。绝对不能让陛下感觉到,娘娘是在为郑公公求情,否则不光郑公公活不了,娘娘也不会好,一定要让娘娘把这句话听进去啊!"

合玉听不明白,但还是认真地点了点头,奔月台上去了。

杨婉看着合玉的背影,呼吸逐渐变得急促起来。

原来,宁妃对杨婉的理解、袒护和包容,之所以和杨伦他们完全不一样,是因为,她的心里竟然有这样一段情。

杨婉想到此处,不禁抬头朝养心殿上望去。

殿内明亮的灯火反而照不出任何一个人的影子。

好比世事洞明,佛心无影,最后反而要被七情六欲酿的酒活活淹死。

杨婉迎着风咳了两声,手指暗暗抠紧了月台上的雕花。

不多时,殿门再次打开,一个内监飞奔下月台,朝着午门的方向去了。

杨婉肩膀一塌,提在胸口的那一阵儿气终是松了下来。

她靠着月台的冷墙,垂下手臂。

郑月嘉是什么时候死的,史料里好像并没有具体的记载。

如果他原本应该死于今日,而因为杨婉有所改变,那是不是代表,她所在的这一段历史,也有生息的可能?

她到底是不是漏网之鱼?她有没有可能撬动什么?

清月之下,一切却不太清明。

29

那晚宁妃一直到子时才从养心殿的围房里出来。

天已经转暖,她却仍然裹着一件夹绒的褙子,脸色苍白,步子也有些不稳,扶着合玉的手,才能勉强踏稳台阶。

杨婉提裙奔上台阶,迎到二人面前:"娘娘还好吗?"

宁妃松开合玉,轻握住杨婉的手:"姐姐没事……婉儿,今日之事,姐姐真要谢谢你。"

杨婉忙替合玉扶住宁妃,陪着她慢慢地往月台下走。

"奴婢不敢,娘娘平安就好。"

宁妃想说什么,却忽然咳了几声,杨婉也跟着停下步子,轻抚她的背脊,帮她顺气。

"娘娘,要不奴婢去传轿过来吧?"

宁妃摆了摆手。

"不必了,走着才踏实。"

说完,她静静地立在月台下缓和了一会儿,才看向杨婉道:"婉儿,你没有话问姐姐吗?"

杨婉摇了摇头:"为了娘娘和郑公公好,奴婢不想问。"

宁妃听她这样说,仰面长叹了一声。

偌大的宫城,此时已一片喑哑,只有她们头顶的明月尚有微光。

宁妃望着那轮弯月,轻声道:"我和他以前一直都藏得很好,哪怕在养心殿遇见,也不会互相多看一眼。今日若不是情急,姐姐也绝不会把你牵扯进来。婉儿,对不起!"

"娘娘不要这样说。"

宁妃闭目忍泪,声音怅然:"我对他……从前是情,现在是悯,想他对我,应也如此。"

"悯?"

"是啊,除此之外,也不能再有别的。"

杨婉低头看着风灯照出来的那一块不大的光域,不禁道:"他是个什么样的人?"

宁妃摇了摇头:"说不上来。和从前相比,他好像变了一些,对宫里犯错的宫人很严肃。但又好像没怎么变,有的时候遇见他,看他对我行礼的样子,我还是会想起,入宫前,他来杨府看我时那副温和的模样。"

"那他为什么会入宫?"

宁妃沉默了一阵:"不知道,或是为了一口气,或是为了我,我一直不敢问他。"

杨婉没再往下问。

其实无论是在明朝,还是之后,人的生活空间都不大。

困在方寸之间,也缩在七情六欲的牢中。情只能给身边的人,可是情到浓时,彼此却根本承受不起。于是,最后不得不变成宁妃所说的那个"悯"字。

在巨浪滔天的孽水欲海里,怜惜眼前人……

杨婉心里一热,不由得挽紧了宁妃的手臂。

"姐姐说得你难受了吗?"

"没有,奴婢想得有点多了。"

宁妃侧面看向杨婉:"姐姐已经是这样了,但你比姐姐好很多。"

她说着,轻轻搂住杨婉的身子:"别难过啊。"

杨婉靠在宁妃的怀里,抿着唇沉默了很久,终于开口道:"奴婢想求娘娘一件事。"

"好。"

·

五月初八,是张展春的头七。

天刚刚发亮,邓瑛换了一身素服,推门走出直房。

夜里下了雨,此时还淅淅沥沥地没有停,护城河河水高涨,水声比平时要大,垂柳也在河风中寒影婆娑。

邓瑛弯腰扶起了门边被风吹倒的笤帚,站起身的时候却看见杨婉撑着一把油纸伞朝他走来。

她也穿着一身纯白的素衣,钗环卸得干干净净,只挂着那对从不离身的芙蓉玉坠。

邓瑛忙拍掉手上的灰:"你怎么来了?"

"我也想去拜一拜张先生。"

邓瑛迟疑了一下:"姜尚仪准你出宫吗?"

杨婉笑着摇头:"尚仪那样的人是不会准的,所以我去求了宁娘

187

娘，放心，我不会受罚的。"

她偏了偏伞："走吧。"

邓瑛伸手握住伞柄："我来撑。"

杨婉没有坚持，将伞递给了邓瑛，两人沿着护城河往会极门走。

杨婉发觉，这一路上，邓瑛仍然在小心地避免与她肢体触碰，以致他大半个身子都淋在雨里。

杨婉抬起手扶正伞柄。

邓瑛忙道："我没关系。"

杨婉笑着摇头："别往我这边偏了，你要拜你的老师，就要珍重衣冠。湿漉漉地过去，张先生会不高兴的。"

邓瑛没想到她会说这样的话，不禁一怔。

"是，你教训得是，我竟如此不知礼。"

杨婉在他身边仰起头道："是你一直都想周全所有的人，才会总自己一个人走在雨里。我可不像杨伦那样没良心，你维护我我知道，但是我现在事事都好，就希望你多为你自己想想。"

她说完，绾了绾耳发："这几日受些了吗？"

邓瑛没有出声回答，但点了点头。

杨婉悄悄朝他靠近了些，在不与他接触的前提下，尽量把自己缩在伞下。

"可你还是没有听我的话，我问过李鱼，他说你饭没好好吃，觉也睡得不够。"

邓瑛脚下一顿："你不要生气，我……"

杨婉仰头冲他笑笑："我说了我不是生气了就走的人。"

说着，她从怀里取出一包坚果，打开油纸递到他面前："你还不算傻，知道每日都吃这个。今天这一堆是我来之前剥的，你先挑核桃来吃，这核桃比以前的香。"

她说完，自己拣了几个果脯丁放进嘴里。

邓瑛听了她的话，真的拣了几颗核桃仁："你……为什么这么喜欢吃这些？"

"我也不是喜欢吃，你看过我煮面吧，我实在是不太会做饭，所以也不知道怎么在生活上对自己好一点。这些果仁弄起来很简单，剥开就可以吃，吃了对身子也好，所以吃着吃着就习惯了。"

邓瑛看着那几颗核桃仁笑了笑："我也快吃习惯了。"

他说完，低头将核桃仁放入口中。

杨婉看着他低头咀嚼的样子，不禁道："邓瑛，你说我带着你这样边走边吃是不是不太好？"

邓瑛摇头："护城河边没有人，无妨的。"

这句话刚说完，前面便有人唤了杨婉一声。

"杨女使！"

杨婉听了这么一声，差点被嘴里的果脯丁呛到，抬头朝前面一看，见唤她的人竟是郑月嘉。

他今日像是没有上值，穿的是一身青灰色的便服，看起来大比之前见着的时候年轻一些。

邓瑛将伞递给杨婉，正要行礼，便听郑月嘉说："你站着，不必行礼。"

说完，他径直走到杨婉面前，忽然撩袍屈膝跪下。

杨婉被吓了一跳："这……这……郑秉笔您这是做什么？"

郑月嘉伏下身："娘娘身边的合玉姑娘，与奴婢说了前日之事，奴婢谢杨姑娘救命之恩。请姑娘受奴婢三拜！"

杨婉看他伏身就要磕头，忽然有些慌，扒拉着邓瑛的袖子就往邓瑛身后躲。

邓瑛看她的脸都红了，忙稳住伞回头问她："你怎么了？"

怎么跟这两个人说呢？她长这么大，还是第一次被一个比她年纪还大的人跪拜。这种大礼好像是该在死了以后受的，她此时实在有点不习惯。

"你……你扶郑秉笔起来吧，我受不起。"

郑月嘉抬起头："杨姑娘救了奴婢的性命，结草衔环也不得为报，这三拜如何受不起？"

杨婉不知道该说什么，拼命地在邓瑛身后戳他的背，压着声音道："你不要光在前面傻站着，你说话……"

邓瑛不得已轻声安抚她："好，我说，你能不能不要戳？"

杨婉赶忙握住手："我不戳你，你赶紧请他起来。"

她彻底乱了。

邓瑛看着她涨红脸的样子，有些想笑。

他转身将伞交给她，走到郑月嘉面前，弯腰扶住郑月嘉的胳膊："郑秉笔，您有什么话起来说吧。"

郑月嘉看着杨婉窘迫的样子，有些不解。

但他也没有再坚持跪着，起身弯腰，朝杨婉行了一个揖礼。

杨婉这才松了一口气，试探着朝二人走近几步，仍然躲在邓瑛背后，探出半个身子："郑公公，我只是让合玉姑娘带了一句话，真正救您的人是宁娘娘。"

郑月嘉再次揖礼："奴婢谨记，日后定为娘娘和小殿下肝脑涂地。"

杨婉听着最后那四个字，背脊一凉。

和邓瑛一样，这个时代的人发出的誓言，总是不惜自己的性命。

凌迟、肝脑涂地，随口即出。

义无反顾地把自己逼入绝境，也不管听到的人会不会伤心。

她想着，抬头看了看邓瑛。他安静地站在郑月嘉身边，一身清冷的素布，云容雪质，看起来是如此易散易融。

"我真的……很怕听你们发这样的誓。"

邓瑛目光一动。

杨婉抿着唇，剜了邓瑛一眼："肝脑涂地之后，伤心难受的是谁？"

郑月嘉和邓瑛面面相觑，张口哑然。

"好好活着，才能保护想保护的人。"

她说完，又看向邓瑛："我不光说郑公公，我也说你，你听懂了没？"

邓瑛点了点头："是。"

"听懂了就好。"

她说完，呼出一口气，提起声音对郑月嘉道："郑公公这么早，怎么会在护城河这边？"

郑月嘉道："哦，我是来找邓瑛的。"

他说着，看向邓瑛："今日是张先生的头七，你是要去广济寺祭拜吗？"

"是。"

"你有没有想过，你去祭拜张先生，老祖宗会如何想？"

邓瑛点了点头："我知道。"

"你既然知道，就不应该去。"

邓瑛抬起头："若不去，我与猪狗有何区别？"

"你……"

杨婉在，郑月嘉没能责备出口，他叹了一口气，缓和道："今日广济寺祭拜的京中官员很多，白阁老、张阁老，还有六科和六部的人，大多都会去，你觉得他们容得下你在场吗？"

"我不需要他们容下我，只要老师的在天之灵容下我就行了。"

"何必受辱？"

邓瑛摇了摇头："我想再去看看老师。"

这一句话，说得郑月嘉心里也开始难受起来。他没有再问邓瑛，转身向杨婉看去："杨姑娘也要和他一道去吗？"

"对，我替娘娘去上香。"

"今日雨水不干净，姑娘一路上要留心。"

杨婉听出了这句话中的提点之意，领首应道："我明白，多谢您。"

郑月嘉垂下头，沉默了一阵，复又对邓瑛道："我已经来劝过你了，是你不肯听。你这一次从广济寺回来，司礼监若对你有处置，我在老祖宗面前不能为你说任何一句话。"

"我知道。"

"那好。"

郑月嘉朝道旁让了一步，拱手再揖："也替我向张先生上一炷香。"

30

张展春的棺材停放在广济寺的多宝殿中。

这一日,雨至辰时尚未停歇。寺中古木森森,此番为雨水所洗,衬着满寺的缟素,更显得枝遒叶繁,苍翠欲滴。

前来吊唁的官员皆撑素伞,人数虽多,却都面色肃然,说话慎重,来往中无人攀谈。

杨伦立在殿前的云松下,与齐淮阳轻声相谈。

齐淮阳抱着手臂,看着雨泥里的伶仃蚂蚁,轻笑了一声:"雨大的时候,这些东西看着还真可怜。"

杨伦道:"你来找我是有事吗?"

齐淮阳抬起头:"听说陛下批驳了六科联名的奏本。"

"是。"

"驳了几轮了?"

"四轮。"

齐淮阳道:"你们怎么想的?"

杨伦笑了一声,伸手抚着云松粗糙的枝干:"你是个万事不多问的人,怎么今日话也多了?"

齐淮阳舒开声音:"司礼监那个奴婢来找过我。"

杨伦忙回头:"邓瑛?"

"是,我原本是不想与他接触的,不过他的话有几分道理,所以我想转说给你听一听。"

"说吧。"

齐淮阳道:"这联名的折子不能再上了,听他说,陛下前夜差点杀了司礼监的郑月嘉。"

杨伦冷声道:"这不好吗?"

齐淮阳笑了一声:"我也是这么问他的。"

杨伦道:"他怎么说?"

齐淮阳不答反问："你们内阁现在能按住六科和都察院那一帮人吗？"

杨伦听他这么问，沉默地朝前走了几步，半响方摇了摇头："我现在不知道，是老师不愿意弹压，还是压不住。"

齐淮阳摇头道："如果郑月嘉真的被陛下杖毙，此时处理这些人也就罢了，若是反而助长东林党的气焰，你和白阁老就都该想想，这件事最后会怎么收场。"

杨伦低头道："你觉得邓瑛的看法是对的？"

"不完全对，毕竟他现在是司礼监的人。"

齐淮阳说着，顿了顿："但我觉得，他的这一番话不是为了维护司礼监。"

杨伦点头："这个我知道。"

齐淮阳继续道："其实我也在想，他为什么要来找我，而不直接跟你说。"

杨伦摇头笑了一声，拍了拍身后的树干，怅然道："张先生死了，他应该很恨我和老师。"

齐淮阳没去接这个话，转身看向西面的那一排厢房，里面点着烛火，隐约映出两三个人的影子。

"今日内阁的几位阁老都来了？"

杨伦顺着他的目光看了一眼："张琮还没有来。"

齐淮阳笑道："他不在，那个幽都官也不会来，倒也好。"

这话刚说完，殿前的人却忽然噤了声。

杨伦转过身，见张琮正在山门前下轿。

齐淮阳走到杨伦身边："呵，说不得啊。"

杨伦回头道："你先过去吧。"

说完，他一个人走向山门。

张琮今年已经六十七岁了，头发和胡子都白了，但人尚算精神，看起来也并不像张洛那般严肃。

他站在轿前，等杨伦行过礼，笑着回礼。

"听说，张先生的身后事是杨侍郎操的心？"

杨伦平声回道："张先生的儿子还在从海南回京的路上，今日应该会到。下官只是受托而已。"

张琮笑笑："也不易了。对了，白阁老在何处？"

杨伦侧身让了两步："老师在西面的厢房。"

"好。"

张琮没有再多说什么，负手朝西厢房去了。

杨伦正要走，忽被张洛唤住："杨侍郎！"

杨伦顿了一步。

"何事？"

张洛将马缰丢给家仆，沉默地从杨伦身边走过，走到前面，方道："陛下对你们已经一忍再忍，你们也该收敛了。如果一个张展春还不足以震慑六科那些人——"

"张洛！"

张洛转过身，也不在意杨伦打断他的话，偏头道："北镇抚司为天子镇威，冒犯天威即有罪，其他的我管不了。"

"等一下。"

杨伦追上他："你这话什么意思？"

张洛并没有回应他的话，只冷淡地说了句："让开。"

杨伦还想再问，却听山门口忽然喧嚷起来。

原本散立在多宝殿前的官员们此时也一齐聚向了山门。

张洛朝山门下看了一眼，也走了过去，杨伦连忙跟上他一道朝山门走去。

山门下，邓瑛撑伞立在雨中。

此时的雨比之前大了许多，雨水如连珠一般悬在伞沿下。

在场的很多官员虽然之前大多认识邓瑛，但在邓瑛受刑之后还是第一次见他。

虽各有各的态度，却都免不了鄙夷之色。

都察院的一个黄姓御史走出人群，抬手直斥道："你的老师因为你而死，你还有脸立于此处？"

邓瑛抬起头："邓瑛为祭拜老师而来，无意冒犯大人。"

说完，放伞抬手，躬身揖礼。

黄御史并不回礼，虚点着邓瑛朝身后的人轻笑道："你们看看，现在连宫里的奴婢都行士礼，大礼何存啊？"

邓瑛低着头没有出声，松开作揖的手，撩袍跪下，伏身再行礼。

"请诸位大人，容邓瑛祭拜老师。"

杨伦站在人群后面，刚要上前，却被背后的齐淮阳一把拉住："别去。"

他一时有些恼，压低声音呵道："放手！"

齐淮阳并没有听他的，低头朝人群后看去。

"不是我想拉你，是下面跪着的那个人不想你露这个面。"

杨伦一怔。

"为何？"

齐淮阳看着雨中的人，平声道："你是内阁的人，在刑部的大堂上也就罢了，但这个时候你不能站到六科和都察院的对面去，否则内阁在弹压黄御史这些人时，会更被动。"

杨伦听完，不禁握紧了拳头。

有的时候，他真的有点恨邓瑛。

他原本以为张展春的死，会让邓瑛恨他，恨这个官场，但邓瑛好像并没有。就像张展春理解他们一样，邓瑛也没有责怪他和白焕，甚至在卑微到不能再卑微的境地里，还在试图周全那个羞辱过自己的内阁。

可这何尝不是在逼他们惭愧。

"请诸位大人容邓瑛祭拜老师。"

邓瑛提高声又说了一遍。

有些官员见他在雨中跪求，不禁沉默。

黄御史也没有出声。

然而就在有人试图要劝身边人，给邓瑛让一条道的时候，人群里却突然传来一个冰冷的声音："容你进灵堂，就是羞辱先人。"

众人回头看去,见说话的人身穿玄袍,腰佩绣春刀,忙挤推着让到了一边。

没有一个人敢再出声。

杨伦有些不忍再看,转身正要朝殿内走,忽然听到一个清亮的女声。

"邓瑛,起来。"

杨伦心里一沉,拨开人群,果然看见杨婉正弯着腰,一只手撑伞,另一只手搀着邓瑛的胳膊。

她也穿着素服,周身无饰,只有腰间的那一双芙蓉玉坠子,令人一眼就能看出她的身份。

邓瑛抬起头。

面前的人已经被雨浇透了,头发贴在脸上,但面色依然很温和。

"起来呀,你再不起来我要生气走了。"

她是这样说的,搀在他手臂上的手却一直没松。

在贞宁十二年间的这场雨里,有很多人逼他跪下,只有这个姑娘,要他站起来。

在他错愕之时,她抿了抿唇,抬头朝山门内看了一眼,又低头看他,温声对他说道:"邓瑛,张先生看到你这样会难受的。"

她说完,又用了些力:"你起来,我帮你。"

邓瑛不敢拽伤她,忙顺着她的力道站起了身。

杨婉扶着他站稳,又从怀里取出自己的帕子递给他:"把脸上的雨水擦干,撑好伞。"

她说完,独自朝张洛走去。

"杨婉!"

杨婉没有回应邓瑛,径直走到山门的石阶下。

她不是第一次面对张洛,但这一回,她内心没有一丝胆怯。

"你虽然姓张,但你是张先生的亲族吗?"

张洛沉眸。

杨伦忙走出人群呵斥道:"婉儿,不要放肆!"

杨婉转身朝杨伦看了一眼:"杨大人,我是尚仪局女使,理内廷礼仪，丧仪祭拜之礼的错漏，不能过问修正吗？"

杨伦气得胸闷。她显然没打算给他面子，甚至不打算给在场所有人面子。

杨婉再一次看向张洛，重复道："张大人是张先生的亲族吗？"

张洛先是沉默，而后冷声道："不是。"

"今日张先生的亲族不在，唯亲之人，只有他唯一的学生，你们却逼人跪求，不容他祭拜。这是什么道理？你们寒窗几十年，就是为了此时高人一等，党同伐异吗？"

张洛沉声："你知道你自己在说什么吗？"

杨婉屈膝行礼："若我言辞冒犯，甘愿受责。"

几丝雨水顺着她的脸颊流入她的口中。

说完刚才的那一番话，她忽然有一些恍惚。

这个场景她好像是第一次经历，却又好像经历了好多次。

在无数个研讨会上，她都是这样孤独地站着，面对一群严肃的人。那些人其实也并没有错，也是埋首故纸堆一辈子、坚守自己的学术观点的研究者。只是他们不相信她，也不相信她背后的那个人。比起当年，她拼命地想要把邓瑛的形象重新拼组在他们面前，拼命地要修正那些对他成见颇深的观点，拼命地维护住一个已故之人的身后名。

如今，她保护的是邓瑛真正的尊严。

他活着，他就站在她身后。

不是历史长河里的虚像，也不是她孤独的执念。

杨婉喉咙有些发哽。

如果不是从六百年之后回来，邓瑛是不是永远都不会知道，后来还有一个他不认识的后人，站在大部分人的对立面，陈他无法开口之情？

31

邓瑛望着站在自己前面的杨婉，心下生出一阵说不出的疼。

就在刚才，她还为了躲避郑月嘉的大礼而藏到他的身后。

此时他也想要去把她拉回来,拉到他身后。

可是他也明白,一直以来,杨婉的勇气和恐惧好像和所有人都是相反的。

张洛低笑一声,令在场的很多官员胆寒。

他从石阶上走下来,地上的雨水被他踩得噼啪作响。

他一步一步地走到杨婉面前:"受责是吧,受什么责?"

说完,没有任何犹豫,用刀柄猛地劈向杨婉的膝弯。

杨婉没有防备,立时被他的力道带到了雨地里。

令她失声的疼痛从膝弯处传来,然而她也同时发觉,张洛应该没有用全力,不然就这么一下,她的骨头大概已经碎了。

"杨婉!"

张洛听到邓瑛的声音,头也不抬,提声对身旁的锦衣卫道:"把那个奴婢摁住。"

继而转身对杨伦道:"这是她冒犯上差的教训,你有话,带上她去北镇抚司的衙门说。"

说完,他命人牵马,翻身上马背,低头对邓瑛掷下一句:"你们两个,龌龊至极。"

"张洛,你给我站住!"

杨伦见他打马,立即要去追,杨婉忙唤道:"别追。"

她说完,挣扎着试图站起来,却痛得倒吸了一口凉气。邓瑛忙扶住她的手臂。

杨伦在旁情急喝道:"谁准你碰她的?!"

邓瑛一怔,眼看就要松手,杨婉忙反手一把拽住他的衣袖:"别傻乎乎地松手啊,你松我就摔了。"

邓瑛忙道:"好,我不松,你站得稳吗?"

杨婉试着站直腿,忍疼道:"还行,还能走,他没用力,我就是摔了一下。"

杨伦见杨婉拽着邓瑛,也没好再对邓瑛说什么,转而抬声骂道:"这个北镇抚司都快没了王法了。"

杨婉苦笑："他不就是王法吗？替天子执法。"

杨伦道："是这个道理，可是走到极处就是个疯子，谁限制得住？"

杨婉听完这句话，不由得看向身旁的邓瑛。

贞宁末年和靖和初年，这两代皇朝，一直是身为东厂厂督的邓瑛在和锦衣卫制衡。

杨伦并不知道，他口中的这个"谁"此时就站在他面前。

"总有人能制衡他的，对吧？"

邓瑛发觉，这句话她是对着自己说的。

他其实不知道怎么回答，却不想让她失望。

"对。"

他本能地应了这么一个字。

杨伦倒没在意二人的对话，想要查看杨婉的伤势，又不好在大庭广众之下让她露皮肉，只得轻轻捏了捏她的腿："真的没事吗？"

杨婉咬牙摇了摇头："没事，可能有点肿。"

邓瑛对杨伦道："杨大人，我任凭处置。"

杨伦骂道："你当我蠢吗？伤她的是张洛。"

杨婉松开邓瑛："好了，我真的没事。你快进去吧，别耽误时辰。"

邓瑛站着没动。

杨婉抿了抿唇，勉强对他露了个笑："去吧，我在外面等你。"

邓瑛腾出一只手，撑起伞遮住她的身子："我扶你进去坐着。"

杨婉摇了摇头："不了，我这个样子也跪不了灵，而且……我心不诚，恐会冒犯到里面亡故的人。"

杨伦把杨婉拉到自己身边，抬头对邓瑛道："行了，你去吧，她为了你伤成这样，你别辜负了她。我会照顾我自己的妹妹。"

杨婉顺着杨伦的话冲邓瑛点点头。

"去吧，等你一块儿回宫。"

邓瑛听完，方退了一步，向杨伦深揖一礼，直身往灵堂而去。

门前的人见邓瑛进去了，便各怀心思地散了。

杨伦问杨婉道："能走吗？"

"能，多谢杨大人。"

不知道为什么，杨婉大多时候都用尊称来唤他，很少叫他"哥哥"。

对此杨伦很懊丧，但伦理和纲常在他心里扎得太深，严肃的言辞根本不适合用来表达他身为长兄的失落。

"对不起，我今日让你难堪了。"

她说着搓了搓手。

杨伦扶着她坐在山门旁："你问心有愧吗？"

"对你有一些，对其他人没有。"

杨伦笑了笑，拿过家仆手上的伞，又让人把自己的斗篷也取了过来递给她。

"披着吧。"

他说完，替她撑稳伞，低头平声道："这次就算了。"

他声音压得很低，一面说一面顺手替杨婉拢了拢身上的斗篷。

"我真的很不想看他碰你。"

"邓瑛吗？"

"对。"

杨婉没有回答。

杨伦见她不出声，忍不住又问道："他之前还冒犯过你吗？"

杨婉望着雨水中破碎的人影。

"你觉得他会吗？"

"他不敢。"

"是啊。"

她抬头看向杨伦："你们给他戴上手镣、脚镣，还要在情感上套上枷锁，到现在为止他都接受了，没有反抗过你们。但我并不觉得，这是他向你们认罪或者示弱，他只是不想放弃他自己，也不想放弃你们。就算你不想听他的，也不要和这些人一起逼他好吗？如果有一天他真的被凌迟处死，你和我都会后悔的。"

杨伦愣了愣。

"他跟你说了？"

"是啊。我也被吓到了,他面对你们的时候,都不是真正的卑微,可是他对着我的时候是真的不敢。"

她顿了顿,抿着嘴低下头:"我不想看他这样。"

杨伦听完这一番话,沉默良久。

"你这是在怪我?"

"有一点吧。"

杨伦点头。

"行,我以后不对邓瑛说那些话,你也不要一直对我丧着脸。"

"谢谢你。"

她说完,面上的笑容一晃而过。

杨伦叹笑,转话道:"对了,有件事我想问问你。"

"嗯。"

"郑月嘉的事,听说陛下差点杖杀他,但最后又赦免了他,你在宫里,知道是为什么吗?"

杨婉想起了宁妃,免不得避重就轻。

"那是养心殿的事,传不出具体的风声。"

杨伦捏着下颌:"这件事有一点奇怪。"

"哪里奇怪?"

杨伦道:"照理说,陛下已经下旨杖杀,没有道理突然反悔。"

杨婉反问道:"你觉得,这件事很重要吗?"

杨伦摇头:"我现在有些看不准,这是一件好事还是坏事。"

"坏事。"

她说得很干脆:"内阁任由六科和都察院逼谏,陛下动怒已经不是一天两天了。但是他的杀念只动在了郑月嘉身上,并没有提司礼监和何怡贤。这个态度,表明六科这些人已经输了,再这样下去迟早要出事。这一回你们内阁是避在后面的,可是,其他人怎么办?"

杨伦道:"不至于。"

杨婉接道:"是,朝廷不至于降罪整个六科,但会不会在其他地方敲打呢?"

杨伦听她这样说，忽然想起了张洛没有说完的那半句话。

他忙转身道："你撑好伞，我去见老师。"

杨婉望着杨伦的背影深深地吸了一口气，任由它堵在喉咙里，半天不肯呼出来。

有的时候，她会有一种恐怖的错觉，好像历史是由一群人的生死组成的。

贞宁十二年年初，邓颐被斩首。

贞宁十二年夏，张展春亡故。

贞宁十二年秋，桐嘉书院八十余人死于诏狱。

……

这些人，有些在史料里面目清晰，有些却连名字都没有。

但是他们组成了贞宁年间的悲欢离合，也为邓瑛、杨伦、张洛这些活着的人铺开了道路。

如果杨婉再冷酷一点，这无疑是一场盛情款待她的血宴。

但她能不能独自尽兴呢？

杨婉望着沉默的山门晃了晃脑袋。

此时她只能尽量让自己不去多想，安静地等邓瑛回来。

约莫过了一个时辰，她等的人终于独自走了出来，面上虽有悲容，却仍然隐忍着情绪。

杨婉有些踉跄地走上前去，邓瑛几乎是下意识地伸手去搀她，忘了自己手里还握着一块翡翠芙蓉玉佩。

杨婉低头托起他的手："欸，这是什么？"

"没什么。"

他将玉佩放入怀中，动作着实有些慌乱。

杨婉看着他无措的样子，试探着问道："谁给你的呀？"

"老师留给我的。"

杨婉点头，没有多问："那你收好它。"

她说完，轻轻晃了晃伞："我们回去吧。"

"好。"

她听他答应，却没有立即动身："我要扯着你的衣袖走。"

"我可以扶着你走。"

杨婉摇了摇头，伸手抓住邓瑛的袖子。

"等你哪一天，真正愿意扶着我的时候再说。对了，我想回去以后，去你那里上一回药，再换身衣服。我不想娘娘和姜尚仪知道今天的事。"

她说话的时候，一直不轻不重地拽着邓瑛的袖子，不知道是因为冷还是疼，手也有些发抖。

邓瑛侧头看向她："你害怕张洛吗？"

"怕。"

杨婉点了点头："他是我最怕的一个人。不光我怕他，杨大人他们也怕他。"

邓瑛听完这句话，一时沉默。

杨婉晃了晃他的袖子。

"你在想什么？"

"在想你说的话。"

杨婉站住脚步："你不要想那么多。"

邓瑛笑了笑，没应她的话。

款待杨婉的那场血宴，终于在这一年的六月拉开了帷幕。

持续整整一个月的"文喧"，牵扯到近四百名京中官员。皇帝怒极，命锦衣卫廷杖了包括御史黄然在内的数十名官员，并命所有官员聚集在午门观刑。

然而这样的刑罚却并没有震慑到这些年轻的官员，反而成了东林党新的奏折素材。写红了眼儿的文人不以廷杖为忌，甚至反以此为荣，言辞越发没有顾忌，牵扯的事情也越来越多。

白焕仍然不露任何声色，张琮几次出面弹压，但根本弹压不住。

这一日，张洛刚走出北镇抚司，便看见一软轿停在一旁。

"何人？"

"是老奴。"

何怡贤应声下轿,向张洛行礼。

张洛道:"何掌印不伺候陛下,到我这里所为何事?"

何怡贤抬起头:"老奴是陛下的奴婢,自然是为了陛下的事来的。"

32

张洛低头看着何怡贤。

此人七岁时入宫为阉童,如今"儿孙满堂",整个内廷的宫人都唤他"老祖宗",就连尚仪女官也称他"干爹"。他掌管司礼监十二年,虽然饱受文臣谩骂与诟病,但皇帝亲自对张洛说过:"没有这个奴婢,朕要赏家里人一样东西,是不是要到内阁的直房去求啊?"

这话没有机锋,张洛当时听得很明白。

他不屑与这些阉人为伍,奈何他们是打不得的狗。

他转身朝东门内走,肃然道:"既然是为了陛下的事,就进司里说。"

何怡贤跟着张洛走进正堂。

张洛随手拖过一把椅子坐下,抬头道:"说吧。"

何怡贤半弯着腰站在张洛面前:"张大人对黄然留了情啊。"

张洛道:"北镇抚司不留情,那是陛下赐的恩典。"

"是啊。"

何怡贤笑叹一声:"陛下对这些人仁至义尽,可是这些人却根本不识天恩。"

话音刚落,后衙诏狱中忽然传来一声令人毛骨悚然的痛呼,张洛回过头:"谁在后面?"

百户回道:"是秦千户,桐嘉书院的那些囚犯,今日在牢中喧哗,妄议陛下,秦千户正在处置周丛山。"

张洛道:"没见此处在谈事吗?让他住口!"

"是。"

百户忙奔向后衙。

何怡贤直起身，朝后衙看去。

"这个周丛山是桐嘉书院的那位教书先生？"

惨烈的痛呼变成了凄厉的呜咽声。

张洛皱眉，直道："何掌印有话直说。"

"是。"

何怡贤转过身："邓颐的案子已经过去半年了，这些人借着为邓瑛鸣不平，写了一堆大逆不道的文章，实则还是东林党人的做派，辱骂君父，狂妄至极，早该论罪处死了。今日又妄议陛下，实在是该千刀万剐，陛下怜惜六科和都察院的年轻官员，不肯动严刑，但诏狱里的这些重罪之人，张大人没有必要再姑息下去了吧？"

张洛手掌一握。

"杀桐嘉书院的人？"

何怡贤应声道："这些人是因为邓案获罪，本就该杀，都察院对此也不敢有异议。张大人得让朝上的文臣看到辱骂君父的下场。"

张洛站起身，几步跨到何怡贤面前："这是陛下的意思，还是你的意思？"

何怡贤拱手："大人恕罪，陛下有这个意思，也不会说的。"

张洛听完这句话，忽然狠狠地抽了何怡贤一巴掌，何怡贤被他打得摔倒在台案边。

但何怡贤没喊，抬袖按了按嘴角，对张洛说道："如果什么话都要陛下说，什么事都要陛下做，那老奴与大人如何自处？"

张洛低头看着他："不要把我和你们这些人混为一谈！"

"是，大人教训得是。"

张洛拿过台案上的刀，用刀鞘抵着何怡贤脸上的伤，偏头道："怎么说？"

何怡贤笑了笑："自然是老奴自己掌的。"

六月炎热，御药房在为各宫熬煮下火的凉茶，二十四衙门和六局分别调了一些宫人去御药房帮忙。

杨婉下了值，便同李鱼一道蹲在茶炉前。

她跟这些带火的东西一直不大对付，没一会儿就被整得灰头土脸。

李鱼看着她那手忙脚乱的样子，有些无语："欸，难道这些茶就这么急，你们尚仪局连你都调来了？"

杨婉拿着扇子朝自己扇了几下，抹着汗道："你个小孩子懂什么？"

刚说完，便见御医提着药箱走出来，杨婉忙擦了擦脸上的灰，站起身对彭御医道："彭御医，您现在要出宫吗？"

彭御医看着杨婉的模样，笑道："姑娘这几日下值都在我们这儿，实在是辛苦了，进来擦擦手吧。"

"好，我正有一点私事要求御医。"

彭御医把杨婉让进药堂，命内监打水过来，然后放下药箱，示意杨婉与他一道坐下。

"杨姑娘有什么事？请说。"

杨婉就着内监端来的水擦了一把脸，将手握着放在膝上，有些局促地轻声道："其实我不太敢开口，我知道太医们从来都不给内侍们瞧病。但是邓少监的腿伤，这个月疼得着实有些厉害，即便能得一些药物，好像也没有什么作用。我也不知道该怎么办，想着……只能试试，过来问问您。"

彭御医笑了笑："原来是这件事。杨姑娘，邓少监的腿是怎么伤的？"

杨婉见他没有立时拒绝，忙应道："去年他在刑部牢里戴了太久的重镣，伤到了骨头。今年春夏雨又特别多，上个月初他淋了雨，之后我看他走路都走得很艰难。"

彭御医听完，点了点头，打开药箱拿出一瓶伤药，正要递给杨婉，又忽然停顿，转身把药放回去，回头又道："这样，你让他过来，我替他看看。"

杨婉不禁站起身："您说真的？"

"是，伤了这么大半年了，要看了才知道该怎么治，不然再多的药都是治标不治本。"

杨婉忙道："您这会儿出宫吗？"

彭御医看了看天色:"还早。"

"那我这就叫李鱼去找他。"

她说完,欣喜地站起来,走到药堂外,一把夺过李鱼的蒲扇。

李鱼"噌"地站起来:"你又来添什么乱?"

"我帮你看着,你去找邓瑛过来。"

李鱼道:"你不是要让他也来帮你烧火吧?他这几日不是在内书堂就是在太和殿,人都忙疯了。"

杨婉拿扇子敲了下李鱼的头。

"谁说我让他来烧火?你赶紧去找他,不然我告诉你姐姐,说你不听我的话。"

"你……"

李鱼跺脚转身:"行,我去找他。"

"等等,你还没问我找他做什么呢,他一会儿不来怎么办?"

李鱼翻了个白眼。

"你叫他上刀山他都不带问的,我走了,不准跟我姐姐说哦。"

杨婉在李鱼身后笑着蹲下身,弯腰照看炉子里的火。

临近贞宁十二年的秋天,整整一个月,她一直在翻来覆去地做噩梦,辗转反侧,怎么也睡不踏实。

她不敢让宁妃和尚仪局的人知道,每日仍然在内廷衙门之间传递文书,但是见到宁妃和易琅的时候,话明显少了不少。

她的笔记里的空白补充到了桐嘉惨案之前,从张展春到黄然,字字句句,看起来虽然简洁冷静,符合她一贯的写作风格,却处处暗隐血泪。

今日总算有了一件让她开怀的事。

她这样想着,一面摇着蒲扇,一面朝门前看去。

夕阳在望。

邓瑛过来的时候,黄昏正好。

他像是从太和殿直接走来的,身穿灰衫,袖口处沾着尘。他一面走一面将袖子挽起来,走到杨婉身边蹲下身:"是受罚了吗?"

杨婉将手叠在膝上:"算是吧。"

邓瑛伸手便要去拿她的蒲扇："我来做吧。"

杨婉摇头道："骗你的，我没事。"

她说完，对他身后的李鱼招了招手："过来。"

李鱼认命地接过蒲扇："行了，邓瑛，你赶紧把她拎走，她在火前面，火都怕她。"

杨婉忍不住发笑，敲了一下他的脑袋："辛苦你了。"

她说完，起身对邓瑛道："走，跟我进去。"

邓瑛也站起身，抬头朝药堂看了一眼："这个地方不是我能私入的。"

"无妨。"

彭御医走到门前："今日看在杨姑娘和尚仪局的面上，可以破一次例。"说完，侧身往里一让，"进来吧。"

邓瑛与杨婉一道走进药堂。

彭御医指着一张圈椅道："坐这儿。"

邓瑛站着没动："邓瑛不敢，大人有话请说。"

彭御医道："你的伤在脚腕上，你站着我怎么看？"

邓瑛一怔："怎能让大人替我看伤？"

杨婉拽着他的袖子把他牵到圈椅前："我求了大人好久的，你可别说了，一会儿大人真不给你瞧了，我得气死在你面前。"

邓瑛被她摁在椅上，有些局促，却也不再说话。

彭御医看了一眼杨婉，笑道："也不至于和他置气。"

说完，对邓瑛道："把鞋袜脱下，我先看看。"

"大人，不可！"

杨婉看他几乎是下意识地将腿偏向了一边，便松开了摁住邓瑛的手，朝门口退了两步。

"我有些热，想出去吹会儿风，你不准惹彭大人生气，听到没？"

说完，也不等邓瑛回应，转身走到外面合上门。

门外的李鱼见她出来，问道："怎么你一个人出来了？"

杨婉在台阶上坐下："你不懂病人有隐私啊。"

"什么玩意儿？听不懂。"

杨婉托着下巴笑道:"所以你是个小屁孩。"

"我要告诉我姐,你骂我。"

杨婉伸手摸了摸他的脑袋:"去啊,小屁孩。"

邓瑛听着外面欢乐的人声,站起身向彭御医揖礼。

"邓瑛贱躯,实不能冒犯大人。况且这脚腕上的伤是我戴罪时所受,本是责罚和警醒,无须医治。"

彭御医示意他坐下。

"本官是行医之人,不太过问司法。虽在宫廷,但道理是一样的,行医也是结缘,即便你真的是一个罪奴,只要罪不至死,我也愿意医治。你将才不肯脱掉鞋袜,是不愿意在杨姑娘面前失礼吧?"

局外人一语点破。

他却心里羞惭得难受。

杨婉是与他最私近的人,近到看过他赤裸着身子,只剩一布遮羞的样子。

他在这个女子面前,应该早就没有"礼"可言了,而且根本不可能再找回来。

喜欢她这件事,就已经犯了大错。

所以他几乎像认罪一般,应了一个"是"字。

彭御医道:"她现在不在,你褪掉鞋袜让我看看,我看你进来一直在忍痛,这样下去后患极大,你也不想年纪轻轻的就废了吧?"

邓瑛听完他的话,不再坚持,弯下腰挽起裤腿。他的脚踝自从从广济寺回来以后就一直瘀肿得厉害,每日穿鞋时疼痛钻心。他忍着没有与任何人说,也不知道杨婉是怎么看出来的。

"就这样都疼,是不是?"

彭御医蹲下身,查看患处:"你这几日行走可多?"

"在太和殿,难免行走得多些。"

"难怪。"

他说着,站起来:"痛的根源在骨,伤了根本已经很难根治,但尚可调理。别说,这杨姑娘虽不通医理,看得倒挺准。她今年多大了?"

209

邓瑛放下自己的裤腿,低头整理鞋袜:"十八。"

彭御医站在窗边洗手,顺便朝台阶上看了一眼,也没深说,只笑笑道:"这般年纪有这样的心不容易。"

说完,忽听内阁直房那边喧吵起来。

彭御医索性将窗大推开。

"今日内阁是怎么回事?"

邓瑛起身走到窗边:"今日是会揖,怎么了?"

杨婉也站了起来,见邓瑛在窗边,忙走过去道:"我听到了杨伦的声音,像是在吵骂。"

33

邓瑛转身走到门口,刚要踏阶,却被杨婉拦住。

"我也要去。"

邓瑛摇头:"你是女官,私见外官是大过。"

杨婉绕到他身后,她素衣单薄,一说话,邓瑛就能感觉到她的呼吸,透过衣料,扑在他的肩膀上。

"我就跟着你,我不说话。"

邓瑛不敢回头:"你为什么要管这些事?"

她还是那个一贯轻松的口气:"因为我心大。"

不过,这是不是真话,倒也不重要。

人都是被迫一个人行走的,如果有另外一个人什么都不质疑,什么都不过问,就这样跟自己一起走下去,那便是上苍最大的恩赐。

邓瑛不知道自己这一具残身还能受多少恩典,如果可以,其他的他都不是很想要了,只希望她在觅得归宿之前,能像现在这样,得空就来看看他,陪他走一段路,不求长短,走到哪里算哪里。

内阁大堂内,张琮被杨伦逼坐到了台案后面。

堂内燃着八座铜灯来照明,即便开了门通风,人仍然被熏烤得汗流浃背。杨伦额上的汗水顺着脸和脖子直往中衣里钻。

张琮的面门上也全是汗珠,他抹了一把脸,坐直身子:"已经晚了,你们师生两个以为我不想救周丛山?我之前那般苦口婆心地劝都察院的那些年轻人不要再联名上书,结果有谁真的听进去了吗?现在北镇抚司要杀人了,他们才知道畏惧,知道怕,有什么用呢?"

杨伦道:"张副使上奏定桐嘉书院的罪,这件事阁老不知道吗?"

张琮拍了拍大腿:"即便知道又能如何?你们现在也知道了,不也只能对着我说吗?何况先君臣后父子,先敬了君才顺父!北镇抚司的事我也过问不了!"

杨伦背脊上的汗水一时全冷了。

白焕移开手边的铜灯,站起身走到杨伦身后:"是只处死周丛山一人,还是几人?"

杨伦回过头:"郑秉笔传的话,说落在圣旨上的是周丛山并赵平令等其余十人。但是北镇抚司连日刑讯,诏狱里已经死了四十余人,陛下到现在为止也没有召内阁协议,看来是没有转圜的余地了。"

白玉阳在旁接道:"这些人的尸体今日由刑部接了出来,交给本家发送,家属前来认尸的时候……"

他有些说不下去:"实在太惨了,那个十八岁的赵平盛,被抬出来的时候……就是一堆肉泥!都不成人形了。"

白焕听完这二人的话,仰面闭眼,沉默了半天,猛地咳起来。他背过身跄跄地朝前走了几步,双眼一红,一口鲜血直呕出来,顿时就扑倒在台案上。

台案上的纸墨笔砚掉了一地。

白玉阳顾不上其他人在场,惊喊了一声:"父亲!"

堂内所有的人都被地上的那一摊血吓到了,只有杨伦反应过来,朝外高喝道:"快去御药房叫人来。"

"子兮……"

白焕的喉咙像吞了一口火炭一般,低哑得厉害。

他说着,又吐出一口血沫子,朝众人摆手道:"不用慌,本阁无事。"

说完,又向杨伦伸出一只手,颤声又唤:"子兮……"

杨伦忙跨到台案前:"学生在。"

白焕握住他的手:"明日……你我一道去都察院见刘御史。其他的都不用说了……"

众人都没有说话,只听张琮开口:"倒也不必刻意再去见黄、刘二人,内阁只收到了刘御史一人的奏本,其余联名者都笔喑①了。这本今日我们内阁暂时压放即可,阁老年事已高,务必保养身子。"

白焕咳笑了一声:"是啊,本阁年事已高,是该保养身子了。"

他说着,扽住袖子,取笔铺纸,写了一道条陈。

随后起身朝外道:"司礼监的随堂在外面吗?"

司礼监的随堂太监忙在门前侍立。

"阁老有什么吩咐?"

白焕对他招了招手:"你进来,把这个条陈呈给陛下,说老臣知罪,臣在太和门,向陛下请罪,请陛下降罪,重责。"

说完,他搁下笔,颤着手端正官帽。

杨伦见此忙道:"老师,不可啊!"

然而白焕却像根本没听见一样,一个人蹒跚着朝大堂外走去。

杨伦和白玉阳试图跟上去搀扶,不料才扶住白焕的身子,就被他一把挣开。

他双眼含泪,哽咽着呵斥道:"你们……谁都不要跟过来!"

"父亲……"

"听我的话啊!"

这一句话,说得捶胸顿足,堂内再无人敢出声,纷纷聚到门扇前,眼看着这位年过七十的内阁首辅独自跌撞进夜色里。

邓瑛和杨婉就站在大堂外面。

黄昏已尽,四下风声灌耳,人影绰绰。

---

① 笔喑:停笔。

212

邓瑛看着白焕一步一步地走到他面前，正要行礼，却听白焕道：

"你……是不是很恨本阁？"

邓瑛没有出声。

白焕提起一口气又问了一遍："你的老师死在刑部大牢，你是不是很恨我？"

他说完这句话，目光暗动，分明藏着期许和怀疑。

邓瑛闭上眼睛，平声应道："邓瑛不敢。"

白焕闻言惨笑："你的老师说得很对，不拿他的命试一试，我真的不知道，你捧给我的是一颗什么心。"

他说完，拍了拍邓瑛的肩。

"邓少监，桐嘉书院是因你获罪，但他们是因我而死，是我刚愎自用、不识人言，一切罪都在我，你不用过于自责。如果以后邓少监为此听到诛心之言，本阁在此向你赔礼。"

他说完，喘息着抬起手向邓瑛揖礼。

邓瑛忙跪地伏身："白大人请不要如此。"

白焕没有在意他的话和举动，依旧举臂弯腰，将这个揖礼行完了。

邓瑛抬起头，看着躬身在他面前的白焕，心中不禁大恸。

也是在这个地方，白焕曾对他说："我不准你辱没我从前最好的学生。"

可是今日，白焕却向他揖礼。

邓瑛原本已经逼着自己砍断了这一段师生情分，可是从这行为中感受到的那么一丝丝希望，生生砸破了他画给自己的牢。但他同时深知，即便如此，这一步自己也绝不能跨出去。

"求大人不要这样对奴婢。"

他唤了自称，以此来逼自己清醒。

白焕站直身，久揖致其目眩，身子不受控地朝前一倾。

杨婉见邓瑛跪着，连忙自己上前扶住白焕。

白焕侧面看了她一眼，却什么也没说。

只是轻轻撇开了杨婉的手臂，仍然低头看着邓瑛。

师生二人就这么一跪一立，哑然无声。

良久，白焕方叹道："还好当年，他没有把你交给我。"

说完，慢慢地从他身边走过，跨过会极门，朝太和门走去。

杨伦从后面跟上来，走到邓瑛身边停住脚步："你跟老师说什么了，老师为什么向你行礼？"

邓瑛跪着没动。

杨伦提高了声音："到底说什么了？！"

邓瑛将手撑在地上，低声道："杨大人，你能不能不要说话？"

杨伦一愣。

"我——"

杨婉提声道："你吼什么，没看他忍着难受没说吗？"

说完，她伸手拉起邓瑛，把他挡到自己身后，抬头对杨伦道："你们乱成这样，是不是桐嘉书院出事了？"

杨伦一愣："你怎么知道？"

杨婉看着白焕的背影："将才……听白阁老提了一句。"

杨伦看向邓瑛，犹豫了一下，压低声音对邓瑛道："邓瑛，我知道，桐嘉书院里有与你交游过的人，你听了不要太难受。今日北镇抚司向陛下奏禀了周丛山等人的罪名，其中有勾结邓党、辱骂君父这几项，周丛山和其余十人被判了斩首，秋后问斩，至于其他人……有流刑也有监刑，但是我看，张洛恐怕不会让这些人活到刑部接手。"

邓瑛听完，忍不住呛了两声："赵家的两位公子，如今还活着吗？"

杨伦道："赵平盛……已经死了，他哥哥赵平令，在处斩的那十个人之中。"

邓瑛忍恸道："没有余地了吗？"

杨伦摇了摇头，朝太和门前看去："就看老师这一回请罪，能不能消掉陛下心头之怒。"

邓瑛转过身，看向太和门前那个苍老的背影。

他明白这一跪对于白焕来说，有多么难。

这不仅是君臣博弈之后，为臣者向皇帝认错求饶，也是他向桐嘉书院的八十余人谢罪，比起前者，后者才更令人心破魂碎。

"杨大人。"

杨伦本也在出神,听邓瑛唤他,这才回过神来。

"你说。"

邓瑛转过身:"张副使在东厂刑杀书院学生的事,陛下知道吗?"

杨伦道:"听郑秉笔说,陛下当时只批复,准处斩周丛山等十余人,对剩下的学生既然开了恩,应该不至于暗命张洛刑杀。具体如何,你可以亲自去问问郑秉笔。"

他说完,长叹一声:"这些学生何其无辜,死得那样惨,是给六科和都察院那些人看的。好在这几日,已经没有人敢再联书了。好了,我也不能在这里跟你们说得过多。"

杨伦说着便要走,刚一转身,又想起什么。

"杨婉。"

"欸。"

"这些事不是你该过问的。"

杨婉点了点头:"我明白,我当我没听过。"

杨伦欲言又止,指了指邓瑛,对杨婉道:"离他远些。"

说完,径直去了。

杨伦去后,邓瑛仍然沉默地站在会极门外。

杨婉轻轻地拉了拉他的衣袖,他才低下头:"是不是让你站久了?"

杨婉摇头。

"你有腿伤都没吭声,我不累。"

邓瑛转过身:"送你回南所吧。"

"不用,我送你回直房,你的脚不能走动得太多。"

她说着,牵着他就往护城河走,一面走一面说:"邓瑛,你将才没说话,都在想什么啊?"

邓瑛没有立即回答她。

杨婉见他沉默,又道:"你还没想好吗?"

邓瑛点了点头。

"嗯，我还没有想清楚。"

杨婉回过头："我之前跟你讲过，我很怕张洛，杨大人他们也很怕，你还记得吧？"

"记得。"

"我现在想收回这句话。"

邓瑛停下脚步："为何？"

杨婉抿了抿唇，松开他道："我觉得，因为这句话，你要做你自己并不想做的事了。"

邓瑛怔了怔，这才发现她的眼睛好像红了。

他犹豫了一下，还是走近她身边，屈膝迁就她的身高："你怎么了？"

"没怎么，就是突然不太开心。"

"是因为我吗？"

杨婉忽然抬起头："邓瑛，你过得不好是因为我吗？"

邓瑛一怔："你怎么会这样说？"

杨婉抿了抿唇："你再蹲下来一点。"

邓瑛不知道她要做什么，但还是听话地将身子又矮了几寸。

谁知杨婉却将自己的头轻轻靠到了他肩上。

"别动。"

"好。"

"邓瑛，答应我，不想做的事就别做。人各有志，他们的生死看似与你有关，但其实都是咎由自取。"

邓瑛低头看着杨婉，轻声问道："如果那是我想做的事呢？"

杨婉咬着嘴唇，尽力去稳住自己的声音，半响方道："那就还一样，我帮你。"

34

贞宁十二年的秋天在诏狱的一片血雾里悄然而至。

中秋的前几日下了一场雨，天气迅速转寒。杨婉一时不防，偶感了些风寒，尚仪局的事务因临近中秋越发繁忙，她拖了一两日，竟然开始发烧了。

要是在现代，这是几颗头孢就能解决的事，可是搁在大明朝，竟然有些要命。

杨婉起初并不想让宁妃知道，但姜尚仪并不敢瞒着宁妃。

宋云轻去承乾宫禀告之后，宁妃就命合玉将杨婉接到了承乾宫来养着。

杨婉生怕宁妃身边的人将这件事告诉邓瑛，时不时地就要问一声。

宁妃去看她的时候，听见她的询问，免不得将她摁在榻上："三番五次地起来，是真的不想好了吗？"

杨婉捏着被褥："我怕他们多嘴，去跟李鱼那些人瞎说。"

宁妃挽起床帐，在她身边坐下，帮她理顺发汗后的湿发："让他知道又怎么了？"

杨婉咳了一声："也没怎么，就是看他太忙了，来了您这儿规矩又大，跪上一通也见不着我。"

她说完，叹了一口气。

整整一个六月，邓瑛都把自己耗在了太和殿的工程上。虽然他做事一向专注，但杨婉还是第一次看到他自损般地倾注到一件事情上。

"太和殿快要竣工了吧？"

杨婉点了点头。

"我前几日去看的时候，看见屋脊上的十一件镇瓦兽雕已经全部完成了。"

宁妃笑了笑："你啊，一说到他的事，病得再难受也精神了。"

杨婉不置可否。

有的时候过于关注一个人，就会忽略了身边的人。

杨婉看着宁妃温和的目光，想起皇帝每回召她侍寝后，她回来都要一个人静静地在寝殿内坐一会儿，出来后却不流露什么。

她比杨婉更善于掩藏情绪，不让身边的人担忧，但这也让杨婉更心疼她。

"娘娘。"

"欸。"

杨婉试图与她说些家常话："过两日就中秋了，等奴婢再好些，奴婢给殿下做些新奇口味儿的月饼吃。"

宁妃拍了拍她的额头："合玉她们跟我说了很多次，以后除了煮面，可都不许你再进厨房了。"

杨婉撑起身子："我不入厨房，我可以教她们啊。"

"你能教她们什么呀？"

"我会看书呀，书上有好些新奇月饼的做法。"

宁妃笑着点头："行，这还是姐姐进宫以后，和婉儿过的第一个中秋。"

也许是中秋临近，生活中有了些现实的乐趣，过后的两日杨婉倒真的好了很多。

烧退下去以后，便可以起身走动了。

这日天气晴好，杨婉起身以后，亲手点了一支线香，披衣坐在书案前整理之前的笔记。易琅穿着一身簇新的锦袍回来，一进门就直奔到杨婉面前。

"姨母，你好些了吗？"

杨婉站起身向他行了个礼："殿下慢些，奴婢衣衫不整，恐唐突了殿下。"

易琅牵起杨婉的手："姨母好久没有陪我玩了。"

杨婉蹲下身，用自己的衣袖替他擦了擦汗，抬头问跟着他的内监："娘娘呢？"

内监躬身应道："娘娘去慈宁宫给太后请安了，这会儿还没回来。"

杨婉点头道："好，你们去吧，我陪殿下。"

她说完，指了指一旁的椅子："殿下去坐一会儿，容奴婢去后面穿件衣裳出来。"

易琅点头说"好"，听话地走到椅子上坐下。

杨婉也没多想，转身走进里阁。

她久病不思十分装扮，易琅在外，也耽搁不得，就随意换了一身常衣，绾起头发便走了出来。

谁知，刚走到屏前，竟见易琅在翻她放在案上的笔记。

为了避免不必要的麻烦，但凡涉及自己论述性和评价性的文字，杨婉都是用英文写的，只有纯粹的史实记载，才用了汉字。她平时都很小心，轻易不会让人看见这本笔记，但今日，却对这个刚识字不久的孩子疏忽了。

易琅前面的都看不懂，但在杨婉翻开的那一页，看到了周丛山、赵平令等十余人的名字，以及标注在这些名字后面的"秋决"二字，不禁皱了皱眉，抬头问杨婉："姨母，你写这些人的名字做什么？"

不知为何，他问这句话的时候，声音虽然稚嫩，面目却很严肃。

杨婉一时失语。

易琅忽然提高了声音。

"姨母，你在私议朝政。"

他说完这句话，抬头看着杨婉。

杨婉恍然。

也许是因为他太小了，又和自己太私近，她竟然险些忘了，这个小孩子是下一朝的皇帝。

"姨母。"

他又唤了她一声，杨婉忙屈膝在案前跪下："奴婢知错。"

易琅低下头："内廷宫人是不能私议朝政的，姨母写在纸上更是不该。"

杨婉咬着唇，一时竟说不出话来。

史料记载下来的靖和帝和他的父亲不一样。

他算得上是明朝十几位奇葩君王当中最挑不出什么错的皇帝，当然这不仅得益于帝师张琮和后来的内阁首辅杨伦对他的规训，也得益于他天生的敏性。然而文字和具体人物的距离过于遥远，杨婉也是在今日才忽然对《明史》里判给易琅的"敏性"二字有了切身的体会。

她伏下身，再度认错请责。

在这个时候，宁妃从慈宁宫回来，殿外的内监忙将她引了过来。

宁妃走进偏殿，见杨婉伏身跪在地上，易琅坐在案后正低头看着她。

宁妃忙出声道："怎么了，怎么让你姨母跪着？"

易琅听到声音，起身向宁妃行了个礼："姨母做了错事。"

宁妃走到杨婉身边，搀着她的胳膊道："来，先起来。"

杨婉没有起身："娘娘，是奴婢有错，奴婢不敢起。"

宁妃见她这般，凝眉看向易琅："她做了什么错事？"

易琅指着自己面前的笔记应道："她私议朝政。"

宁妃起身走到案后，看了一眼杨婉摊在案上的笔记。易琅指着周丛山的名字对宁妃道："母妃，张先生跟我说过，这个人是父皇要处死的人。他辱骂父皇，父皇很生气，不准任何人求情。姨母是内廷宫人，本不能过问朝政，她却私写这些人的名字，这是犯了大忌。"

宁妃将杨婉的笔记合上，蹲下身将易琅搂入怀里。

"你姨母……身子才好些。"

易琅点了点头："儿臣明白，母妃，儿臣也不想责罚姨母。"

他说着，松开宁妃的手，走到杨婉面前："姨母，你以后不要写这些东西了。"

杨婉忙应道："是，奴婢谨遵殿下的话。"

易琅听她这样说，又回头看了看宁妃，这才道："那姨母你起来吧。"

"是。"

杨婉应声站起身，有些歉疚地看向宁妃。

宁妃弯腰摸了摸易琅的头："你先出去，母妃有话对你姨母说。"

易琅点头，跟着内侍走出了偏殿。

宁妃将书案上的笔记拿起来，放到杨婉手中："收好它。"

杨婉抿着唇接过笔记，抬头道："娘娘不怪奴婢？"

"怪你做什么。"

她说着，低头看着杨婉的膝盖："他让你跪得久吗？"

"不久，刚跪着，娘娘就来了。"

宁妃叹了口气，抬袖拢了拢微松的鬓发："你还叫姐姐怪你，如果不是你洞悉了司礼监与陛下的关联，郑秉笔早就已经死了。你身为女子，比我这个做姐姐的强了不知道多少。只是……我这个儿子，虽然与你亲，但他毕竟是先生们的学生，我只能在他的饮食起居上照顾他，他的品性、心智都托给了文华殿，我也不知道他今日会这样对你。"

杨婉摇了摇头，扶着宁妃坐下，自己也蹲下身，抬头看着她道："娘娘，这才是对的，不论是以后继承大统，还是封疆守卫一方，他都是天下人的主人，他应该明大礼，公正刑罚，这样才能让各方安泰，不是吗？"

宁妃握着杨婉的手："你是这样想的？"

杨婉笑了笑："是只能这样想。"

宁妃道："那你还给他做那些新奇的月饼吗？"

"嗯。"

杨婉笑着点头："殿下又没做错什么，奴婢生什么气啊。娘娘……奴婢想求您一件事。但是这件事情您不能让殿下知道。"

"什么？"

"霜降的第二日，奴婢想出宫一次。"

"做什么？"

霜降的第二日，即是秋决之日。

杨婉曾经在研究明朝刑罚的师姐的资料里，粗略地看到一些描述，但那毕竟是文字性的东西，需要靠联想才能拼凑出具体的场景。

而这一次，她想亲眼去看一看，历史上记载的"呕血结块，甚见腐肉"是什么样的场景。她想近距离地看清楚，这些曾经对她而言亡于纸张上的人，究竟是如何赴死的，如何走到生命的最后一刻。她也想亲自感受，明朝北镇抚司的刑罚究竟残忍到何种地步。

经历了这一段历史上的空白时期，杨婉逐渐明白，要真正理解邓瑛所身处的这个时代，她就必须懂得这个时代里，最真实的恐怖究竟是什么。

"你不想说就算了。"

宁妃的声音打断了杨婉的思绪。

她刚要张口，却又听宁妃道："姐姐……总要给你寻一个理由吧。这样……听说嫂嫂上月初得了病，现在也不大见好，我也一直想遣人去问候。霜降后，你就回家去看看吧，母亲应该也很想你。"

她想得过于周到，杨婉几乎有些承受不起。

"娘娘……您就这么信我，什么都不过问？"

宁妃搀起她："我其实知道你在想什么，若是倒回去二十年，我也想像你一样。"

杨婉一怔。

这话乍听之下并没有什么特别的意思，但细想却很微妙。

宁妃似乎并不想让她往下深想，站起身道："看你能下床了，今日恰好也得闲，你不是说要教合玉她们做什么新奇的月饼吗？我去让内厨房备着，你换一身衣裳，且过来一道。"

她说完，朝殿门走了两步，又想起什么，转身道："对了，后日中秋，宫中有大宴，姐姐也要去，大节里你一个人也无趣。只是你身子还没好，倒不好来回走动再惹风寒……"

"我没事，娘娘。"

宁妃笑了一声："又没说不让你出承乾宫，你慌什么？这两日再好好调理调理，后日即便要去赏月，也不要在多风的地方。嗯……今日咱们做的月饼，你也记得包些带走。"

35

贞宁十二年的中秋宫宴，让杨婉亲眼见识到了大明贞宁年间皇室饮宴的奢靡之风。

如果说，历史上的户部亏空只是一个数字，那么此时铺排在杨婉眼前的这些珍馐、排场、器皿就都是详细的注解。她身在其中，终于感受到了杨伦和白焕的矛盾与绝望。

文臣与皇帝之间僵持了太久,因此,这只是一场三爵①的常宴。饶是如此,六局和二十四衙门也为此忙得人仰马翻。杨婉在承乾宫养病丢开了手,宋云轻便在王司乐处几乎要忙哭了。

她和杨婉都是尚仪局的"笔吏",少一个人就硬生生地要多写一份文书。今日宴饮,司乐和司礼处不断地进行物品支领和人员调遣,往来的公文如雪花一般,硬生生地堆满了宋云轻的书案。饶是这样,外头还一刻不歇地遣人来催命。

宋云轻忍不住骂道:"我这儿又不是草台班子,演了这出就撤了。今儿我人已经给定这儿了,饭水都没顾上一口,你们外面还要怎么样?我又不能平白再长一双手出来。"

话刚说完,就听门前有人道:"就气得这般厉害?"

宋云轻握着笔抬起头,见杨婉端着食盘走进来,终于露了笑脸:"你怎么来了,身子好了吗?"

杨婉放下食盘,一面走一面挽袖:"差不多了,让块地儿给我吧。"

宋云轻指了指对面:"你腾一块出来吧,我已经晕头了。"

杨婉低头理着面前的公文:"在外面就听见你抱怨了。"

宋云轻停笔道:"不过,你可别勉强,这风寒后要是调理得不好,根儿得跟着你一辈子。"

杨婉笑笑:"还真有些咳,但也在房里憋不住了。你去歇会儿吧,好歹把饭吃了,我来应付一会儿。"

宋云轻歇手坐到一边,拿起食盘上的筷子:"你这做的什么啊?"

杨婉低头蘸墨,随口应道:"阳春面,你将就吃一点。"

宋云轻挑起面吃了一口:"我听李鱼和陈桦都说过,你煮这面给邓少监吃过。"

杨婉一边写一边道:"那还不是你教我的?别的咱们做不了,吃上还不容易?"

---

① 三爵:三轮祝酒的宫中宴会,属于规格较低的常宴。

223

宋云轻笑道："你行了吧，容易？上回动火差点没把尚仪大人给吓死。"

杨婉笑而不语。

她写字的速度很快，没一会儿就在手边垒了好几本，抬头朝外道："叫司乐的女使进来，把这些递出去，剩下的不关现下的支领，叫她们且等一等。"

宋云轻看着她从容的样子，笑道："要我说，你还真是有些本事的人，我理顺这些东西都难得很，你一来不光顺了，连先后、主次都跟着分明了。"

杨婉笑道："捧杀我呢？"

"不是，是真觉得你好。我们私底下也说，放眼这宫里的人，好像也就只有邓少监配得上你。"

她说着，叹了口气："如霜似雪的一个人啊，啧……你说他要是没获罪挨那一刀多好。"

杨婉侧头看了她一眼，含笑道："陈掌印知道你是这样想的吗？"

宋云轻忙摇头："我不是那个意思，我是替你想，你是宁妃的妹妹，以后想出宫，求个恩典也就出去了。我不一样，我家里是散了的，弟弟也做了内监，我出去了也没个做主的，好在陈桦他愿意让我做他的主。我如今觉得什么都不重要，重要的是有个人陪着，知冷知热地过，比什么都强。"

她说完，快速地扒了几口面，站起身去洗手，一面又道："今儿晚上，我和陈桦还有李鱼凑了吃鱼锅子，你来吗，叫上邓少监一道？"

杨婉手上一刻不停："我可不敢打扰你们，赶紧把这些料理完，你也好早些走。"

"成。"

宋云轻重新握住笔，面色稍稍一沉："我见陈桦也忙，原不想麻烦硬凑一起，但这一两个月，听说了些外面的事，唉，太惨了……活生生的人，一下子就成了那样，再也见不到了，我才觉得要趁着人在日子好，吃吃喝喝，能乐一日是一日。"

杨婉停笔抬头道："你这话说得真好，我要记着，回头说给邓瑛听。"

宋云轻道："他不一样，他是营建皇城的人，他如果看开了，这百殿千楼是建不起来的。"

百殿千楼，建不起来……

宋云轻并没有深思自己无意之间说出的这句话，但杨婉被这句话背后的意思给怔住了。

后人虽然有了更科学的世界观和方法论，能透析王朝的寿命和故人的宿命，但其评论故人的言论总是以历史的局限性为基础，高高在上，远不如宋云轻这一句"百殿千楼是建不起来的"，既诚恳又厚道，甚至还有几分犀利。

杨婉因此沉默，宋云轻也就没再出声，两个女子各据一方，笔下不停。

申时的时候，二人方一道走出尚仪局。

杨婉回到承乾宫的时候，四下倒是静悄悄的。

合玉等年纪大一些的宫女都跟着宁妃赴中秋宫宴去了，年纪小些的宫人则各自得了闲，凑了吃食各处赏月去了。杨婉从厨房里取了月饼，往司礼监的直房走，到了邓瑛的住处，却见里面没有亮灯。护城河上水声清冷，除了无边的月色，竟听不到一丝人声。

杨婉看着手上的月饼，有些无奈，只得找了一个背风处站着。

她大概猜到邓瑛在太和殿。这一个月，杨伦和白焕为了搭救桐嘉书院的人，几乎把为人臣、为百姓官的尊严都搭尽了。但是邓瑛从不过问这件事，一门心思地扎在太和殿的工程上，工期越赶越快，原本计划在十月完工，此时竟已经绘完了彩梁。

杨婉记得，贞宁十二年霜降后的秋决，周丛山惨死在午门，京中各处街巷，路祭无数，满城悲戚鸣咽。

贞宁帝深感锦衣卫的法外之权过于膨胀，于是在司礼监设立东厂，监察张洛所掌北镇抚司的刑狱，以此来与锦衣卫制衡。杨婉觉得，此时的邓瑛似乎也感觉到了这个微妙的政治变化，只是他还没有跟任何人讲。

她想着想着，眼睛有些沉。

她身子本就没好全，现又在冷风瑟瑟的护城河边站得久了，不禁手脚发冷，喉咙也痒得很。她拢了拢身上的褙子，顾不得体面，抱着怀里的月饼蹲了下来。

正当杨婉冻得有些受不住的时候，邓瑛终于回来了。

他仍然穿着青灰色的素衫，袖子却半挽在手臂上，本是要去取水回来洗脸，忽然隐约看见自己的屋子前面蹲着一个人。

他连忙走上前去，见杨婉缩在门前的笤帚后面，冷得浑身发抖。

邓瑛蹲下身替她挡住身后的风："你在这儿等了多久了？"

杨婉咳了几声："个把时辰了吧，你再不回来我就要冷死了。"

邓瑛有些无措："我不知道你来了，我……"

杨婉抬起头："我本来想去太和殿找你的，但是又不想耽搁你的正事。我以为今日中秋，你总会早一点回来，谁知道想偏了。"

她说完，又一连咳了好几声，脸色也有些发白。

"你把门打开啊，让我进去。"

邓瑛这才反应过来，连忙起身打开门。

杨婉哆哆嗦嗦地挪进邓瑛的屋子。

屋里黑漆漆的，邓瑛在书案上找蜡烛，却听到杨婉站在门边，咳得几乎停不下来。他忙合上门窗，懊恼自己这里竟然简陋得连多余的灯烛都没有。

"邓瑛。"

杨婉在背后唤他，他忙转身应道："我在。"

杨婉红着眼睛，她感觉自己好像真的是有些被吹着了，将才冰冷的脸，此时竟然有些发烫，然而身上却还是冷得发僵。

她不禁吸了吸鼻子，瓮声道："邓瑛，我还是有点冷。"

邓瑛看着周遭四壁，除了几件未及清洗的衣衫，就只剩下一床棉被。他看着杨婉，心里很犹豫。

他不愿意自己贴身的东西沾染到她的身子，却又没有别的东西可以帮她御寒。

杨婉又咳了一声,耸肩难受地吸着鼻子。

邓瑛着实顾不上其他的,点燃蜡烛,走到自己的榻前。

"到我榻上捂一会儿吧?"他说着,弯腰铺开自己的棉被,"来。"

杨婉蹲在床边脱下自己的鞋子,抱着膝盖缩进了邓瑛的被中。

他的棉被并不比承乾宫里的罗被柔软,却有一股淡淡的皂角气味。

邓瑛站在她的身后,将自己的枕头垫在她的背后,回头对她道:"我去烧一壶热水。"

杨婉摇头,拽住他的衣角:"不用,我捂一会儿就好了,你坐。"

邓瑛沿着床沿儿坐下,弯腰将杨婉的鞋拢好放在一边,直身后却一直没有说话。

杨婉拢着被子,朝他坐近了些。

"你怎么了?"

邓瑛看着杨婉的暗绣通草的绣鞋:"我这个地方,实在太局促。"

"不会啊,被子很暖和,我这么捂一会儿,觉得比刚才好多了。"

她说完,把头也缩到被子里。

"我小的时候生病,就喜欢这样躲在被子里不出来。"

邓瑛看着她烫红的脸:"你是不是在发热?"

他说着,下意识地抬起手,想要去触她的额头,但刚抬起来,又停住了。

谁知杨婉抬起了自己的手,轻轻摁在了他的额头上,另一只手摸了摸她自己的额头,有些懊恼地说了声:"完了。"

她说完,松开手,重新把自己裹起来。

"邓瑛。"

"嗯?"

"去吃月饼。"

她朝前面扬了扬下巴:"我放在桌子上了。"

邓瑛转过身,看着那油纸包,但没有动。

杨婉无奈道:"你又不说话了。"

"我不知道……"

他的手在膝上轻轻地捏了捏:"我怎么配你对我这样?"

36

他不肯转身,杨婉就看不见他说这句话时的神情。

到目前为止,她还是不能完全理解,腐刑对一个成年男子的摧残究竟有多残忍。但她看到了邓瑛精神中脆弱的一隅,如"寒霜易融,满月难常"的本质。他这个人,本来就像冬季的物候,既不畏冰冷,又因为过于沉默,从而显露谦卑。

作为一个后人,杨婉对这个时代仅剩的一点谦卑,就是来自邓瑛的谦卑。

他尊重折辱过他的刑罚,理解放弃过他的老师,维护误会他的旧友。

他的隐忍是一种只属于他自己的生命力。

这些杨婉都明白,但是她一点都不想看见邓瑛在自己面前流露的谦卑。

那不是谦卑,是真正的卑微。

这令她不禁去想,在没有自己出现的历史上,邓瑛爱过谁吗?

他爱的那个人,知道如何消解掉他的卑微吗?

"邓瑛。"

"嗯。"

杨婉把被子拢到肩膀上,抽出一只手理了理额头上的乱发:"我也在想跟你一样的问题。"

"什么?"

我怎么配你这样对我?

这句话,她在心里说给了自己听。

面上她却转开了话题,抬手指着桌上的月饼道:"去拿月饼过来吧,我也想吃。"

杨婉带来的油纸里包的月饼一共有三个,饼皮和邓瑛从前吃过的月饼不一样,像是用江米做的。

邓瑛将油纸放在自己的膝上,取出一个递给杨婉。

杨婉缩着手掰开,里面的冰瓤子就溢了出来。

"尝一口。"

邓瑛接过那半块月饼:"这里面是……"

"花生、果干,混着冰一起碾碎,原是我教合玉她们做了拿去哄小殿下的,小殿下特别喜欢,拿给你吃就有些唐突你了,你当尝个新鲜吧。我嗓子不舒服,吃不了这个,想吃个肉馅儿,你把那个点着红心的给我。"说完,她又指着一个压印梅花的说道,"还有那一个,是做给张先生的。"

邓瑛闻话一怔。

杨婉将手缩回被中:"我上次没有去广济寺祭拜张先生,但一直想向他尽一尽自己的心意。"

邓瑛捏着手里的月饼没有说话,冰瓤化水顺着他的手腕流进袖中,他连忙低头咬了一口。

杨婉看着他吃东西的模样,不自觉地笑了笑。

"邓瑛,不管是张先生,还是桐嘉书院的人,他们都不会白死。"

邓瑛咽下口中的月饼,应道:"可是,以后怕是没有人知道,他们究竟是怎么死的。"

"有的。"

邓瑛听着她笃定的声音,不禁回头:"杨婉,我是一个生死不由己的人。如果哪一日,我也像老师那样,我希望你不要把我记下来,不要让任何人知道我是怎么死的。"

杨婉愣了愣,追问道:"为什么?"

"我不希望以后,再有任何一个人,因为想要为我证明什么,而像桐嘉书院的人那样,遭受质疑和羞辱,落得那般下场。"

他说着,抬头看向杨婉:"我可以活得很不堪,因为想要干净地活着已经不可能了。既然如此,我想听老师的话,记着我自己的身份，继续做我能做的事。"

杨婉看着邓瑛："我一直很想问你，你想好了吗？"

邓瑛望向自己手中的半块月饼："想好了。先帝曾为了监察锦衣卫而设立东厂，但是陛下即位以后，信任张氏父子，所以令东厂形同虚设。如今，郑秉笔虽然是东厂提督太监，但他并不能过问北镇抚司的事。"

"你想要这个位置？"

邓瑛对着她点了点头。

"这次北镇抚司刑杀桐嘉书院八十余人，虽然的确震慑住了六科和御史衙门，但是，也同样震慑了陛下。郑秉笔跟我说过，何掌印去见过张洛，之后，张洛便将桐嘉书院的罪行上奏了陛下。这样看来，这件事应该是司礼监一步下了两步棋：其一，是令众臣笔喑；其二，也是逼陛下放权给东厂。"

杨婉点了点头："可是，何怡贤既然下这步棋，就一定会把东厂的位置留给他自己的人。"

邓瑛笑了笑："这是他的想法，但在陛下心里，也许我更合适。"

"为什么？"

"因为我是一个人。"

他说完这句话，杨婉的心像被一根寒刺猛地扎了一下。

她不得已弯下腰，用膝盖抵住胸口。

邓瑛的声音没有停，简单明了地梳开了目前的局面。

"我如今的身份，既不可能被内阁认可，也不可能被司礼监完全接纳。用我，内阁不会诟病陛下宠信何怡贤，陛下也不需担心司礼监和北镇抚司勾结，以至于让东厂再次形同虚设。"

杨婉忍着疼咳了一声，接道："所以你这几日才不要命地想要结束太和殿的重建。"

"是，要在霜降之前了结。"

杨婉有些气紧："你知道的，你一旦走上那个位置，就是把自己硬生生扯成两半。"

邓瑛看着杨婉，目光一软。

"我本来就已经不是一个完整的人了。"

他说完这句话，杨婉张口哑然。

邓瑛陪着她沉默了良久，终于开口道："杨婉，我深恐亵渎你而遭报应，但我也害怕，你再也不肯见我。"

他说完，低下头："你可以给我一份对奴婢的怜悯，其余的什么都不要给，我此生承受不起。"

杨婉听他说完这一番话，喉咙发哽。

但她没有立即出声，她不断地告诉自己，一定要聪明一些，不要拿着过于现代的思维去规训眼前的邓瑛，不要肆无忌惮地教他自信，不要抱着保护他的想法去做打碎他的事。

可即便如此，她还是很难过。

他是杨婉十年之中唯一的信念，而他敢问杨婉要的，竟是怜悯。

杨婉仰起头，大大地咬了一口月饼。肉糜的香味充满口腔，她拼命地咀嚼了两下，硬是逼着自己不要想得太多。

那天夜里，杨婉没有回承乾宫。

她裹着邓瑛的棉被侧躺在床上，邓瑛则和衣靠在床边。

杨婉一夜都没有睡着，她想起在南海子的那天夜晚。他一身囚衣坐靠在她面前，那个时候，杨婉还可以欣赏他身上因破碎而生成的气质，但此时她完全不愿意再去想什么破碎感。

邓瑛真的被那一道酷刑伤害过了，这个伤害不可逆转，也很难修复，尽管他对杨伦，对白焕，甚至对他自己都掩饰得很好。可是当季节清寒，衣衫单薄，她试图靠近他的时候，他对杨婉吐露的真意，一字一句，全都裹着血。

过去隔纸而望，杨婉可以敬他，但无法爱他。

如今同床而坐，她好像可以爱他，却不得不先敬他。

看吧，老天爷永远是最会搞事的那一个。

杨婉在一片茫茫然里睁开眼睛，窗外的天微微发亮。她发过一回汗，人就像是从水里捞出来的一样。

邓瑛闭着眼睛靠坐在她身边。他应该是昨日在太和殿太累，但即便如此，他的呼吸声依然平静，双手轻轻地交握在腿上，半挽起的袖子也忘了放下来。

不知道为什么，不论在什么时候，不论他穿的是什么质地的衣物，他总是给人一种寒冷的感觉。他好像是才从大雪里风尘仆仆地回来，来不及抖掉满身的雪气，所以也不敢靠近屋内的人。

霜降以后，贞宁十二年最大的一股恶寒钻入了所有文人的脊背。

杨婉独自走到午门前的大街上，午门前观刑的人很多，站在前面的大多是司法道上的官员。秋初时，皇帝原本下了旨，命所有正八品以上的京中官员全部会集观刑，但后来听说了诏狱中的惨闻之后，又把这道旨意收了回去。

但是，京中大部分的官员还是聚集到了午门前，来送周丛山和其余十个学生。

周丛山是二十年前就已经致仕的一个老翰林，如今已至耄耋之年。当他被从囚车上架下来的时候，膝盖上已经完全看不到肉了，一双森白的连骸①露在外面，脚腕已经挂不住刑具。他的双眼被自己的血水黏住，完全睁不开。刑部的差役将他推上刑台的时候，他只能靠着台下的人声来辨别方向。

台下的官员看到一个老翰林被折磨成这样，有几个忍不住轻声说道："先帝设北镇抚司诏狱，立为天下公器，这个张洛身为北镇抚司使，却要法外动刑，将人折磨至此，实在有违先帝设诏狱之初衷。"

"你看不明白吗？这是他借这些人的身子，替天子申斥群臣。你我也小声些，北镇抚司的耳目太多了。"

杨婉听着耳边的人声，抬头朝监斩台上的张洛看去。

他今日穿着北镇抚司使的官袍，坐在监斩台案后面，听着满耳的

---

① 连骸：膝盖骨。

悲声，一动不动。

刑台上的周丛山无法跪下，差役想了好多法子都没办法让他撑住，索性就让他趴在地上。谁知他却嘶着嗓子，拼命仰起头，朝着人群喊道："君父眼盲至此极处……枉信阉宦……纵容私刑，虐杀我……桐嘉八十余后生……我今日虽身死，然清魂不肯去，望吾血肉落地，为后世人铺良道……望吾骨成树，为后继者撑庇冠……"

望吾血肉落地，为后世人铺良道。

望吾骨成树，为后继者撑庇冠。

杨婉站在人群里默默地复述这两句话，不由得浑身战栗。

历史上关于周丛山死前的场景，只有"呕血结块，甚见腐肉"的记载。

杨婉今日才知道，他还说了这样一番令后生荡气回肠的绝命之言。

不止杨婉，在场的官员，皆露了悲色，纷纷朝张洛怒目而视。

然而，监斩席后面却只冷冷地摔下两个字："割舌。"

两个锦衣卫应声架起周丛山，一声凄厉的惨叫从刑台上传来，杨婉掐住自己的手猛地转过身。

人群哑静，而她却脑髓炸沸。

37

天阴云暗，刑场上就这么安静下来。

只剩下周丛山一个人的呜咽声。

"惨啊！"

有人如是说。

声音虚得像一层纱，顷刻间就被另外一声"时辰到了"硬生生地轧断。

杨婉掐着自己的虎口抬起头。

霜降后的第二日，是个万里无云的晴天。

天高藏雁影。

这些离境的鸟带走了午时三刻的阳气，留下大片大片的阴影，不轻不重地落在每一个人身上。

杨婉强迫自己转过身，看着刽子手们举起磨得锃亮的刑刀，不过一瞬，血如倾盆泼水，溅满了大半个刑台。十几个受刑的人应声倒下，除了刀切皮骨的声音外，杨婉没有听到任何一声惨叫。

她不禁捂住嘴，肠胃翻江倒海，猛地蹲下身子，胃里的酸水不断地往她的口鼻里钻。

站在人群里的齐淮阳偶然看见了她，忙拽了拽身旁杨伦的袖子："看那边。"

"什么？"

杨伦应声回过头，一眼就看见了蹲在地上的杨婉。

他忙推开人群挤到杨婉身边，一把将她从地上拽了起来。

"杨婉！这个地方是你来的吗？！"

他情急非常，也顾不得再骂她别的，拽着人就往外面走。

杨婉被他这么一牵扯，再也忍不住呕意，一口酸腥直呕出来。她挣开杨伦的手，一个人奔到街树旁，扶着树干，掏心掏肺地吐起来。

杨伦这才意识到自己手重了。

他忙走过去抚她的背："怎么样了？"

杨婉撑着膝盖站在树下，大口大口地喘着气，半天后，方断断续续道："没……没事了。"

杨伦见她缓了过来，这才又问道："我今日前脚出门，你是不是后脚就跟来了？"

杨婉点了点头。

杨伦又气又不解："你一个女儿家，为什么要来看这个场面？"

杨婉静静地听完他的话，抬手揉了揉发红的眼睛，轻道："对不起。"

"你……"

杨伦之前不论和她争什么，最后都是被她抵得服服帖帖的，倒是没有想到她这会儿竟然会这样认真地跟他认错，一时什么重话也说不出来了。

他试着轻重,伸手理了理杨婉额前的乱发:"是不是被吓到了?"

杨婉点头。

杨伦叹了一声:"算了,先跟我回去。"

杨婉站着没动:"不,我今日是替娘娘来探亲病的,申时必须回宫,否则触犯宫禁。"

杨伦听她这样说,只得点了点头,转身对家仆道:"把我的马牵过来。"

说完,他牵过马,替杨婉稳住马鞍:"你骑马,哥哥送你。"

杨婉没有拒绝。

杨伦将杨婉抱上马,勒缰道:"你从哪一个门入宫?"

午门是不能走了,杨婉朝东面看去:"走东华门。"

杨伦也没再说什么,亲自牵马,沿着护城河,送杨婉一路往东华门走去。

杨婉骑在马背上,低头看着杨伦的背影,忽然轻唤了他一声:"杨大人。"

"嗯。"

她原本试图找一个好一点的契机,可是杨伦始终绷着僵硬的脊背,一言不发。

直到接近东华门,杨婉也没有找到合适的机会。于是,她索性不再犹豫:"大人,如果邓瑛做了什么在你们看来很无耻的事,你能不能不要怪他?"

杨伦一怔,随即勒住马缰绳。马蹄陡然停下,杨婉的身子也跟着往前猛地一倾。

"他要干什么?"

杨婉稳拽住马鬃,稳住身子。

"张洛如此虐杀桐嘉书院的师生,陛下也有所震动。我听娘娘说,前一日,陛下与何怡贤在养心殿谈了很久,说的都是诏狱刑杀之事。"

杨伦道:"即便是陛下有意处置张洛,这惨死的八十余人还能活过来吗?"

235

"总不能让他们白死。"

杨伦闻言,沉默地捏紧了缰绳。

杨婉低头道:"大人的路现在也不好走,司礼监几乎做了天子喉舌。陛下亲阉宦,而忌内阁,长此以往,受苦的还是天下人。大人,亡人已身故,不如趁这个机会,改一改司礼监的格局。"

杨伦一怔。

"什么意思?怎么改?"

杨婉道:"陛下也许会重新启用先帝所设的东厂。这件事情,如果陛下肯垂询内阁,大人不要避嫌,举邓瑛。"

"举邓瑛?"

杨伦提高了声音:"荒唐!桐嘉书院这些人是因他入狱的,如今周丛山惨死,他却借这些人的惨死上位,这是什么居心?六科的给事中和御史们会怎么看他?杨婉,他这是在给自己挖坟!"

"可是如果不这样,你们怎么才能打破内阁与司礼监的僵局?怎么才能制衡北镇抚司?"

杨伦一怔。

杨婉接着说道:"大人,你们之前试过了,最后的结局却是现在这个血流成河的样子,你们——"

"你给我住口!"

杨伦忽然冷了声:"你知不知道你在说什么?你这是以内廷女官的身份勾结外官,若我呈报此事,你是死罪,你明白吗?"

"那你呈报吧。"

杨婉抿了抿唇:"从你在南海子里把我带回来,我就给家里添了很多麻烦,但你和嫂嫂都没有怪过我,反而是我,肆无忌惮地只管自己脱身。我早就想跟你诚心地道个歉,如果你觉得我的话违背了你为人、为官的原则,你就处置我吧。"

"杨婉!"

"我说这个话,真不是为了刺大人的心,是我真心悔过,我的确是自以为是,该受惩治。但我希望你能把我的话听进去,我今日在刑场下听到那一句'望吾血肉落地,为后世人铺良道;望吾骨成树,为后继者撑庇冠',我实是……"

她说至此处,声滞难出。

她不得已咳了几声:"我实在不忍看到他们白死。"

她说完,红着眼看向杨伦:"也许我和邓瑛都会因为我说出的话遭报应,但我现在顾不上,我想帮邓瑛,也想帮你们。"

杨伦闻话摇头:"你为什么要说这样的话?你是我的妹妹,天大的事有哥哥在前面替你挡着。你只要好生陪着娘娘,在宫里安分守己,等你年岁到了,哥哥就接你回家,一定挑天下最好的夫婿给你,你为什么要跟着那个非人非鬼……"

他忽然意识到"非人非鬼"这四个字说的是邓瑛,又一看杨婉通红的眼睛,便把声音收住了。

"你要明白,有哥哥在,没有人能伤你,张洛也不能!"

杨婉心下清寒。

在这个时代,能够伤到她的从来都不是哪一个对她不好的人。张洛厌弃她,她根本不难过;易琅责难她,她也想得开。真正伤她的,反而是在晦暗的政治环境中,那些熠熠生辉的精神,以及像邓瑛那样不肯放弃的人。

于是她想说,试试看吧,试试看去帮邓瑛。

这种想法在她自己看来有些"中二",就像是赌上几代人的研究成果,赌上后来的科学辩证法,赌上唯物主义历史观,赌上她身为一个明史研究者的十年修炼,去以卵击石。想想,还真有些悲壮。

"我知道你一直都很想保护你的妹妹,让她过好,是我令你失望了。"

"杨婉!"

杨伦有些忍不住了:"你还记得你小时候的事吗?"

杨婉低头沉默,良久方道:"很多都忘了。"

杨伦在马下失语,过了好久才从后鼻腔中呼出一口又潮又酸的气。

"难怪。"

他长叹一声:"是我还把你当成个小姑娘。"

他说着，耸肩笑笑，头偏向一边，轻声道："算了……"

杨婉在这一声"算了"里听出了失落，还有一种无可奈何的洞明。

"哥——"

她刚吐了第一个字，杨伦便摆手打断了她："你说的话，我会回去仔细地想一想。"

杨婉听他这样说，终于在马背上长长地吐出了一口气。

她闭着眼没有再说话，沉默一阵之后，又抿着唇回头朝刑场的方向看了一眼。

已经有人在收殓周丛山等人的尸体。

亡人之声犹在，隔着六百年的光阴，声声泣血，却在告诉她这个后世人，不要害怕。

杨婉望着刑台上的人，松开抿紧的嘴唇，回头又道："还有，陛下要启用东厂，应该还差一个话口。桐嘉书院这件事，你与白阁老与其向陛下请罪，不如上一道为桐嘉书院其余学生求情的文书，给陛下这个话口。"

杨伦点头："此事我想到了，但是邓瑛的事，我一个人做不了决定，我还要和老师他们商量。"

"好。"

杨婉说着就要下马。

杨伦伸手扶住她的胳膊，让她踩在自己的膝盖上下来，其间压低声道："婉儿，无论如何，不能把娘娘和小殿下牵扯进来。"

杨婉轻声应道："你放心，我一定会护好他们。"

杨伦不禁笑了一声："傻丫头，你以为你是谁啊？只会是娘娘和小殿下护着你。"

杨婉绾了绾耳发："是啊，我又在哥哥面前自以为是了。"

二人虽各有真情之言，但也不能在东华门前久站。

两三句后话别，杨婉独自走进宫门。

此时离申时尚有一段时间，她想着之前向尚仪局告假，还落了好些事务，几乎都丢给了宋云轻，便准备回南所换身衣裳去找宋云轻。正走到仁寿宫，竟看见护城河对岸，司礼监的太监们步履匆匆地往万岁山的方向走。

杨婉原本没在意，谁知刚走回南所，宋云轻便一把拽住她道："还好我等着，不然就错过了。"

杨婉抽出手腕，见她神情不好。

"怎么了？我还说换身衣裳，去尚仪局找你来着。"

宋云轻道："你来的时候，没看到司礼监直房的人都往司礼监去了吗？"

杨婉点了点头："出什么事了吗？"

宋云轻抿了抿唇："何掌印要杖邓少监四十，命司礼监正八品以上的内监都去观刑。"

"什么？"

杨婉下意识地转身，宋云轻忙拽住她："我们女官不便过去，姜尚仪就是怕你情急，才叫我来寻你的。"

杨婉顿住脚步："他犯的是什么过错，现下知道吗？"

宋云轻摇了摇头："听说是误了内学堂的值，但这一听就是个虚名头。我让李鱼试着去问他的干爹，有了消息就回来跟你说。或者等责罚完了，你亲自去问问他。"

"我怎么开得了口？"

杨婉捏着袖子，声音有些抖。

宋云轻忙再次拉住杨婉的衣袖，走到杨婉面前，认真地看着她道："杨婉，这是司礼监内部的责罚，他本来也是司礼监的人，没有人能干涉，你再心疼也要忍着。"

第六章 澜里浮萍

38

　　整个司礼监正八品以上的内监都聚集到了司礼监门前。
　　这些人平时很少见邓瑛,只知道他总领太和殿重建工程,又与杨伦这些人一样,在内学堂做讲学,是冒犯不得的谪仙人。今日老祖宗陡然要杖责他,便各自有各自的心思。有的人抱着看热闹的态度伸长了脖子;有的人因人度己,面有兔死狐悲之色。
　　郑月嘉背着手走到慎刑司的掌刑人身边,抬手在他的手背上点了点。
　　掌刑的王太监忙躬身道:"老祖宗是什么意思?"
　　他说着,看向垂手立在刑凳前的邓瑛。
　　邓瑛穿着一件长衫,并没有穿官服外袍,看起来像是被从直房里直接带过来的。
　　郑月嘉知道,太和殿的工期之所以可以提前完工,靠的是邓瑛的自损。
　　竣工后连着很多日,邓瑛大多时间都在直房内休息,即便如此,他看起来还是有些憔悴。
　　王太监见郑月嘉不说话,便看了看邓瑛的气色,拿捏了一阵道:"听说他身子不是很好,四十杖嘛……死门、活门都有,给他哪个门啊?"
　　郑月嘉道:"太和殿竣工,陛下今日在养心殿将才赏赐了他,死门能给吗?"
　　王太监应道:"是是是,我也是这样想的,但我临出来的时候,瞧了眼老祖宗的脚尖儿,那是要我们着实打呀。"
　　郑月嘉转过身道:"司礼监观刑,这是为了让下面人有个警醒,你们是会这些门道的，不论看起来怎么吓人都行，不能伤了他的根骨。"

王太监听郑月嘉这样说，忙道："是，跟您说这几句，我们就有底了。"

说完，忍不住又叹了一声："说实话，我看他也是可恨又可怜，咱们又不是外面那些酸老爷，被掀翻在午门了，还要顶着自个儿的硬骨头。以前老祖宗打下面这些人，那就是生气，气底下人不知好歹，实际上心慈着呢，看着孩子们在他面前跪着哭得可怜，哪回真叫咱们下过狠手？惩戒惩戒就罢了，可他……"

他一面说一面叹了口气："唉！不愧是跟着白阁老读过书的，做不得'子孙'啊！"

他感慨的这一声，并没有收着，在场很多人都听到了。

邓瑛立在刑凳前，弯腰轻咳了一声。

其实旁观者清，杨伦那些人不肯说出口的话，被这个太监说出来了。而这句话对邓瑛来说，绝对不是羞辱，反而是开解，很是难得。

他想着，低头朝那张血迹斑斑的刑凳望去，要说恐惧，并不是没有，但邓瑛想把它从心里逼出去。以前，他一直想不通，为什么朝廷要这样对待他，但是自从张展春和桐嘉书院的人惨死以后，他便觉得，那些想不通的事，逐渐变得微不足道了。

就像杨婉说的，他不能让他们就这样白白地死了，不论他自己变成什么样子，作为他们的后继者，他都要好好地活下去。

秋风从护城河上刮过来，似乎带着淡淡的血腥气。

众人抬起头，见天色已经有些发暗了。今日午门杀人，新魂似乎收去了所有的阳气，风借魂寒，吹得人头皮发麻。

监衙的门忽被推开，胡襄叉着腰从监衙里走了出来。

他之前在赵员外家的喜堂上被六科那些人打过一回，额头上留了一个老大的疤，如今时不时地就要拿手去揉揉。

他按着额头先看了一眼邓瑛，又扫了一遍在场的众人，转身问郑月嘉："人齐了？"

郑月嘉道："都到了。"

胡襄觉得额头上的疤此时竟比平日还要硌手，憋了几个月的邪火像是终于找到了宣泄口："那还等什么？打呗。"

"是。"

王太监朝前走了一步："把他摁上去绑起来。"

"欸。"

胡襄抬起手："这什么规矩啊？就这么打，这些人能知耻？"

他说完，低头嫌恶地看了邓瑛一眼："留这层底下的体面干什么？郑秉笔忘了，老祖宗教咱们规矩的时候，也没留情面。把底下给他剥了，什么玩意儿呀。"

邓瑛闭上眼睛，一声未吭。

郑月嘉眼看着有人上前去解邓瑛的汗巾，忙道："等等。"

胡襄回过头："郑月嘉，你不是第一次维护这个人了。"

郑月嘉走到胡襄面前："我替他求个情。"

胡襄笑了笑："呵，忘了，你以前也是差点考科举的人，怎么，看着他可怜？"

"是，请胡秉笔可怜可怜他。"

胡襄看着邓瑛的脊背："也是，年纪轻，长得也好，能耐又确实大……"

他说着，话锋一转："你我伺候老祖宗这么久，难道不知道，他老人家最恨能耐过于大的人？你要求情，去求老祖宗，我在这儿，是一定要替老祖宗出了今日在养心殿上的气。"

郑月嘉抹了一把额头的汗："他是应该责罚，我不敢去求情，只是你我得想想，陛下今日才因为太和殿完工的事对他大加赞赏，若是知道我们今日在这里把人打得太难看，必会觉得我们这些做奴婢的，不能体谅他老人家的心。"

胡襄道："笑话，这是司礼监内部的处置，谁敢说到陛下面前去？"

郑月嘉道："你难道忘了？他的菜户娘子是尚仪局的杨姑娘，那可是宁娘娘的亲妹妹，她要是知道今日的事咱们做得过分，还不得闹到娘娘那儿去？蒋婕妤有孕，这些日可都是宁娘娘在伴驾啊！"

244

胡襄听完这番话,也有几分被吓到了。

"呵呵,你果然会说。行吧,看在你的面子上,就隔一层中衣,这么打吧。"

"多谢。"

郑月嘉说完,向王太监看了一眼。

王太监会意,回头对行刑的太监说了几句。

监衙前的人都屏住了呼吸,他们并不是第一次见这种场面,大家都是在宫里为奴的人,挨了那一刀就什么都顾不上了,彼此也不觉得有什么,没有哪一回不是痛哭流涕地求饶,想着少挨几下。但像邓瑛这样,沉默隐忍地受下,一句饶都不肯求的人,他们还是第一次见。

邓瑛伏在刑凳上,将脸转过来,侧靠在凳面儿上。

他记得这一日也是秋决,是周丛山等人的受死之日。

他曾为张展春、周丛山、赵氏兄弟的死自责难当,却不能自惩,既然如此,这四十杖何尝不是救赎?

想到这里,他不禁坦然。

他咳了几声,尽量让自己的呼吸平静下来,闭上眼睛,安静地等待。

他身上的衣衫是就寝时穿的,被风一吹就贴在了皮肤上,很冷。

那明明是秋天,可是,邓瑛却觉得好像回到了正月时的南海子。

他在受刑前推开那扇窗户,想看一眼外面的人和物,荒唐地想要遇到一个比他身上温暖一点的人。

杨婉……

比起当时的茫然,此时他清晰地想起了杨婉的模样。

就那么一瞬,他刚刚平复下来的心境,却陡然被打乱,他甚至恨不得给自己一个耳光。

怎么可以在这个时候想起她?

怎么能把她也带到这个污秽之地?

可是不管他怎么逼自己,都无法将这个女子从脑海中挥去。

她就静静地在那儿看着邓瑛,张口,却没有声音,明明就在眼前,却又像隔了几百年那么远。

邓瑛有些惶恐。

在这个被散尽尊严、苟延残喘的当下，不论他多么排斥在场所有人对他的可怜，他却很想很想要杨婉的怜悯。

对她，他虽然在极力地遮蔽自己内心的创伤，却又矛盾地想要把所有的屈辱和疼痛都摊到她面前。好像只有在她面前，他才能够承认，他接受不了自己的人生。如果可以，他希望自己不要被过于残忍地对待；如果可以，他也想要生活得好一些。

行刑的人没有给他多余的时间去平复。

第一杖落下来，隔着衣物，格外沉闷。

行刑的人得了王太监的旨意，虽然架势吓人，却是收了力的，邓瑛的身子向上一震。他之前因父获罪，被下刑部狱的时候，因为邓颐罪行已定，刑部对他没什么好审问的，因此只是关押，并没有动刑。所以，此时的疼痛超过了他对这个刑罚的认知，如钝刀剜肉一般，几乎要将他的理智打散。前十下他还能控制住自己的身子，到了第十一杖，他便再也无法忍受。然而，只要他一挣扎，便立即有人将他摁下。

胡襄看着刑杖一下一下落在邓瑛身上，不过二十下便已见血。

"暂且停了。"

说完，他朝邓瑛走了几步，蹲下身，凑近邓瑛，压低声音道："老祖宗让我替他问你，今日你在养心殿为什么要对陛下说那样的话？"

这才是这顿杖责真正的意图。

邓瑛想起今日辰时，他与工部的徐齐一道，在养心殿向贞宁帝奏报太和殿完工。

皇帝十分开怀，当即下旨，万寿节那一日要在太和殿接受百官朝贺，何怡贤和郑月嘉等人都跪下向贞宁帝道贺。

贞宁帝看着邓瑛，忽然对何怡贤道："也是你，拦着朕杀他的手，让朕给了他这个恩典。他到底没辜负你，也没辜负朕。你确实上了年纪，看人有一套，可是，在东厂这件事上，你就没看准。"

郑月嘉听了这句话，忙伏下身："奴婢该死。"

贞宁帝摇了摇头:"你这个奴婢,是什么都不大在意,每日只知道伺候朕的笔墨,笔墨倒也是真伺候得好,朕平时离不开。以后就别两边跑了,朕看你也力不从心。"

郑月嘉叩首道:"是,奴婢谢陛下恩典。"

皇帝点了点头,又看向跪在郑月嘉身后的邓瑛。

"你今年多大了?"

邓瑛抬起头:"奴婢二十四。"

"二十四,是好年纪。"

皇帝说着,扶了扶额头,回想道:"朕记得,你好像十年前就中了进士啊。这么一想,你还曾是朕的门生。"

"奴婢不敢。"

皇帝摆了摆手:"这种话,朕听多了。邓瑛!"

"在。"

"朕问你,朕让你这样活着,你心里是怎么想的?"

"奴婢——"

"说实话!"

皇帝忽然提高了声音:"否则,朕立即杖毙你。"

邓瑛深吸了一口气,伏身叩首,而后方道:"奴婢是戴罪之身,蒙天恩方得以保全性命,所以奴婢没有别的想法,只求以残命侍奉陛下,为陛下分忧,望能赎父罪万分之一。"

皇帝看了一眼何怡贤:"大伴是怎么想的?"

何怡贤忙道:"陛下指什么?"

皇帝有些不耐烦,啧了一声道:"朕让你在东缉事厂这件事情上,再荐一个人。"

何怡贤见皇帝说这话的时候,目光扫向的是邓瑛,只得压声道:"陛下,邓瑛是罪臣之后啊!"

皇帝笑了笑,没有再看何怡贤,低头对邓瑛道:"行,你先起来,朕再想想,怎么让你替朕分忧。"

39

　　胡襄看邓瑛沉默地伏在凳上，没有要回答的意思，逐渐没了耐性。"老祖宗让我替他来问你，已经是开天恩了，你不说话是什么意思？"

　　邓瑛张开口，一股淡淡的血腥气便从喉咙里涌了出来。他没有办法抬头，只能任由脸贴在凳面上："请转告掌印，邓瑛……无话可说。"

　　"混账东西！"

　　胡襄甩袖起身："接着打。"

　　后面的二十杖，邓瑛受完之后，浑身已经动弹不得。

　　郑月嘉顾不得胡襄在场，脱下自己的外袍遮住邓瑛的下身，对王太监道："还不快解开！"

　　王太监忙命人给邓瑛解绑，然而任何一个拉扯都令他的下身如同针扎。

　　郑月嘉见没有人敢上前来帮他一道搀扶，回头看李鱼呆呆地站在人群中，想起他不是司礼监的人，便道："站边上的那个，你过来。"

　　李鱼这才回过神，赶紧抹了一把脸走上前来，搀起邓瑛的另一只胳膊。

　　邓瑛虽然还醒着，呼吸却已经有些艰难。

　　他不断地在咳，咳出来的气却不多。

　　李鱼根本不敢用力拉拽他，但这样也令邓瑛遭罪。郑月嘉道："把他的胳膊架住了，你要不架稳，他更痛。"

　　李鱼听到这一句话，不争气地哭了出来，边哭边道："邓瑛你到底做了什么错事啊，老祖宗要把你打成这样？"

　　邓瑛忍着痛断断续续道："李鱼……别哭……别出声。"

　　李鱼看他难受的模样，根本忍不住哭腔，一脸慌乱地看向郑月嘉道："现在怎么办啊，郑秉笔？"

　　郑月嘉见邓瑛的意识越来越模糊，连忙扶住邓瑛的背，尽量让他好受一些，对李鱼说道："先送他回直房再说。"

这一路对邓瑛而言，仍然是刚才那场酷刑的延续，以至于回到护城河边时，他已经完全撑不住精神。其实他不想就这么昏过去，他怕杨婉会来找他。此时对他来说，怎么样都好，就是千万别让那个叫她珍重衣冠的女子，看到他现在根本无法自珍的伤。

李鱼将邓瑛勉强安顿好，红着眼睛正要去找宋云轻，却见杨婉一个人站在房前的柳树后面。

"喂！"

"啊？"

李鱼难得见她恍惚，揉了揉自己的眼睛，冲她道："你干吗躲在那儿？"

杨婉呼了一口气，拢了拢身上的褙子，朝李鱼走了几步："他醒着吗？"

李鱼回头，见郑月嘉刚好走出来，便没有说话。

郑月嘉看着杨婉，她穿着常服，妆容已经有些散乱了，手冻得有些发红，也不知道站了多久。

"怎么不进去？"

杨婉摇了摇头："等他睡了，我再进去。"

郑月嘉脱口道："为什么？"

李鱼见杨婉没吭声，忽然想起什么，张口道："哦，她说过，什么病人有隐私……"

郑月嘉没有听懂这句话，但也没再深问，挽下自己的袖子，对杨婉道："我试着替他斡旋了一下，但是，毕竟是司礼监所有人观刑，王太监他们也不能对他太宽松。不过皮肉伤好养，杨姑娘也不要过于担心。"

杨婉听完，退了一步向郑月嘉行了一个礼："多谢郑秉笔。"

"不敢。"

杨婉直起身："郑秉笔，今日是因为什么要这样对他？"

郑月嘉看了一眼李鱼，李鱼识趣地退到了边上。

郑月嘉这才道："并不是因为他犯了什么错，而是因为陛下看中他了。"

杨婉点了点头："是东厂那件事吗？"

郑月嘉没有否认。

"是，陛下已经卸了我东厂提督太监的职，如今命司礼监另荐一人。老祖宗的意思，是想荐胡襄，但是经过了赵员外那件事以后，内阁定不能容他。今日在养心殿，陛下没有敲定此事，也许之后会垂询内阁。我其实有些担心，白阁老和杨侍郎，也未必容得下邓瑛。"

他说完，朝身后看了一眼："他今日已然得罪了老祖宗，如果这一次圣意没有落定在他身上，他日后在司礼监的日子就难过了。"

杨婉没有出声。

如果，如郑月嘉所说，邓瑛并没有成为东厂的提督太监，那他接下来的一生会怎么过呢？

会不会生活得简单一些？能不能避开午门那场惨烈的凌迟酷刑？

想到这里，她突然觉得自己似乎陷入了虚无主义的谬论。

这个想法实在没有任何意义。就算直接告诉邓瑛他未来的结局，他此时此刻也不会选择退缩。

那杨婉自己呢？

杨婉想起自己在东华门前对杨伦说的话："不要避嫌，举邓瑛。"

她不知道，她对杨伦说的话有没有可能左右邓瑛的命运，但那个时候，她完全没有想起邓瑛的结局。所以女人做起决定来，狠到连已知的后果都顾不上。

郑月嘉不知道她陷入了什么样的逻辑闭环，但也没打断她，转身准备往会极门走。

李鱼在旁道："郑秉笔，你可别走，我这里什么都没有，要夜里他不好了怎么办？"

郑月嘉道："我去御药房看看，一会儿就回来。"

杨婉从后面跟上他道："我去吧，您还是回司礼监，您今日这般帮他，何掌印定然有话要问你，您得想好如何应对啊。"

郑月嘉笑了笑："我伺候老祖宗这么多年，我的事情他都是知道的。况且，我不光伺候老祖宗，我也伺候陛下，我们这些人的体面，一半靠老祖宗，一半靠陛下，我也是在宫里有年时的人，杨姑娘放心吧。"

郑月嘉和李鱼在里面替邓瑛上药的时候，杨婉一直没进去。

其间宋云轻来寻了她一次，看她靠在门口，便道："你怎么在外面站着？"

杨婉绾了绾被风吹乱的头发。

"怕添乱。"

宋云轻道："那你今晚回不回南所？"

杨婉摇了摇头。

"成吧。"

宋云轻没有多问，将两个瓷瓶递给杨婉："这个红的是姜尚仪给的，我又问陈桦要了一些，也不知道好不好。姜尚仪说，老祖宗的事她不过问，所以叫你收敛些。"

杨婉点了点头："我知道，你说得对，我再心疼也要忍着。"

宋云轻朝里面看了看："李鱼是不是在里面？"

杨婉点了点头："谢谢你们姐弟。"

宋云轻轻轻拍了拍她的肩膀："谢什么，都是可怜人。我走了，你明日的差事我替你做了吧，你明早回南所好生睡一觉。"

杨婉目送她离开，不多时郑月嘉满手是血地走了出来。

郑月嘉合上房门，对杨婉道："人睡下了，李鱼还在里面。"

"好。"

杨婉点了点头，躬身送他。

直到他走远了，她才轻轻推开房门，抿着唇走进房内。

邓瑛安静地伏在床上，李鱼在边上拧帕子，看见杨婉，刚要张口，却见她做了一个嘘声的手势。李鱼见她靠着榻边坐下来，自己便识趣地起身，掩门出去了。

邓瑛睡着，双手伏在枕上，脸朝外侧靠在枕上。

他的手微微地握着，时不时地颤一颤。

"杨婉。"

他忽然闭着眼睛唤了杨婉一声。

杨婉一怔。

"你怎么知道是我？"

"你身上的味道……我记得。"

杨婉捏了捏袖子，站起身道："要水吗？"

邓瑛轻轻吐出一口气："不要服侍我……"

他说着，握紧了手指："我这样……太难看了。"

杨婉挽起裙子，在他的榻边蹲下来，手托着自己的下巴道："不难看。"

邓瑛咳了一声："我自己知道。"

杨婉摇了摇头："那你知道吗？我很想看看你的伤，想帮你上药，但是我也不敢这样做。"

邓瑛睁开眼睛："不敢……是为什么？"

杨婉伸手轻轻地理开他面上因为疼痛而汗湿的头发。

"我视为霜雪的那个人，他不愿意让我看到他不堪的样子，我虽然不算是一个多敏感的人，但我不想自作聪明地去伤害他。所以我不敢。"

说完，她松开腿，在地上坐下来。

"邓瑛，我还是那句话，你希望我离你多近，我就离你多近，你不想见我的时候，我就多等等。只是你不需要担心我会生气离开，天知道，我过来见你的时候，心里有多惶恐。"

邓瑛听她说完这句话，慢慢地朝她伸出一只手，接近她手腕的时候似乎又犹豫了一下。

杨婉低头看着她的手，静静地等着，没有出声。过了好一会儿，邓瑛才轻轻握住了她的手腕。

"你起来……不要坐在地上，地上很冷。"

来自邓瑛的触碰几乎令杨婉颤抖，她抿了抿嘴唇，稳着声音说道:"是啊,今日真的很冷,也许夜里要下霜了。"

她说着,吸了吸鼻子。

"我可以在你身边待一会儿吗?"

"好。"

"真好。"

杨婉说完,脱下褙子,又弯腰褪了鞋袜,掀开棉被,侧着身子在床榻的边沿躺下。

邓瑛试图往里挪动一些,好让她躺得更舒服一些,谁知只是挪了挪腿,就痛得险些失声。

肩膀上忽然传来一阵温暖。

是杨婉的手。

一下一下,轻轻地顺着他的背脊抚摩。

"这样会好些吗?"

她轻声问道。

"会。"

他几乎不知道自己怎么会吐出这个字,语气那般急切,像是生怕她不信一般。

杨婉闭上眼睛,手上的动作没有停。

"别怕,明天就不会那么疼了。"

"杨婉——"

"你也可以叫我婉婉啊。"

她说完,睁开眼睛看着他,露出了一个温柔的笑容。

"邓瑛,是因为你愿意拉我的手腕,我才敢碰你。"

40

她说完,将手停在邓瑛的背上,试着朝邓瑛靠近了一些。

他因为疼痛,微微有些发抖,以至于被子的边沿摩挲着杨婉的脸颊。

"你若是太疼了,就捏着我的手吧。"

"不……"

他忍痛摇了摇头:"若人的福一日消尽,往后就都是报应了。"

他说完,忽然疼得皱眉,放在枕边的手握了又松,松了又握。

杨婉不敢再动,轻声道:"我原来以为,桐嘉书院的那些人死了以后,你是风风光光地坐上东厂提督太监位置的。"

"现在这样……是该的。"

邓瑛呼出的气息扑到杨婉的脸上,那温度比起他的身子好像要暖一些。

"我如今没有办法替老师收骨,替周先生和赵家兄弟殓身,他们的恩情我一样都偿还不了……就当这是赎罪吧。"

他说完,轻咳了两声。

杨婉抬起手腕,一下一下拍着邓瑛的背。

面对这个一身是伤的人,她真切地感受到了属于大明朝的矛盾性。

但这种矛盾性有它自身的平衡,它牵引着邓瑛去自责、自伤,也推着他勇敢地去承担。这一对矛盾虽然令他挣扎,却也让邓瑛得以活下去。

就在杨婉和邓瑛所身处的这个时代,意大利正在经历文艺复兴的浪潮,资本主义萌芽,个人主义诞生……再也没有人像邓瑛这样,把自己的手伸向伤害他的枷锁,却还在试图替其他的人解开镣铐。

杨婉庆幸历史是线性的,没有人像她这样可以回头,也没有人能够提前预知后世,人们都活在当下的平衡里……

因此,杨婉决定尊重邓瑛。

"是啊,他们看到你这样,怎么还会怪你啊?"

说完,她放慢了手上的动作:"还疼吗?"

邓瑛闭着眼睛,轻轻地摇了摇头。

"不疼。"

杨婉抿起唇,忽然说了一句:"以后,那些人也会受到惩罚的。"

邓瑛的手握了握:"你在说什么?"

"就是字面上的意思。"

她说着,望向邓瑛的眼睛:"我跟你说……嗯……"

她放慢了手上的动作,把自己脑子里生硬的理论逻辑嚼碎了重新吐出来:"事情总会向好的方向发展,但是这个过程,有的时候会受到阻碍,反反复复的。不过,你要相信,你受过的伤、遭过的罪,慢慢地都会过去。而你做过的事,以后一定有人明白。至于那些人,当下的刑罚,和日后的口诛笔伐,总有一样,是他们逃不过的。"

邓瑛沉默须臾,笑了笑说道:"你又在说我……想不太明白的话。"

"那你就不要去想,你好好地睡一觉,疼了、渴了都叫我。"

她说完,撑起身子吹灭了桌上的蜡烛。

这晚,护城河上的秋风吹了整整一夜,杨婉缩着自己的身子,听完了夜里所有细碎的秋声。

邓瑛伏在她身边,也许是因为累,又或者是因为伤口引起的高热,他好像睡得很沉,身上新换的中衣薄如蝉翼,包霜拢雪。

杨婉听着窗外的叶声,忽然想起宋朝有一个词人叫毛滂,很喜欢写秋。

其中《雨中花·武康秋雨池上》当中有一句:"数点秋声侵短梦。"

杨婉从前并没有觉得这一句有多美。

但如今,她躺在邓瑛居室的窗边,忽然就被这一层浪漫的古意触动了。

"数点秋声侵短梦。"

杨婉轻轻地在口中呢喃着这一句,却一时想不起下一句是什么。

苦思无果后,不禁自嘲地笑笑,抿着唇闭上了眼睛。

浓稠的黑暗里,邓瑛接出了后面的半句,却只是动唇,没有出声。

"檐下芭蕉雨。"

数点秋声侵短梦,檐下芭蕉雨。

这一年的秋天过得着实有些快。

和郑月嘉想的一样,皇帝在周丛山死后的第七日,亲自驾临内阁直房。

那一日,京城中到处都是路祭,纸灰若蝴,飞舞满城。

街巷中,不论那十余人的棺材经不经过,都能听到祭拜的悲声。

一时之间,帝都缟素。

北镇抚司原本要禁止路祭,并捉拿带头的人,却没想到被皇帝一道密旨压了回来。皇帝在养心殿严厉斥责了张洛,并责他在太和门跪一日。

杨伦和白玉阳从太和门经过的时候,正好看见张洛被锦衣卫的人押着,摁跪在太和门前。

白玉阳道:"这么惨的案子,只是罚跪,还专门让他在这个时辰跪在这里,做样子给内阁看,呵……"

杨伦看了一眼张洛,回头对白玉阳道:"陛下还是要用他的。"

白玉阳边走边叹气:"张阁老那样一个烂好人,怎么就生出这样一个幽都官!"

杨伦没接这个话,径直朝内阁直房走。

二人走到内阁直房,却见皇帝的仪仗赫然停在会极门。

郑月嘉立在仪仗前,见二人过来,拱手行礼。

"两位大人。"

白玉阳看了一眼直房,低声问道:"陛下驾临吗?"

"是。"

杨伦道:"何掌印呢?"

"在里面伺候陛下。"

他说完,侧身相让:"大人请。"

杨伦和白玉阳也不敢耽搁,一起走进直房,刚一进门,还没来得及行君臣之礼,就听贞宁帝道:"此人虽然是罪臣之后,但既然已经受了刑,在司礼监制下,朕认为也没什么可指摘的。"

说完,向杨伦二人抬了抬手,示意二人起来。

白、张二人都没有说话,何怡贤在皇帝身侧奉茶,扫了一眼皇帝的脸色,也没有吭声。

他原本想威逼邓瑛自辞，然而一顿杖刑下来，邓瑛却只回了"无话可说"这四个字。

虽然他一直谦卑温顺，连受刑都很配合，甚至在下得来地的时候，还亲自在司礼监向何怡贤请罪认错。可是何怡贤明白，邓瑛不肯，也不可能做自己的"子孙"。

但何怡贤伺候了贞宁帝很多年，深知皇帝深研制衡之术，在养心殿与邓瑛的一番对话，已露了三分意。他自己是万不能再说什么，否则，就会把这三分意推成八九分。

今日贞宁帝垂询内阁，对他来讲，倒算得上是一件好事。

于是他扫了一眼张琮。

张琮在白焕身后看见这个眼风，便轻咳了一声，上前一步，对贞宁帝道："陛下说的老臣深以为是，但邓颐毕竟是被灭了族，留下邓瑛的性命，已经是陛下开天恩了，臣担心……他有二心啊！"

"有什么二心？"

白玉阳眼皮一跳，问话的人是站在自己身边的杨伦。

张琮被这么硬生生地一顶，一下子不知道怎么往下说："这……"

杨伦没有看他，转向贞宁帝道："此人已是内廷奴婢，受《太祖内训》约束，若仍敢有二心，那张大人置我朝皇皇内训于何处？置陛下天威于何处？且此人戴罪建太和殿，半载勤恳，无一处错漏，二心何在？"

"杨伦！"

白焕提声唤他道："不得在陛下面前无礼！"

贞宁帝冲白焕压了压手："让他说。"

杨伦拱手揖礼："臣明白，邓瑛虽已受刑，但其父罪大恶极，其后代子孙皆不可饶恕，然而，其品行，臣还是了解的。陛下立东缉事厂，是要安京城祸乱，听天下官声和民声，若此人庸质，如何替陛下听声？"

他这句话中的"庸质"点到了胡襄，何怡贤的手一抖，险些洒出茶水。

257

贞宁帝笑了一声:"杨侍郎这话说得真切。白阁老的意思呢?"

白焕应道:"臣谢陛下垂询。此人从前是老臣的学生,但其罪孽深重,老臣不敢再为他多言,其蒙陛下深恩至此,若再有二心,恐天也不容。老臣年迈,制衡阁外的堂司,已力不从心,若有人能如杨侍郎所言,替陛下听官声、民声,彰陛下仁德,令臣民归心,臣亦以为然。但是……若陛下问臣的意见,臣绝不会举荐此人。"

他说完,胸闷气乱,扶案噉喘。

皇帝在场,白玉阳和杨伦都不敢上前搀扶。

白焕自己缓了一阵,方再道:"陛下,臣不能与邓颐之后同朝。"

皇帝听完他的这番话,亲自起身搀扶:"白阁老言重了,东缉事厂是替朕行监察之责,朕不会给他刑狱之权,他也不配问讯百官。"

白焕让开皇帝的手,躬身道:"臣惶恐,无话可言。"

皇帝见他如此,也没再多说什么,甩袖走到门旁:"既如此,此事就定了。杨伦!"

"臣在。"

皇帝抬手虚点向他:"这个旨你来拟,趁着朕今日在这儿,就地批红。"

"是。"

皇帝点了点头,伸手去端茶,何怡贤忙递过杯盏。

皇帝接过茶喝了一口,抬头看了眼天色:"什么时辰了?"

何怡贤道:"午时了。"

"去让张洛起来,出去吧。"

"是。"

一时之间,直房内没有了人声。

皇帝端着茶盏走到伏案拟旨的杨伦身旁,看着纸上的字道:"桐嘉一案至此,朕心甚痛,恨这些读书人,十年寒窗,不识君臣,也惜他们年轻,一腔热血泼错了地方,不知是受何人蛊惑,愚昧至此。"

他说这句话的时候,目光扫向了张、白二人。

张琮忙跪下道:"老臣惶恐。"

杨伦听白焕没有出声,停笔暗暗朝白焕看去。

白焕与他目光一触即收,而后扶案跪身:"臣罪无可恕。"

皇帝示意何怡贤将二人扶起:"你二人执掌内阁,实属股肱之臣,朕无意牵连二位爱卿。桐嘉书院的案子,到此为止,朕不会再让北镇抚司缉查。这一年又快过到头了,明春新政,趁着朕身子不错,朕还要和你们再议一议。"

41

贞宁十二年十一月末。

贞宁帝改制东缉事厂,二十四岁的邓瑛在东林党的一片口诛笔伐当中,走上了东厂提督太监的位置。

杨婉所写的笔记,终于翻过桐嘉惨案的篇章。

她利用月底的几日职闲,把自己关在房内,认真梳理了一遍贞宁十二年前后的历史。

从三司审查琉璃厂贪墨案,到邓瑛入刑部受审,再到张展春顶罪,被司礼监暗杀,引发文官集团的集体动荡。张洛在司礼监掌印何怡贤的暗示下,为按压这场朝廷内部的文臣动乱,残杀桐嘉书院八十余师生,最终却反为皇帝所忌,皇帝设东缉事厂以监察北镇抚司。

这一环一环,慢慢填补了现代研究的文献空缺,也为看似干净的贞宁十二年春夏,染上了一层"浓墨重彩"。

杨婉收笔,坐在灯下揉了揉发干的眼睛,合上笔记,起身走到窗边。

那日在下雪,但雪花很细,像粉尘一般,只在松枝上积了薄薄的一层。

李鱼忽然从窗户下冒了个头:"嘿!"

杨婉吓了一大跳,差点关了窗户。

"你这小屁孩,要死了呀。"

李鱼抱起一筐炭:"你小声些,我是来给你送好东西的。"

杨婉低头看着炭筐子，见是品质不差的柴炭："你又去为难陈桦了吗？宫里还没给宫人们放炭呢。"

李鱼撇嘴。

"你想什么呢？别的地儿是都没有，司礼监能没有吗？几个秉笔都得了，这一筐是邓瑛的……不是，呸，瞧我这嘴，这一筐是咱们邓厂臣，我亲自去惜薪司领的，但他没留，叫都给你送过来。"

杨婉拢了拢衣裳："我又不怕冷，给我做什么？他的伤还没好全呢。"

李鱼叹了口气："这倒是，升了秉笔就是陛下眼前的人，再不好也得挣扎着上去，我看他的伤是难养。"

杨婉没接这话，看他冷得哆嗦，便道："你要不要进来坐会儿？我给你倒杯热茶。"

李鱼刚要点头，忽然又想起什么，仍然站在窗下道："我可不敢，你们尚仪局的女官，都是天上的仙女儿，你们的屋子那可是仙宫，我这贱身子，踩了你这儿的地儿，玉皇大帝那是要折我的寿的。"

杨婉无奈道："你在胡说什么？这也是你姐姐的屋子。"

李鱼撇了撇嘴道："那也没错啊，我虽是粪球，但我姐姐是仙女。"

杨婉听完这话，忽然想起了邓瑛说过的话，不由得沉默。

李鱼看她忽然不出声了，便试探着问道："你怎么了？"

"没怎么。"

杨婉低头掩饰："邓瑛还住在那儿吗？我之前听司礼监的人说，要搬挪来着。"

李鱼点了点头："是啊，原本说是要搬到养心殿北门那边的直房，但他说那一整处地方日后是要拆除放吉祥缸子的，所以就还住在承运司边上呢。但你也别急啊，要说哪个秉笔祖宗没有外宅，即便他还攒不下银钱，外头那些老爷们，争着要给送呢，清苦不了多久。对了，你这几日，怎么不去看他呀？"

杨婉转了转自己有些发酸的手腕。

临近年关，内廷各处的祭祀典礼很多，外面的命妇们时不时地要进宫给宁妃和皇后等人拜礼，杨婉和宋云轻已经有很多日不得闲了。

"年关了，尚仪局事忙。"

"哦。"

李鱼犹豫了一阵："要说……他也是挺奇怪的，内学堂挑了两个十二三岁的阉童叫跟着伺候他，他也没让那些孩子做活儿。这会儿身子好些了，前日晴天，他还自个儿浆起被面儿来了。"

杨婉笑道："你这么说是想让我去帮他呀？"

李鱼忙道："我可不敢，我得去上值了，炭我给你放墙根下了，记得早些搬进去，沾了雪沫子不好点燃。"

说完，他缩着脖子，哆哆嗦嗦地走到雪地里去了。

杨婉合上窗子，把那筐炭拖进屋子里，转身去洗手。

冰冷的水刺痛了她的骨头，她赶紧把手缩回来，想起李鱼说邓瑛自己浆洗被面儿的事，不由得抿了抿唇。

她抬头看了一眼窗外，雪像细沙一样铺天盖地。

这么冷的天，不说杖伤，他脚腕上的那个旧伤多半也会让他不舒服。

杨婉想着，进去穿了一件夹绒的褙子，揣着自己的手炉子，掩门出了南所。

她去了一趟御药房。

彭御医告诉杨婉，自从她把邓瑛叫来看过脚伤以后，他倒是每月都会乖乖地来御药房取治脚伤的药。杨婉问道："那下月的取了吗？"

彭御医询小太监道："留给邓瑛的药还在吗？"

小太监忙应声："还在，邓厂臣还没来取呢。"

杨婉道："那给我吧。"

彭御医笑着点了点头："里面多配了一样白芷，你顺便也提醒他，要比之前的药多熬小半个时辰。"

杨婉接过应道："是，真的多谢御医。"

彭御医道："我也要多谢姑娘，跟这个病人结缘，我心里不踏实。他不是个听话的病人，但是姑娘说的话，他像是都会听。"

杨婉屈膝行了一礼："他不是故意的，是有时候顾不上，我以后一定多说说他，不让他给您添麻烦。"

她说完这句话，室内的内侍和医官都笑了。

药香熏面，格外温暖。

杨婉发觉，当邓瑛得以短暂修养的时候，她自己的心也跟着安定下来了，甚至想过过日子，陪着他看看书，弄点吃的，顺便收拾收拾家里，洗洗衣服。

以前她忙得一刻也停不下来，认为活着只要还有一口气，爬都要爬到研究室和图书馆去。吃的东西也无所谓，饿不死就行；穿什么也不必想，冻不死就行。今日她忽然想找面镜子照照，看看这抱着药一路走过去，她的头发吹乱了没，簪子吹偏了没。

等她抱着草药走到护城河边的时候，雪渐渐地停了。

午时的阳气稍稍聚拢，太阳竟然在此刻挣扎着露出了半个脑袋。

邓瑛的房门是开着的，杨婉走到门口，见他正半跪在地上，整理书箱里的书。

不知道是不是为了方便养伤，他穿得并不是很厚。宽袖袍用一根棉绳绑着，大半截手臂都露在外面。

他不知道杨婉来了，随口轻轻地念着书里的文字，将它们分门别类。

杨婉眼见书堆偏了，忍不住道："哎，小心点，桌上的书要掉下来了。"

邓瑛闻声，手一撤，桌上才摞好的书竟然全部被他扫到了地上。

杨婉见此，无奈地笑了一声，忙放下手里的药，走过去帮他捡。

"对不起，我忘了敲门了。"

邓瑛挡住她的手道："你起来坐，我来捡。"

杨婉没听他的话，反而道："不要和我争，我是尚仪局调教出来的，别的我都不如你，干这种事儿我比你在行。"

她说完，迅速分类散乱的书。

"你这儿怎么多了这么多书啊？"

邓瑛蹲在一旁帮她道："你是觉得我没有必要收着它们，是不是？"

"不是。"

杨婉一面分拣一面道："你以前的居室里，应该也有很多书。"

她说完，抱起规整好的一摞走到书架边，仔细地列上去。

"你十四岁进士及第，多了不起啊，你小的时候读书，一定把自己逼得很厉害吧？"

"嗯。"

邓瑛仍然蹲在地上，抬头望着杨婉的背影："小的时候觉得读了书就可以经国治世。"

杨婉仰头确认自己摞好的书脊，随口道："不论什么时候，这句话都对。"

她说完，转过身，拍了拍身上的灰，打开放在桌上的药包："我去帮你把下月的药取回来了，彭御医说，他添了一味白芷，要多熬小半个时辰。"

邓瑛站起身，走到桌旁："好。只是你不用这样，我身上的伤已经好多了，自己也能去取。"

杨婉笑了笑："我今日是顺便帮你取的。我过来找你，是要做别的事。"

"什么？"

杨婉退了一步在桌边坐下，一面环顾四周，一面挽起袖子："李鱼说你一个人在收拾屋子，让我过来帮你。"

邓瑛一愣："不要听他说。"

杨婉仰头笑道："他回来你可别问他，他现在怕你。"

她说着，掩唇笑了一声，邓瑛却有些无措。

"那……你呢？"

杨婉摇了摇头："我说笑的，你这样生活着，不就是不想我们怕你？"

邓瑛沉默了一会儿，撩袍坐到杨婉身旁，欲言又止。

杨婉轻声问道："你说嘛，你不说我又猜不到。"

邓瑛抬起头："我在受伤的时候，纵容自己冒犯过你，所以……无论我以后变成什么样子，你都可以对我做任何事。"

263

杨婉心头一软:"我知道,你坐这个位置,不是为了你自己,是为了我们,但是你也得让自己的日子过得好些呀。你现在是司礼监秉笔,也是厂臣,我们尚仪局的大人见了你,也是要行礼的,就别说我了。你如今对我说这些话,就不怕折我的寿呀?"

邓瑛摇了摇头:"我对杨大人发过的那个誓,我一直都记在心里。有的时候,我也害怕我真的会应誓。所以杨婉,在你面前,我贱一些是一些。我说过,我别的都承受不起,只能要你的怜悯。"

杨婉沉默了一阵,看着他平放在桌上的手臂,唤了一声他的名字:"邓瑛。"

"嗯。"

"你把自己当成一个有罪的人来活,是不是心里会好受一些?"

她切中了要害,又不敢过深地延伸,再往下说,她怕自己会刺伤邓瑛。

邓瑛错愕过后,却慢慢地点了点头,垂下眼道:"对你是。"

他说完,避开了杨婉的目光:"如果不这样,我不敢见你,也不能面对杨大人。"

"好。"

杨婉含笑望着他:"那你以后,听我的话好不好?"

42

邓瑛抬头看向杨婉。

张展春死后,再也不会有人对他说"听话"。

若为臣,他还可以倚身在他所敬重的人身边。

可现在,他无论倚靠任何一处,都会变成一个奴颜婢膝的人。邓瑛不想辜负张展春对他的希冀,所以才情愿无处容身,也不肯退到荫蔽之下。

但是杨婉不一样,她不属于这个王朝的任何一片荫蔽。

邓瑛觉得,把自己交给她的时候,他不是奴婢,是一个虽然身犯

"死罪",却依旧不知悔改的"罪人"。

诚然她也是一道"枷锁",但他却并不害怕。

"好,我会听你的话。"

杨婉笑着点了点头,刚要再说什么,忽听门外合玉道:"没在南所寻见您,便贸然过来了。"

杨婉站起身:"怎么了,娘娘有事吗?"

"不是。"

合玉面上有喜色,说完又向邓瑛行了个礼,方继续道:"今日娘娘和您的母家兄弟进宫了,娘娘让奴婢请您回去呢。"

"是……杨大人吗?"

合玉道:"不止杨大人,杨府的小公子也来了。"

"杨……菁?"

"是。"

杨婉对这个名字虽然不陌生,但对人却没什么太多的印象。

杨家虽然是世家,但后代子孙有建树的不多。除了杨伦以外,大多数子嗣都在杭州经营棉布产业,只有杨菁一人尚在学里读书。杨菁时年十六岁,是妾室所生,并不是杨婉与杨伦的同胞,所以人比较沉默,每日在外读书,回来什么也不过问。

杨婉也不知道他们"姐弟"之间从前是怎么相处的。

"为何突然带他进宫来?"

合玉道:"奴婢也不知道,但这回是杨大人在东华门递了名帖的,是陛下开的恩,连宴也是陛下赏赐的。"

邓瑛在旁道:"他是陛下为殿下拟定的文华殿伴读。今日在文华殿对殿下和张次辅行拜礼。"

"伴读?"

杨婉看向邓瑛:"什么时候的事?"

"上月底。"

"哦……"

杨婉低下头,一时沉默。

邓瑛问道:"怎么了?"

杨婉摇头道:"没事,我在想为什么忽然挑了杨家的孩子。"

邓瑛道:"是翰林院谏的。原本内阁的意思是,推举杨伦为文华殿讲学,但是张次辅没有首肯。"

邓瑛这么一说,杨婉便明白了。

杨伦虽然是易琅的老师,但那是张琮倒台之后的事。

此时让杨菁入文华殿伴读,应该是白焕和杨伦退而求其次的一步伏棋。

"合玉,你先回去回娘娘,我这一身实在失礼,得回南所换一身衣裳。"

"是。"

合玉应声退了出去。

杨婉拢发站起身,有些歉疚地道:"原说过来帮你收拾屋子的,结果就在你这儿坐了一会儿。"

邓瑛摇头,温声应他:"我送你回去。"

"你的伤还没好呢。"

邓瑛也站起身:"我没事了,让我跟着你走一会儿吧。"

杨婉听完,弯腰握住邓瑛的手腕:"行,那我抓着你,免得你在路上摔了。"

两个人没有走宫道,一直沿着护城河往北面的南所走。

邓瑛想走在杨婉后面,杨婉却不肯,邓瑛步子一旦慢下来,她就停下来等。

"你走那么靠后,我怎么跟你说话?"

"我听得见。"

"可我问得费神。"

她这么一说,邓瑛就没了办法,只好任由杨婉把他牵到了身旁。

走了半道,他的手早就被风吹冷了,杨婉的手掌却仍然是温热的。她的步幅不大,腰上的芙蓉玉坠子轻轻地敲着邓瑛的手背,他忍不住低头看去,赫然看见了他自己雕的那颗芙蓉花珠子,不禁握住了手。

"邓瑛。"

"啊?"

杨婉见他有些恍惚,便又将步子放慢了些。

"你以后就不再管皇城营建的事了吗?"

"是……"

他咳了一声,收回自己的神思,认真应道:"后续的工程,工部派给了徐齐。"

"不觉得有点可惜吗?"

邓瑛没有立即回答,沉默须臾,方道:"皇城营建四十年不止,就连老师也不能从头至尾参与。如今……我虽不再修建它,但也身在其中。"

这句话……真有一丝"建牢自囚"的意思。

杨婉一时不忍,重新换了一个话题道:"那东缉事厂的事呢,你应手吗?"

邓瑛望向青灰色的河面:"还在改制。"

"阻力大吗?"

邓瑛回头冲她笑笑:"阻力不在司礼监,而在北镇抚司。"

杨婉站住脚步:"你如今是怎么做的?"

邓瑛道:"以北镇抚司的锦衣卫直接充作东厂厂卫,在东厂原来掌刑千户和理刑百户之下,再设掌、领二班,这是一定要走的一步。"

杨婉抿了抿唇:"张洛肯把自己的人给到你们东厂吗?"

邓瑛摇了摇头:"自然不肯,但不算难,因为这也是陛下所希望的。"

"嗯。"

杨婉抬起头:"这样陛下就能通过东厂来制衡北镇抚司。"

"嗯。"

邓瑛点头:"你一直很聪敏。"

杨婉想说,这不过是后世的视角优势,实际上就是"马后炮"。

"聪明也没有任何用,什么都做不了。"

邓瑛稍稍弯腰，与杨婉平视："那是该我做的。"

说完，他顿了顿："其实，我这样的身份，能做的事情不多，但是……只要内阁肯信我一分，我就不会让桐嘉书院的事情再发生。"

"若他们不信你呢？"

邓瑛没有回答这个问题。

历史上有人信邓瑛吗？

也许只有杨伦信过他。

那么在邓瑛活着的那几年之中，又发生过类似桐嘉惨案的事吗？

没有了。

即使内阁没有信他，他最后还是做到了。

他一个人做了文臣与司礼监、北镇抚司这些帝权机构之间的那道墙。可是书写历史的人，最后还是把他埋进了粪土。

靖和年间，政治环境尚算清明，易琅与以杨伦为首的内阁一道推行新政，天下民生富足，边疆稳定，是明朝历史上难得的太平之年。杨伦因此名垂千古，靖和帝也被后世评为贤君。

只有邓瑛，昔日匣中玉……

下一句，暗含了他的名字，一语成谶，杨婉不忍在此时把它想起来。

于是，她没有再说话，牵着邓瑛的手慢慢地朝前走。

走过奉先殿之后，二人转入了内六宫的宫道，杨婉刚刚松开邓瑛的手，便听见身后有人唤她："姨母。"

杨婉忙转过身，见易琅已经向她跑了过来，身后跟着杨伦和一个十几岁的少年。

"殿下……"

还没等杨婉反应过来，易琅便扑到她的怀中。

久不见杨婉，他比往日还要亲昵些。杨婉怕他摔倒，只得弯腰搂住他。

邓瑛退了两步，在易琅面前跪下行礼。

杨伦和那个少年此时也跟了上来，杨伦看了一眼跪在地上的邓瑛，没说什么，抬头对杨婉道："你怎么没有在承乾宫伺候娘娘？"

杨婉搂着易琅的腰，应道："哦，司籍那边召我去做了些事，合玉来寻我，我才知道你们今日得了恩典进宫，赶紧就过来了。"

她说完，见邓瑛仍然伏身跪在地上，便扶直易琅的身子，自己也退了一步，屈膝跪下向易琅行礼："殿下恕罪，奴婢忘了礼数。"

易琅见杨婉如此，方看见了邓瑛，他回头看了看杨伦，杨伦绷着下巴并没有出声。

易琅回过头，嘴向下一撇，正声道："都起来吧。"

"是。"

杨婉站起身，邓瑛这才跟着一道站起来。

易琅伸手拉住杨婉，把她拉到身后，自己则朝邓瑛走了几步。

"你是新任司礼监的秉笔太监邓瑛？"

"是，殿下。"

易琅抬头看着他，忽然提了声："你为什么和我姨母走在一处？"

杨婉一怔，杨伦在旁也有些错愕。

"我不准你和姨母走在一处！"

"殿下，是我——"

杨婉刚开口，就被杨伦一把给拉了回来。她本想挣脱，却见邓瑛也在对她摇头。

他没有说别的，撩袍重新跪下，平声请罪："奴婢知错。"

易琅低头看着他："你是罪臣之后，刑余之人，蒙我父皇天恩，才至今日。你不思报答，却三番在内廷伤我姨母体面，实在是可恨！"

杨婉的手被杨伦死死地拽着，她却没觉得疼。

但此时此刻，她也明白过来，自己绝对不能够出声。

这便是所谓的"家天下"。

邓瑛对杨婉说，面对杨婉的时候，他是个有罪之人。

从某一方面来说，他的思维和易琅其实是一模一样的。

当易琅把杨婉当成自己家人的时候，邓瑛的存在就是对杨婉的侮辱。

他要保护杨婉，所以不肯斥责杨婉失德，最后只能把所有的罪强加到邓瑛的身上。

269

杨婉可以在张洛面前撑住邓瑛的尊严，却无法在一个几岁大的孩子面前为邓瑛说任何一句话。

她有些惶然。

这真的不是她认可的时代，所有人都知道应该如何站稳自己的立场，认识自己的身份，心安理得地活着，只有杨婉不知道自己的立场究竟是什么。

邓瑛听完易琅的话，双手撑地，将身子伏低："是，请殿下责罚。"

易琅看向他，说："我今日不责罚你，是看在皇后娘娘连日斋戒积福的分儿上，日后你若敢再伤我姨母体面，我定将你千刀万剐。"

杨婉听到这句话，脑中轰然一声响，身子向前一倾，险些站不稳。

这个孩子口中说出来的话，应了邓瑛的誓言，也昭示了他的结局。这一年以来，杨婉第一次对自己在这个时代的存在感到战栗。

"婉儿。"

杨伦见她脸色发白，忙扶住她。

易琅闻声也回过头："姨母，怎么了？"

杨婉慢慢蹲下身，朝易琅伸出手。易琅犹豫了一下，最后还是乖顺地走到她的身边，靠入她的怀中。

"姨母，我没有怪你。"

杨婉搂住这个温暖的身子："奴婢知道。"

"那你怎么难过了？"

杨婉将头埋在易琅的下巴下面，缓缓地吐出一口气，轻声对易琅道："姨母求求你，不要这样对他。"

易琅也低下头，嘴不自觉地绷了起来："姨母不应该这样。"

"知道……"

杨婉捏着易琅握成拳头的小手："对不起，殿下。"

易琅回头看了邓瑛一眼："你先起来。"

说完，松开杨婉捏住他的手，转而拉住杨婉："姨母别难过了，我带你和杨大人回去找母妃，吃好吃的。"

43

易琅一路上都牵着杨婉。

杨伦走在杨婉身侧,见她看着易琅一直不说话,便轻声叮嘱了一句:"进去以后不要这样,娘娘看见会忧心。"

杨婉忽然停下脚步,易琅险些被绊倒,跟在杨伦身后的杨菁和另外几个太监忙上前去搀扶。

杨伦见她抿着唇,眼睛有些发红,不禁低声喝道:"你要干什么?没有为难他,你已经该谢恩了!"

"你守礼,也不准我有情。"

杨伦一怔:"你说什么?"

杨婉仰起头,没有再说话。

杨伦发觉她好像很想哭,虽然还在尽力忍,但肩膀和手臂都已经开始发抖。

他一下子心疼了,却又不知道该怎么安抚她。

好在易琅见她这样,还是走回来扯她的衣袖。

"姨母……易琅已经没有责罚他了。"

杨婉低头看着易琅。

他还小,但已有了少年的轮廓,干净精致的锦绣华服,身为皇家贵胄的气质,未必能刺伤邓瑛,却能在邓瑛面前刺伤杨婉。她知道自己已经失态了,却仍然绷着唇没有说话。

易琅看了看杨伦和杨菁,自己一个人低着头沉默了一会儿,忽然抬起头很小声地说道:"姨母,对不起。"

这一声,杨伦和杨菁都没有听清,只看见易琅说完以后,皱起小脸,松开杨婉的衣裳,一个人朝前走。杨菁和内侍们忙跟了上去。

杨伦走到杨婉身后:"娘娘入宫这么多年,这是头一次在宫里和你我,还有杨菁团聚,你要为了邓瑛,让我们一家人都不开心吗?"

杨婉呼了一口气,抬手用力揉了一把眼睛:"对不起,是我的错。"

说完，她朝前追了几步，蹲身道："易琅，来，姨母抱你回去。"

杨婉很庆幸，易琅尚小，想得不多，被至亲的人抱着，渐渐地就把将才的事情忘了。

四人一道走进承乾宫，郑月嘉引导杨伦和杨菁在明间内向宁妃行叩拜的大礼。杨婉将易琅放下来，趁着外面行礼，去里间洗了一把脸。合玉将自己的妆脂拿了进来，放在杨婉手边，轻声道："您进来的时候，娘娘看您脸色不好，所以叫奴婢进来看看，您怎么了？"

杨婉背身掩饰道："你回娘娘，我没事，这就出来。"

她说完，冲着镜子拍了拍自己的脸，尽量让面上的表情自然些。

其实，冷静下来以后，杨婉知道杨伦的话是对的，这是兄弟姊妹之间难得的一聚，她的确不应该因为自己的情绪而让宁妃担心。

她想着，迅速收拾好自己，走进明间。

宁妃正坐在椅子上拉着杨菁的手说话。

"一晃眼，都长这么高了。"

杨菁道："多年不见长姐，子宜心中甚是想念。"

宁妃见他礼仪端正，和杨伦没什么两样，不禁摇头对杨伦笑道："你没少管束他吧。"

杨伦拱手应道："是，他如今不小了，进宫给殿下做伴读，更需心正仪端，不能有丝毫错处。"

宁妃点了点头，没有接这句话，转而问起杨伦的妻子："之前让婉儿去看过嫂嫂，说是病得不大好，如今好些了吗？"

"回娘娘，交秋时好了一些，但操持了家里的几场事，又不大好了。这会儿还靠外头大夫理着，臣替她谢谢娘娘关怀。"

宁妃叹了口气："你们在外面过着，合该比我这里的事烦琐，倒也不需要一直挂念我。像子宜也是，在外面清清净净地读书，其实也好，陡然入文华殿，又是跟着张次辅——多少眼睛看着，我也担心。"

杨伦道："我等为臣，怎可避到清静处？"

"好。"

宁妃有些悻悻然地松开了杨菁的手，含笑点头道："哥哥一直比我明白。"

杨伦听了这句话，忙退后一步揖道："臣不敢。"

宁妃抬手示意他起来："好了，不说这些，难得你们能进来与我坐一会儿，恰婉儿也在，就不要再拘礼了，都一道坐吧。我亲自做了一些糕饼，一会儿叫合玉包了，你们带出去，给家里的人也尝尝。"

虽说各人都守着礼数的边界，在尽力说笑，但这一顿家宴仍然吃得有些尴尬。

饭后杨婉亲自送杨伦二人出去，走到承乾门的时候，杨伦回头，欲言又止。

杨婉见他窘迫，勉强冲着他笑笑："我没事了，哥哥。"

杨伦让杨菁先行一步，转身看着杨婉的眼睛道："哥哥没想到你会这么难过。"

杨婉看向一旁："没有。"

说着，她顿了顿，点头道："是该的。"

杨伦叹了口气："明年开春，要不哥哥接——"

"不要。"

她直接打断了杨伦。

杨伦被她打断，也就没再说下去，转话道："那以后，有了委屈让邓瑛去会极门告诉哥哥。"

说完，怅然自嘲。

"你小的时候对着我哭，我就没辙了，如今你变了很多，但你一哭，哥哥还是没辙。"

他说着，朝殿门看了一眼："照顾好自己，好好伺候娘娘。"

杨婉在他身后屈膝行礼。

待二人走远了，杨婉才往偏殿走，她原本想与合玉说一声就回去，谁知走到偏殿时，见宁妃竟坐在灯下安静地等着她。

"陪姐姐坐会儿吧。"

杨婉朝外面看了一眼，还没张口，宁妃已经拉起了她的手："将将安顿好了易琅。"

杨婉点了点头，靠着宁妃坐下。

宁妃替她拢了拢被风吹乱的鬓发："那孩子将才与我说，他今日让你生气了。我还说呢，吃饭的时候他一声不吭的，比平时乖了不知道多少。"

杨婉摇头："是我自己有错。"

宁妃亲自倒了一杯热茶递给杨婉："婉儿，姐姐觉得你能入宫，是姐姐的福气。姐姐只有易琅这一个孩子，他愿意亲近你，也愿意听你的话，我……"

她说着，顿了顿，声音竟有些发瓮："姐姐不知道能够陪易琅多久，但有你在，姐姐会安心一些。"

杨婉原本有些恍惚，但这句话里的寒意似乎带着和她一样的预见力，令她浑身上下一阵恶寒。

"娘娘为什么突然说这样的话？"

宁妃握着茶杯："你别在意，就是这几日身上不大好，想得有些多了。不过，人总是要走的，活得不是那么好的时候，早些走也是解脱。"

不知为何，这句话虽然是宁妃说的，杨婉却想起了邓瑛。

一时之间，她忽然再也忍不住，一阵酸疼冲入眼、耳、鼻、口，眼泪顿时夺眶而出。

宁妃忙将她搂在怀里。

"姐姐就知道，你今日一直在我们面前忍，笑都是不自在的。"

杨婉抽泣得厉害，连声音也是断断续续的。

"娘娘，如果人……知道自己的结局不好……还能好好地活着吗？"

宁妃摸着杨婉的额头，轻声道："当然能啊，比如姐姐有你，有易琅，还有哥哥和弟弟、父母、亲族以及……"

最后一个人，她没有说出口，却将怀里的人搂得更紧了些。

"婉儿，只要你们在，姐姐哪怕知道人生最后不得善终，姐姐也会好好地陪着你们。"

"可我怕……"

"婉儿怕什么？"

"我怕邓瑛不愿意再见我了。"

她说完这句话,顿时泣不成声。

宁妃拍着杨婉的背:"是因为易琅吗?"

杨婉没回答。

宁妃抬起头:"你不在的时候,哥哥跟我说了你们来之前的事。婉儿呀,哥哥,甚至是易琅,没有一个人怪你。他们都是心疼你,你不要这么难过。"

杨婉靠在宁妃怀里:"我宁可……他们也像对邓瑛那样对我,这样……我才能陪着他……姐姐……他是我心里最好最好的人。我以前不知道,我以为能看着他就够了,但我现在知道怕了,我怕我才是最伤他的人。"

宁妃搂紧杨婉哭得发抖的身子:"姐姐都明白,都明白……"

黄昏渐深。

宁妃搂着杨婉,一直等到她平息下来,才让宫人进去照顾她。

外面起了风,冷得有些刺骨。

宁妃正朝正殿的明间走,合玉忽然在阶下唤她:"娘娘,这是女使身上的佩玉。"

宁妃站住脚步,低头朝合玉手中看去,见正是杨婉挂在腰间的芙蓉玉坠。

"什么时候落的?"

"奴婢也不知,是邓秉笔送来的。"

宁妃朝殿门处看去:"他还在吗?"

合玉点头:"还在,在外面等奴婢回话。"

"好,本宫去说吧。"

在承乾门,邓瑛背身立在阶下,殿门虽然还没有落锁,但已经闭上了,陡然一开,穿门的风便蹿了出来,吹起了他的袍袖。

邓瑛回过身,却见立在门前的是宁妃,忙跪下行礼。

宁妃走下殿门前的台阶,弯腰虚扶他:"邓秉笔请起。"

邓瑛站起身，仍不肯抬头，退了一步道："奴婢这就走。"

宁妃摇了摇头："请留步，本宫有几句话想对你说。"

宁妃如此说，邓瑛只得站住："娘娘请说。"

宁妃朝前走了几步，一面走一面道："今日在殿外的事，还望你不要放在心上。"

"邓瑛不敢。"

宁妃闻话，笑了笑："就怕你会这样说。"

她说着抬起头："本来，本宫是想让婉儿亲自来跟你说的，但是……她将才哭过了，好不容易才睡下，所以本宫才想来见见你。"

邓瑛听完这句话，重又跪下。

"邓瑛明白，屡伤姑娘名誉，实不可赦，当以命赎，不敢求饶。但请娘娘看在我尚有残恩未报、残念未了的分儿上，暂赦邓瑛一命。"

宁妃低头看着他："你的意思，你的命是赎给婉儿的吗？"

"是。"

"既然如此，本宫有一个问题很想问你。本宫希望你不要答得太快，想好了再说。"

"是，娘娘请问。"

宁妃摁着被风吹得有些散乱的鬓发，放平声道："如果人知道自己的结局，会怎么活？"

邓瑛抬起头："娘娘为什么会这么问？"

"你营建皇城十多年，满朝文臣却将你逼入刑部受辱。可是，同样是皇城的建造者，张展春身死之时，却引发了贞宁十二年夏天的那场朝廷震动。你是很聪明的人，你应该明白，不论你做得有多好，你都不能再留下好的名声。也许你死在午门前的时候，也根本不会有人记得，你和张展春一样，曾是皇城的建造者。"

她说完，似乎觉得过于残忍了一些，声音逐渐轻下来。

"如果是这样，你会怎么活呢？"

邓瑛垂目："但求无愧。"

"本宫也一样。"

她说完，伸手搀住邓瑛的手臂。

邓瑛一怔："娘娘，不可——"

宁妃没有让他说下去，硬是将他搀了起来。

"婉儿不想看到你这样。"

她说完，站直身子："婉儿入宫快一年了，本宫今日是第一次见她哭，知道因为什么吗？"

"是因为奴婢吗？"

"是。"

宁妃叹了一声："她是一个想得很明白的人，也没什么惧怕。但是，今日她跟我说，她害怕你因为易琅的话再也不见她了。她是真的聪明，猜也猜对了。邓秉笔，你的谦卑，就是婉儿的谦卑，所以我想请你不要远离婉儿。不问结果，但求问心无愧。"

44

邓瑛抬头。

穿门的风里还残留着一股酒肉的味道，腥辣交杂，挑衅着眼前这个拥在软罗柔缎中的女人。

"娘娘的话，奴婢谨记。"

宁妃摇了摇头："不用对我自称奴婢，你和郑秉笔一样，在我们眼中，都是尘下美玉。只是我比不上婉儿，做不成一柄拂尘。但我希望，身为皇妃，我对你们的敬重，能让你们少一些自苦。"

邓瑛听完这一句话，终于敢看向宁妃。

"娘娘今日对邓瑛说的这一席话，邓瑛没齿难忘。"

他说完，躬身揖礼。

宁妃颔首受了他这一礼，平声应道："嗯，那你就答应我，不要让婉儿哭了。"

杨婉自从在宁妃面前哭过一场之后，连日都有些恍惚。

临近年底，宫里除了筹备年节的事情之外，还在预备另外一件大事——蒋婕妤即将临盆。

皇帝为此甚至动了大赦天下的念头。

与此同时，朝廷也因为皇帝对这个连男女都尚不知的孩子的态度，开始了贞宁十二年的最后一场大论辩——立定储君。

杨婉记得，贞宁帝在位期间并没有立储，所以他驾崩以后，朝廷和内廷分成了两派。一派以杨伦和张琮为首，主立长；一派是以太皇太后为首的宗亲以及以司礼监掌印为首的宦官集团，主立幼。

两派的心思都很明显。

杨伦和张琮都是帝师，易琅是他们严格规训出来的学生，几乎承载了大明文官对一代贤君的全部幻想，所以他们无论如何也不愿意立一个年幼得什么能力都看不出来的孩子为新帝。

司礼监的想法就更直白了。

易琅受祖法教育，一直将宦官视为奴婢，对司礼监的态度也极为严苛，根本不徇私情。蒋婕妤的幼子易珏却与太监们颇为亲近，是内监们搂在怀里长大的孩子。

至于当时的宗亲，因为贞宁帝从前的纵容，他们不断地兼并土地，亏空户部，内部已然是沉疴难治。为了保住自己的既得利益，他们当然也不愿意接受受改革派教育的易琅登基为帝。因此鼓动太皇太后出面与内阁相争。

虽然看起来很复杂，但事实上，这场争斗持续的时间非常短。

原因是易珏在贞宁帝死后不久暴毙。

历史学界对于易珏的死因一直存在很大的争议。

最初的主流观点认为，易珏应该死于政治暗杀。

但是驳斥这个观点的依据也很直观，杨伦、张琮这些人都是文官，没有力量行暗杀之事。如果说他们借助了当时的江湖教派的力量，那就快把历史写成小说了。

因此后来分出了另外一种观点，那就是易珏死于邓瑛之手。

最初这个观点提出的理由也很简单。因为易珏死后，易琅顺理成章地继承大统,第一件事情就是将何怡贤杖责一百,发配南京守皇陵。至于后来的司礼监掌印太监胡襄,因为不被易琅信任,基本上成了个空职,邓瑛则成了司礼监事实上的掌权人。

这个观点的佐证出现在易琅为凌迟邓瑛所写的《百罪录》中。

这一篇文章不长,却列出了邓瑛的一百条罪状,是皇帝亲笔昭示天下的御书。

其中有一条叫"残害宗亲"。

这一条罪行,通过史料并不能在邓瑛身上找到相对应的史实,所以有史学家认为,这一条说的应该就是当年的皇子案。

当然,这件事情距杨婉所处的时间段还远,所以她如今更关注的是在这场并不会有什么结果的政治论辩之中,易琅和宁妃的处境。

还有……

怎么面对邓瑛。

可是,两件大事重合在一起,六局和二十四衙门,忙得根本没有空当。

杨婉也几乎没有任何的空闲去梳理自己的笔记和心情。

她本就是一个做事严谨、高效的人,理不顺情绪问题的时候,就索性扎进事务堆里,宋云轻看着她的样子都有些害怕。

这日卯时刚过,宋云轻举着烛火走进尚仪局的正堂,却见档室里亮着灯,杨婉正站在木梯上找公文。

"你这是没回去吗?"

她说着,放下烛火,扶住杨婉脚下的梯子:"何必呢?等门上的人上值,叫他们来爬就是。"

杨婉低头道:"我这几日心里乱得很,忙点好。"

宋云轻道:"你要找什么?下来我来找,回去睡会儿吧,这样下去怎么得了?"

杨婉听她这么说,在梯子上揉了揉眼睛。

"回去也睡不着。"

宋云轻道:"李鱼说,你和邓秉笔吵架了。"

"什么？他乱说。"

"我说也是，邓秉笔那样的人，怎么会和你吵架。不过说起来，你怎么这么久都不去见他啊？"

杨婉低头掩饰道："娘娘这几日身上不爽快，我们这里事情又忙。"

宋云轻叹了口气："那个蒋婕妤，唉，都快把六局给掀了，这要是生了皇子，我看她连皇后都要不放在眼里了。我真不明白，陛下为什么会宠爱这样一个女人？难怪外头的老爷们要奏立太子的事。"

杨婉沉默不语。

宋云轻接着叹道："听说……前日娘娘在养心殿被罚了跪。"

杨婉没有否认："嗯。"

"唉！"

宋云轻叹了一口气："陛下连体面都不肯给，昨日六宫全都知道了。延禧宫那边的宫人，私底下什么难听话都说出来了。"

杨婉没出声，她知道这是在敲打杨伦。

宁妃回来时什么也没有说，只是搂着易琅，轻声细语地给他讲话本故事。直到易琅睡着，她才让合玉和杨婉给她上药。

宋云轻见她沉默，以为她吃心，忙道："好了好了，你赶紧下来回去睡觉吧，你这样戳着不说话，我生怕你一会儿晕了栽下来。"

杨婉听从了宋云轻的话，下了梯子整好衣衫。

"那我回去了，晚些再过来。"

"去吧。"

杨婉走出尚仪局，没走几步就到了司礼监的门口。

邓瑛正站在门前和郑月嘉说话。

他穿着秉笔太监的官服，人好像瘦了一些。

杨婉见他朝自己看过来，连忙转身朝后走，然而刚刚绕过一处转角，便看见邓瑛立在路尽头处。

"你……从哪里冒出来的？"

邓瑛走近杨婉："后面是一条不设门的通水道，为了防止西面的殿宇走水设计修建的。"

杨婉抿了抿唇："是你设计的吗？"

"对，十年前修的，后来护城河改建，我顺便拆了后面的墙，连通了你刚才走的那条道。不过，因为那条道上安放了四口吉祥缸，所以走的人不多。"

杨婉听完他的话，点头笑道："我可真傻，在皇城里躲你，能躲到哪里去？"

邓瑛低头看着杨婉，她的脸被风吹得有些发红。她吸了吸鼻子，看向一边："我现在有点不敢见你。"

"为什么？"

杨婉抿着唇："因为做错了事，让你在易琅面前跪着，让你听到那些话……我还一句都没有说……我……"

她没说下去，邓瑛却一直等她彻底沉默下来以后，才轻声道："我并不在乎。"

他说完，撑着膝盖稍稍蹲下来一些，虽然靠得不是很近，但杨婉还是感觉到了他温热的鼻息。

"其实你心里也知道，小殿下的话是对的吧？"

杨婉没有承认："不对。"

此时此刻，她也不知道自己是代表她的内心，还是代表后世更先进的文明说出了这两个字。

"对个鬼。"

邓瑛听了她的话，不禁笑了。

他松开撑在膝盖上的手，翻转过来，轻握成拳，伸向杨婉。这样一个动作令他官袍的袖子自然垂落，露出他的手腕，上面有一圈淡淡的痕迹，那是他去年受刑前，在刑部牢中所伤。

"你看，这是镣铐的痕迹，还有我脚腕上的伤，都很难消了。虽然我一直在听你的话，好好地吃药，调理身子，但是效果并不大。我最初虽然不明白，我并没有做过什么大逆不道的事情，却要受这样的责罚，但是，我现在想要接受这些东西，继续活下去。"

"你可以接受，我不可以。"

杨婉望着他的手腕："怎么可以接受呢？"

"因为你啊。"

"什么？"

杨婉怔住。

邓瑛没有停顿，接着说道："我以蝼蚁之身贪慕你，被殿下斥责，仍然不知谢罪，不肯悔改，既然如此，我被怎么责罚都不为过。"

杨婉沉默了一会儿，这才绾了绾耳边的碎发，回头望着邓瑛道："你又拿你自己来安慰我。"

"你不也一样吗？"

杨婉抿了抿唇。

"所以……你不会不见我？"

"嗯。"

他温和地对杨婉点了点头："今日是你躲的我，我是自己找来的。"

他说完，慢慢垂下自己的手，站直身子，低头道："以后，不论小殿下再对我说什么、做什么，你就像那天一样，看着就好。其实，杨大人和张次辅在他身上用了很多心，他是我愿意侍奉的皇子，他能那样维护你，也是给我的恩典。如今蒋婕妤即将临盆，朝局不稳，加上陛下的心意还不明朗，小殿下年幼，难免会不安，你是他在宫中的至亲，不要为了我，让你们都不安。"

杨婉点了点头。

"是我糊涂。"

"还有一件事，我要跟你说。"

"嗯。"

邓瑛抬头朝承乾宫的方向看了一眼。

"我知道宁娘娘前日在养心殿受了辱，所以在宫正司女官面前提了蒋婕妤宫中的宫人言辞犯禁的事。如果宫正司肯公正审理，处置这些人，那承乾宫的处境就会好一些。而且杨大人他们也不会过于被动。但这件事，我和郑秉笔身为内监不能过多参与。"

"我去检举。"

邓瑛没有阻止她,只道:"自己要小心。"

杨婉点了点头:"我有分寸。"

45

杨婉走后,邓瑛独自走回司礼监。

正堂后面正用早饭,郑月嘉和胡襄坐在何怡贤的两旁,另外两个年轻的内侍一左一右地站在何怡贤身后,小心地伺候着。

司礼监的饭食和其他地方不一样,是在后头搭灶另做的,米肉有定量,一般是紧着几位体面的人吃好,底下的人再分他们吃剩下的。邓瑛升了秉笔,兼东厂提督以后,司礼监的灶上也把他算了进去。但是他近一段时间一直在东缉事厂衙门,所以灶上会做人的小太监就把饭食拿给了李鱼。

今日倒是邓瑛第一次在司礼监用饭。

何怡贤看他走进来,并没有说什么,不紧不慢地喝完一碗粥,将碗放下,边上的小内侍忙捧起来到下头去添。

何怡贤看了一眼邓瑛,随口问道:"做了他的吗?"

灶上的内侍忙应道:"做了,做了。"

何怡贤接过添过的粥碗:"那就给碗筷。"

内侍递上碗筷,邓瑛颔首接过,郑月嘉看他没有坐处,便搁筷站起身。

"老祖宗,我去候着票拟。"

"坐着。"

何怡贤夹了一块腌黄瓜:"这才什么时辰,你就慌了?"

"是。"

郑月嘉不得已,撩袍复坐下。

胡襄冷笑了一声:"郑月嘉,你这是见了风要转舵了呀。"

何怡贤忽然用筷子敲了敲桌面:"胡襄,这莽性上吃的亏还不多吗?"

胡襄忙站起身:"是,老祖宗教训得是。"

何怡贤不耐烦道:"坐吧,一顿饭,从他进来就吃得不安生。"

他说完,端着碗看向邓瑛:"本该让你捧着跪到外面去吃的,但今日这风大,怕你身子不好,吹不得,就站这儿吃吧,吃完了,跟我去养心殿当值。"

邓瑛垂头:"谢老祖宗。"

"别拿捏这种语气,我听不得。你如今是调教不得的人,但司礼监的规矩,一直都是过不了我的眼,就站不到陛下跟前去。你坏了整个司礼监的规矩,现在想找补,也来不及了。"

邓瑛没有再说话,站在雪帘子前慢慢地喝完了碗里的粥。

何怡贤放下了筷子,郑月嘉和胡襄也都跟着放了筷,小太监们撤掉桌上剩下的饭食,拿出去给底下人分了。不多时,又重新沏了热茶上来。

何怡贤随口问道:"今日票拟先不忙着递到养心殿去,咱们得和陛下议一议昨日留中的那两个折子。哪两个来着?"

郑月嘉道:"昨日陛下留中了御史黄然和户部给事中赵安德的折子,都是请立太子的。算上三日前的六本,和五日前的十二本,陛下一共留中二十本。今日必议定发还。"

何怡贤喝了一口茶,抬头对邓瑛道:"你是怎么看的?"

邓瑛应道:"此时议立储,的确为时过早,这二十本是可以驳的。"

何怡贤道:"现在驳倒是简单,就怕婕妤生产之后,这股歪风它就压不下去了。"

他将说完,雪帘子便被风撩起一层,一道耀眼的晨光透了进来,何怡贤抬袖挡住眼睛:"什么时辰了?"

外头的内侍在门口回道:"老祖宗,辰时了,内阁的大人们都进来上值了。"

"成。陛下现在什么地方?"

"陛下到皇后娘娘那儿问疾去了。"

何怡贤点了点头,站起身:"咱们也去正堂里坐吧。"

司礼监的正堂只有一间，内设四张条桌，上面放着笔墨纸砚。

前朝最初设立司礼监的目的，只是让太监们帮助皇帝整理内阁递进来的票拟，并伺候皇帝批红，绝对不允许他们参与到政务中来。为此，太祖皇帝还曾立下铁牌，禁止太监参政。

但到了贞宁年间，朝廷的事务越来越繁杂。贞宁帝在当太子的时候被文华殿严苛的规矩管得七荤八素的，登基之后对政务并没有太大的兴趣，一年到头，只把财政上的事务抓在手中，以供他和宗族肆意挥霍享乐。

邓颐趁此与司礼监相互勾结，默认司礼监太监替皇帝行朱批大权。

贞宁帝发觉，像何怡贤这样的人，是实心实意地在为他着想，自己抓大放小，仍然可以做到耳聪目明。于是，太祖皇帝的铁牌慢慢地就蒙灰了。

此时内阁的票拟还没有递进来，尚在闲散的时候。何怡贤示意几个秉笔太监都坐下，见邓瑛仍然站着，便道："这是愿意受我教养的意思？"

"是。"

何怡贤笑了一声："行，那就站着吧，总之你大多时候在厂衙那边，在这里你就自便吧。"

说完，他看向胡襄，闲问了一句："听说延禧宫要的东西多啊？"

胡襄应道："不能说是要的东西多，是陛下赏赐的多。您知道，蒋婕妤的出身并不算好，家在浙江只有那么巴掌大的一块田。陛下抬举他们家，已经许诺，若婕妤诞下皇子，蒋家就要封侯，这一笔厚赏，如今可不好挪啊。"

何怡贤道："急什么？蒋婕妤年初生产，等开春了，跟户部提嘛。"

胡襄摇了摇头："那户部的杨伦一门心思想要在南方推行新政，能听这话吗？"

何怡贤笑道："你的话他是不会听的，但邓秉笔的话，他未必不会听。"

说完，也没让邓瑛应话，转头继续说道："虽然朝廷上都在奏请立皇长子为太子,但我们不能厚此薄彼。这延禧宫如今金贵,她要什么,缺什么,叫二十四衙门不能省。"

"二十四衙门的那些人都懂事得很,眼见陛下责罚了宁妃,不就都捧延禧宫去了吗?"

"责罚宁妃?"

何怡贤掐了掐虎口:"什么时候的事儿?"

胡襄道:"哟,您老前两日在外头修养,儿子忘了跟您说。前两日,陛下在养心殿责罚了宁娘娘,这事儿不知怎的传得六宫都知道了。"

何怡贤笑着点头:"那朝廷上还辩什么呢?"

胡襄也笑了:"谁说不是呢。"

邓瑛静静地听完这一番对话,抬头见郑月嘉握着茶杯,指节发白,便轻轻咳了一声。

郑月嘉虽然回过神来,却险些摔了茶杯。

几个人一闲说,时辰就打发得飞快,过了午时,内阁的票拟递了进来。

何怡贤翻了前面几本,抬手让邓瑛过来:"你看着批吧。"

邓瑛郑重地接过,立在靠窗的一张条桌前,翻开奏本。

最上面的一本是御史黄然写的,内容仍然是请立太子。

这个人是贞宁二年的探花郎,文章字斟句酌,文采斐然。

邓瑛挽起袖子,取笔蘸朱砂,心下怅然。

年轻的时候,他以为自己终会成为为百姓上书、为天下谏言的人,锦绣文章四海相传,交游遍京城。但是如今,他却成了读奏疏文章的人,尽管手中仍然有笔,但每写一个字,都是铁牌下的一道罪行。

落笔时,他忽然想起宁妃问他的那个问题:"如果人知道自己的结局,会怎么活?"

他究竟知不知道自己的结局呢?

其实是知道的,只是他不想告诉杨婉,害怕她承受不起他自己也还在内化的那一份绝望。

时至酉时,邓瑛从司礼监走出来,又顺路去了一道厂衙,再回护城河直房的时候,天已经黑透。李鱼把饭食端到他屋内,放在桌上,就着衣裳擦了擦手:"我又热了一遍,你趁热吃啊。"

　　邓瑛脱下身上的官服,披了一件青灰色的袍子,随手点上灯,拿钥匙打开床边的柜子,取出从御药局拿回来的药。

　　李鱼看着他的举动,不解地道:"你做什么啊,饭都不吃?"

　　邓瑛看了看桌上的饭菜,冲李鱼笑笑:"你吃了吧。"

　　李鱼吞了一口口水:"真的啊?"

　　邓瑛站直身:"嗯,婉婉说你在长身体。"

　　李鱼眉头上挑:"婉婉?谁啊?"

　　邓瑛一怔,忙咳了一声:"哦,杨女使。"

　　李鱼道:"我姐姐从来不准陈掌印叫她的小名的,你可真够大胆啊!"

　　邓瑛竟然不自觉地点了点头:"是啊,我不该这样叫她,你不要告诉她。"

　　李鱼道:"要我说,你还是要小心点,杨婉这姑娘比我姐姐还厉害,真的够硬气。"

　　他说完,扒拉了一口肉菜,接着说道:"今日我从延禧宫门口过,看着可解气了,宫正司的陈宫正带了好些人去,把那些个眼睛长在天上的奴婢好一通打,打完了还叫他们去给宁娘娘请罪。我后来听我姐姐说,杨婉把那些烂嘴的人扭到了皇后娘娘面前。巧了,今儿陛下也在皇后娘娘那儿用午膳,歇了还没走呢,听了杨婉的那番话,竟没护着蒋婕妤,当即就叫宫正司拿人了。"

　　邓瑛问道:"她说的什么?"

　　李鱼塞了一嘴的饭菜,含糊道:"你自己去问她啊,不过,可能要等几日了。我姐姐说,虽然皇帝责了延禧宫,但姜尚仪也对杨婉发了火,这会儿指不定在哪儿关着呢。"

　　邓瑛没再往下问。

　　李鱼放下筷子道:"对了,你拿药干什么啊?"

　　"哦,这是煮水来泡脚伤的。"

他说完，拢紧袍子往门外走："我先去煮，你一会儿帮我把门带上。"

李鱼站起身："你又自己做这些烧水端盆的事儿，司礼监给了你几个阉童来服侍你，你又不要。干脆，你让我服侍你吧，跟着你，说不定哪天也能发达呢。"

邓瑛笑了笑，没有回应他。

等他煮好了药水回来，李鱼已经收拾好桌椅碗筷了。

屋子里的炭是烧上了，但还是有些冷。

邓瑛将炭盆移到身边，脱下鞋袜坐在榻边，挽起裤腿。

虽说伤到了根本，并没有办法完全治愈，但是自从听了杨婉的话用药水来温泡，倒真不像从前那么疼了。

他直起身，随手拿起床上的一本书，看了不到两页，忽听李鱼在外面说道："喂，你怎么瘸了？"

接着便是杨婉刻意压低的声音："嘘……你能不能不要那么大声？"

"你，你……偷偷摸摸的干吗呢？"

"我给他送吃的，顺便偷药啊，我刚看他出去了才回去拿吃的，他……还没回来吧？"

46

李鱼本来是出来小解的，这会儿憋得难受，人也不耐烦起来，在寒风里噼里啪啦地跺着脚，顺手把门一推："我给你看一眼啊。"

"欸……你等等……"

风往里一灌，室内架子床上的灰布帘就被吹得呼啦啦地响，李鱼看着坐在榻上的邓瑛，尴尬道："要不……我顺便再给你提一壶热水？"

杨婉一把将李鱼拽到后面："你忙去吧，我知道弄。"

她说完便直接插上了门闩，转身刚想往里走，冷不丁地跪下了一条腿，膝盖骨磕在冰冷的地上，痛得她一下子闭了眼。

邓瑛忙要站起身，却见杨婉伸手撑着膝盖自己站了起来："你坐着，我就是没站稳，没事啊。"

她一边说一边挪过床脚的矮几,挽衣坐下,掏出怀里的一包油纸包的坚果,伸手递给他:"我过来以前,带着小殿下剥的。他可厉害了,这里起码有一大半是他剥出来的。"

邓瑛看着杨婉手里的油纸包,却没有接。

"你不怕殿下以后杀了我吗?"

杨婉一怔:"怎么会?"

邓瑛低下头:"殿下日后若是知道,他服侍过一个奴婢,他会怎么想?"

"不会。"

杨婉把油纸包放在自己膝上:"有我在,不会。"

邓瑛笑着摇头。

杨婉道:"如果你不愿意要,我就把它拿回去,等我腿好一点,我再给你剥,绝对是我自己一个人剥,谁都不准来帮忙……"

她说到一半,忽然发觉自己说漏了嘴,忙低头看着邓瑛的脚腕道:"水还热吗?"

"还热。"

"嗯……要不我去找李鱼,再给你提一壶热水过来?"

"杨婉。"

邓瑛伸手拉住她的手臂:"让我看看你的腿。"

杨婉有些无奈地坐回来,搓着手道:"自己摔的。"

邓瑛没应她的话,弯腰轻轻捞起她的裙摆。

她穿着月白色的绸缎底裤,边沿处用丝线绣着暗花。

绸缎很软,他轻轻向上一挽,把裤腿挽到了膝盖处。

邓瑛小心地压住她的裤腿,移来手边的烛火:"你被罚跪了吗?"

杨婉抿着唇,半响才点了点头:"这都能看出来啊?"

邓瑛放下灯烛,认真地看向她:"当然能。若是李鱼,也许还能看出你跪了多久。"

杨婉低头看向自己的膝盖。

要说严重,此时已经有些消肿了,但是因为伤到了血管,皮下的

289

瘀血看着还是有些吓人。

杨婉绾了绾耳发："你这么说，是你也被何怡贤他们罚过吗？"

邓瑛轻轻放下杨婉的裤腿，直身道："还没有，不过去年受刑过堂的时候，跪一两个时辰是有的。"

他说完，将腿从盆里挪出来，重新穿上鞋袜。

杨婉看着他弯着的背脊，忽轻声道："我是今日才知道，什么是责罚。"

邓瑛站起身，从柜子里拿出杨婉之前给他的伤药，转身对她道："你坐到我床上去吧，药好上一些。"

杨婉"嗯"了一声，坐到了邓瑛的床上，继续说道："我这次是让姜尚仪生气了，以前她偶尔也罚我，但都是做活，从不伤我体面，这一回让我在尚仪局外面跪着思过……"

她说着，声音竟有些发哽。

"气死我了！"

邓瑛想起之前郑月嘉向她叩拜行礼的那一次，她拉着自己的衣袖拼命地往自己身后躲的场景，不禁问道："你很在意这件事吗？"

杨婉没有回答。

最初被杨伦领回家以后，她也被逼着在祠堂跪了几日。但她的那股反叛精神，让她并没有把那当成惩罚，她东倒西歪地应付着看管她的女婢，演戏似的对着一堆她根本不认识的祖先忏悔。那个时候她一点都不觉得屈辱和难过，因为她尚可以高高在上地蔑视她眼前的那些封建糟粕，觉得他们愚昧，甚至有些好笑。

可是，当她目睹了邓瑛的隐忍，以及他在生活起居上对自己的苛责，她才慢慢理解，他谦卑地接受这些强加在他身上的规训，他不介意被杨伦、白焕、易琅这些人束缚，是因为他誓要守住的那颗"文心"本来也是那些规训的一部分。

因此这些后人不屑的封建礼教，这些违背个人自由、约束七情六欲、区分三六九等的纲常伦理，也是邓瑛此生修炼的根本。

杨婉并不喜欢这些压抑人性的落后文明，但是她逐渐明白过来，在邓瑛身边，她不能够高高在上地蔑视这些规则，否则，也是"不敬"邓瑛。

这一回，曾经降在邓瑛身上的责罚也降在了她的身上。

与杨伦在祠堂对她的惩罚不同，杨婉从中体会到了一点点邓瑛的心境。

那一刻，她的想法荒唐得连她自己都觉得无语，她很想去抱一抱邓瑛，或者让邓瑛抱一抱自己。

但这种乱七八糟、没有逻辑的想法，她是不敢跟邓瑛瞎说的。

"没有，我不在意，我就是——哑——"

邓瑛听着她的痛声，忙抬起手："我手太重了吗？"

杨婉笑笑："你不如说我太娇气了。"

她说完，看着蹲在她面前的邓瑛："我觉得我们现在这样真好。"

邓瑛换了一只手摁住她的裤腿："你以后，还会有更好的日子。"

杨婉摇了摇头："不会，现在就是最好的。"

邓瑛轻轻地揉着杨婉的伤处："你不要说这样的话，我会妄想，从而积孽更多。"

杨婉低头道："我妄想这种日子妄想了十年，你信不信？"

邓瑛没有应声。

十年对杨婉来说，好像是一个很重要的时间段。但不知为何，杨婉每次提起这个年数，邓瑛便有一种虚妄的感觉，如临一口无底深潭，要送一个人沉没下去，或者说送一个人离开。他会莫名地觉得不舍。

于是他没有回应杨婉这句话，转而问道："对了，还没有问你，你今日在陛下面前说的什么？"

杨婉听了这话，终于笑了。

"我其实没有在陛下和皇后娘娘面前说蒋婕好任何一句不好。"

邓瑛抬起头："那你说了什么？"

杨婉道："我就说，姐姐听了这些奴婢的话，回去躲着我们哭了。"

邓瑛怔了怔。

他惊异于她对人心的把握，以及对行事分寸的控制，这种局外人的冷静和果断，是他和郑月嘉都比不上的。

"你是怎么想到这样说的？"

杨婉平声道："陛下这个人对待后宫，其实没有什么情，不要看蒋婕妤得宠，不过是因为她长得好看、在陛下面前性格好，就算她生下皇子，陛下也未必立为太子。他抬举婕妤的母家，应该是为了让我哥哥有个惧怕。我姐姐长得比婕妤好看，陛下喜欢她的……"

后面的话，杨婉没说出口。

在现代社会被口诛笔伐的"男性凝视"，在大明朝不过是个事实而已。

杨婉咳了一声，尽量放平声音，转话道："陛下喜欢她，只是她太温柔，也太沉默了，受了委屈不会在陛下面前诉说，自己一个人就吞了。所以，我才故意在陛下面前说那样的话。这话说了，他们也不能责怪我挑拨，皇后坐在边上，倒是需要表达她对后宫嫔妃的关怀，一切就顺理成章了。只不过，姜尚仪觉得我们尚仪局是统理宫中大礼的，不应该参与到这些是非当中，所以……"

她说着，晃了晃自己的膝盖："就这样了。"

邓瑛轻轻扶住她的腿。

"你别乱动，还没有擦好。"

他说完，索性脱掉了自己披在身上的有些碍事的袍子，起身叠放在杨婉身边，换了一条腿，重新蹲下："你给我的这个药，刚好是治瘀伤的，上回还好没用完，你如果不嫌麻烦，最好还是去御药房拿些别的药。"

杨婉摇头道："何必那么麻烦。我原本想趁着你出去，我就进来偷呢，偷回去自己抹抹算了，结果被你抓个正着，太尴尬了。"

邓瑛侧身把炭火盆子挪到杨婉腿边，炭火烘出细细的暖风，吹动邓瑛燕居所着的衫子。他借着烛火的光，小心地避开浸血的肿处，手指打圈，轻轻地替杨婉涂揉。

杨婉看着他的手，忽然唤了他一声："邓瑛。"

"嗯。"

他鼻中轻应了一声，仍然很专注。

"你现在……这样对我，会不会想到你对我哥说过的……"

"会。"

他答应了一声："所以你就当我在服侍你吧。"

"那我要走了。"

"别走。"

他忽然脱口而出。

说完之后，自己也愣住了，抬头竟见她将双肘撑在腿上，托着下巴凑在他面前。

"邓瑛，你知道吗？你完全不会说假话。"

邓瑛低头自顾自地笑了："你明日还过来吗？"

"过来。"

杨婉点头："反正我不敢在承乾宫和南所里涂，姐姐看见要难过死，姜尚仪和宋云轻要把我骂死。就你和李鱼好点，啥也不说我。"

她说完，轻轻地叹了一口气，揉了揉自己被炭火熏红的脸："哎……不过我在想，一直这样下去也不是办法，年末朝臣和陛下过不去，陛下就总和后宫过不去，甚至还会和自己的儿子过不去。"

邓瑛抬头道："放心，明年开春后会好些。"

"因为内阁要在南方推行新政吗？"

"嗯。新政前，江南一带要先清田，这件事牵动甚大，户部和南方的宗亲权贵会有一番拉扯，所以开春前，内阁应该会把议定太子的事情先压下来。你和娘娘，还有小殿下，也会过得好一些。"

"你们呢？"

杨婉接道："江南清田，阻力会很大，遣去的钦差恐怕比巡盐、巡矿的还惨，吊死在船上都是轻的。"

邓瑛放下药瓶："放心，我会尽我所能，护着你兄长。"

第七章

冬聆桑声

47

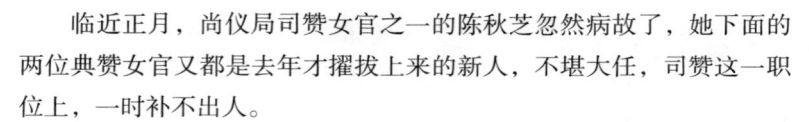

临近正月,尚仪局司赞女官之一的陈秋芝忽然病故了,她下面的两位典赞女官又都是去年才擢拔上来的新人,不堪大任,司赞这一职位上,一时补不出人。

姜尚仪与尚宫局的两位尚宫商议之后,决定将典宾女官补一位到司赞的位置上去,以便应付年内大宴上各内外命妇入宫领宴时的导引赞相事务。

典宾的空缺,补上了之前一位资历较老的掌宾女官,至于掌宾的空缺,便补了宋云轻。

宋云轻今年才十九岁,也算同一批女使当中第一个在尚仪局出头的年轻女官。杨婉等人都替她高兴,闹着年后要凑份子庆祝。

宋云轻却有些措手不及。

两个人夜里躺在各自的榻上,她总是睡不踏实。

杨婉听到她又是翻身又是咳的,便披衣起来点了灯,问道:"要不要我服侍你喝一口茶?"

宋云轻忙坐起来:"你可别劳动了,这几日雪重得很,好容易睡暖,起来遭了风,开春有你咳的。"

杨婉拢着被子缩回榻上:"你怎么了?连着好几夜了,都睡不踏实。"

宋云轻也把被子裹在了身上,两个人就这么隔着烛火聊天。

"我担心正月赐宴会出纰漏,你是知道的,你和我平时都只管局里文书上的往来,哪里做过掌宾的事?这陡然间让我上了台面,我打心眼里看不上自己。"

杨婉拖过枕头，枕在自己的下巴下面，安慰她道："咱们只伺候后妃和内外命妇们，能有多大纰漏？娘娘们都是活菩萨，即便错了，就饶恕不了了吗？"

宋云轻道："我不是你，你学东西、记东西都是那般快，就跟有个钉子往你脑子里凿一样。"

杨婉听完，不禁笑了："你说得……说得怪吓人的。"

"这就吓人了吗？"

宋云轻撩开床帐，夜里清醒过来，她也有了聊天的欲望，捧着下巴对杨婉道："你听说过太祖爷用铁钉子杀大臣的事吗？"

杨婉一愣，立即来了浓厚的科研兴趣。

这可是连野史里都不曾有的段子。

"为什么拿铁钉子杀啊？"

宋云轻道："太祖爷那一朝有个大臣叫吴善，是山东一代的大名士，太祖爷请他出来做官，他一直都不肯。后来据说被锦衣卫砍掉了一个手指头，他才被迫入京。结果，在面见皇帝的时候，他不听司礼监太监的导引，行错了大礼，惹皇帝震怒，认为他是大不敬，命北镇抚司把他押入诏狱，用铁钉子把他的手和膝盖钉在地上。吴善撑了三日就死了，连那个负责导引的太监也被打死了。"

杨婉露在外面的手忽然一阵发冷，忙伸向炭火边烘着。

"这事儿很隐晦吗？"

宋云轻点了点头："毕竟过于残忍了一些，女官们教训我们的时候，都只说后半截子，要我们引以为戒，不得视宫廷大礼为儿戏。我们也不敢说太祖皇帝小心眼儿。欸，你可千万不能出去乱说啊！"

杨婉抿了抿唇，把烘暖的手缩回被中，披着被子起身，举灯走到书案前坐下，取出自己的笔记。

宋云轻道："大半夜的你折腾什么呀？"

杨婉应道："想起个事，得写下来，不然明儿就忘了。"

宋云轻听了倒也没在意，悬起床帐子，揾着太阳穴道："我觉得，我也该跟你一样，得起来好好默一默典仪流程。"

杨婉握着笔回头道:"你别光说,起来呀。"

宋云轻裹着被子,自己和自己僵持了一会儿,终于狠下了心:"行,我也起来。"

她说着,穿了衣服下榻,也走到了书案边。

两个人各挑一灯,不知不觉就过了寅时。

杨婉记完将才宋云轻讲的那一段故事,自己又重新默读了一遍。

要说这一段故事有多残忍,其实比起后来诏狱的洗刷、抽肠酷刑,倒也不算什么。但它之所以没有被记载下来,有可能是泥腿子出身的太祖皇帝觉得吴善对他的无礼,是打心眼里看不上他,让他有失脸面。这个行为实在有些幼稚、偏激,就连宋云轻也会觉得这个太祖皇帝太过小心眼。

杨婉撑着下巴靠在灯下,越想越觉得历史里这些与上位者的个人情绪,或者个人性格沾边的事件,有太大的偶然性,有些好像不是可以用一以贯之的历史规律去解释的。

"对了,云轻……"

她回头,刚想再问得细一点,却发现宋云轻竟然不知道什么时候趴在书案上睡着了。

杨婉无奈地摇了摇头,替她披了一件斗篷,收好笔记,吹灯躺回了被中。

她把这件事当成一个笔记中的随笔记录了下来,并没有过多地深思。

然而除夕宫宴上却发生了一件事,让宋云轻无意间讲述的这个故事,变成了一个颇有些预见性的谶文。

除夕这一日,内阁放了大闲,但杨伦还是一大早入了会极门。

昨夜的雪下得特别大,宫道上的扫雪声甚至有些刺耳。杨伦走进直房,脱下外面的斗篷,叫人端水进来泡手。但是隔了好一会儿,门口才传来声音。

杨伦已经摆好了墨纸,头也没抬地抱怨了一句:"你们也消闲去了吗,来得这么慢?"

说着便直起身一边挽袖一边朝门口走，抬头见稀疏的积雪前，端水而立的竟然是邓瑛。

"怎么是你？"

邓瑛放下水盆，转身合上门。

"不是很烫了，杨大人将就一下。"

杨伦看了一眼邓瑛，放下袖口道："你端来的我不想碰。"

邓瑛没多说什么，从袖中取出一本奏折，递到杨伦手中。

"你看一下。"

杨伦扫了一眼，直斥道："放肆，到了司礼监的折子你也敢偷出来！"说完，一把夺过邓瑛手上的奏折，"我这就让何怡贤过来看看。"

邓瑛看着杨伦扬在手中的折子，平声道："私盗奏本是死罪。"

他说着，抬起头看向杨伦："大人连一个申辩的机会都不肯给奴婢吗？"

杨伦扫了一眼奏本，发现是御史黄然写的。

"你是什么意思？"

邓瑛道："奏请立定太子的奏折，陛下一连驳了二十道，黄然的这一本我私压了下来。杨大人，您一定要去见一见黄大人，此时不能学直臣硬谏，会引起祸事的。"

杨伦把奏本往案上一拍："你让我说什么？为了明年开春在江南推行清田，内阁已经弹压了大部分官员，不让他们在此时辩论立储。但黄然这个人是文华殿讲官，早已视殿下为后来之君。如今陛下对蒋氏百般抬举，他怎么可能不替殿下鸣不平？"

邓瑛道："道理无错，但总得有惧怕吧？"

杨伦笑了一声："你当他是你吗？当年在张展春的案子上，他就没有怕过，在午门外被打得只剩下半条命，如今是为了他自己的学生，你让我怎么说？让他也学你们，眼看着陛下态度变了，就跟着改向？这等猪狗不如的行径……"

他原本因为宁妃和易琅的遭遇心里有气，但为了明年南方的新政又不得不压抑，这会儿被邓瑛的一番话逼出了火，冲着邓瑛好一顿发

299

泄，说到最后言语失了限，他自己也愣住了。

邓瑛站在他面前，静静地受下这一番话，什么也没说，只是朝向一边轻轻地咳了两声。

他见杨伦止了声，这才平声道："杨大人不用在意，这些话比起东林学派的，已经仁慈很多了。"

他说完，看向杨伦拍在案上的奏本："这本奏折回到黄御史手中后，如果他不肯谅解我，向司礼监揭发，那我同样是死罪。我并不像东林人说的那样，是踩着桐嘉书院的白骨去谋取前途。事实上，我根本没有什么前途，我把我的性命交到你们手上，别的我不求，我只求你们对我仁慈一些，不要拿了我的性命，还辜负它。"

杨伦听完这番话，有些错愕。

邓瑛呼出一口气，尽力稳住自己的声音："你和白首辅应该还不知道，张洛上个月命人在黄然的宅外设了暗桩，他饮酒后斥骂陛下的把柄，已经攥在几个千户手里了。"

"什么？"

杨伦脑中一炸。

"那为什么还没有拿人？"

邓瑛道："黄然是世家出身，家底殷实，我让东厂的厂卫拿了个莫须有的罪名去他家逼要财物，北镇抚司的人看到了，也跟着走了这条发财道，所以暂时没有拿人。"

杨伦握紧了手："你是怎么知道这件事的？"

邓瑛抬起头："我既为钦差，监察北镇抚司，自然有我自己的眼睛。"

杨伦切齿："鹰犬行径！"

邓瑛侧过身："大人怎么责备我都可以，我如今对你——"

他说着，喉咙微微有些发热："什么怨恨都不敢有。"

杨伦背脊一冷："你什么意思？"

邓瑛没有出声，杨伦的声音却越来越冷："你对婉儿怎么了？！"

邓瑛闭着眼睛："我——"

话还没说完，杨伦已经一把抓住了他的衣襟，喝道："你不要妄想你还有名声可贪,即便你救了黄然,我也不可能原谅你,你以为你这样活着,就可以和我的妹妹在一起吗?我告诉过你,不准羞辱她,否则我不会放过你,你为什么不肯听?!"

他说完,抄起案上的折子,一把掷到邓瑛脸上。

"这本折子你拿回去,我不会把它交给黄然,就算交给黄然,他也一定会向司礼监揭发你,你最好不要找死。"

邓瑛迎上杨伦的目光:"你必须劝住黄然,他一旦下诏狱,何怡贤会想尽一切办法迁罪到你身上!你若获罪,白首辅、宁妃、小殿下,还有杨婉,该怎么办?"

48

杨伦松开邓瑛,走到窗边的阴影下。

被他掷下的奏本还躺在条桌下面,此时看起来有些碍眼。

他第一次在内阁直房发这么大的火,而这通火针对的人很多。

一根儿筋的御史。

不管政治清明,只顾势力制衡的皇帝。

还有无孔不入的北镇抚司。

但是最后承受这通火的却只有邓瑛一个人。

他真实地把邓瑛当成了一个没有任何势力支持而又低他一等的人。他在无意识之间确信,即使这通邪火烧到邓瑛身上,邓瑛也会谦卑地忍着,不会给当前的局势带来任何不好的影响。

交游数年,什么关联都被那一刀割断了,但他对邓瑛的信任还在,只不过变成了他肆意羞辱邓瑛的底气。杨伦对此暗自心惊,心里五味杂陈,却无法对着这个身着宫服的人表达半分。

他扶着额,顺势抹去一把正月里逼出来的热汗,低声道:"我去找黄然。"

他说完,一把捞起地上的折子,本想不再对他说什么,走到门前的时候,却又忍不住转过身:"你为什么不肯从此与我们割袍断义,好生做内廷的人?"

邓瑛低头摁着脸上的肿处:"你们割断就是,我不想割断。"

杨伦摇头惨笑了一声:"人活的是骨气,你已经是现在这个样子了,没有人会接受你,你做得越多,朝廷对你的猜忌就越多。好比今日,你为了拖住北镇抚司,利用东厂向黄家勒索钱财,京城里的官员对你只会口诛笔伐,根本没人知道你是为了救他!"

邓瑛松开手:"你是觉得,我还在妄图一个清流的名声吗?"

"不然你求的是什么?"

杨伦就着手里的奏折,反手指向身后悬挂的那一幅白焕的字:"你自己看看,这里是内阁的直房,是天下文心化家国大义之所——"

"是。"邓瑛打断他,淡淡地接道,"我辱没此地,贸然踏足,必遭唾骂。"

杨伦喉咙一颤,咽部忽然痛如针刺。

"我都明白。"邓瑛朝他走近一步,"我甚至知道,你内心的矛盾是什么。但我不知道,怎么才能让你对我看开些。"

"看开?我怎么看不开?"

邓瑛抬头:"在你们眼中,去年和我一道在南海子里待刑,最后绝食而死的两个人,是同门之荣;而苟且活下来的我,是同门之耻。既然是苟活,就应该彻彻底底放下,好生做一个奴婢,这样你看见我的时候,才不会这么矛盾。"

杨伦没有说话,这是他内心的挣扎,从邓瑛的口中说出来,竟然有一阵冷泉过石般的寒冽感。

"我没有做到。"邓瑛的声音坦然温和,"我以现在的身份与你私交,的确辱没了你,你可以斥我,但不要断了我前面的路。我知道我自己以后是什么下场,在那一天之前,我想戴罪活着。"

杨伦呼出一口浊热的气,看向邓瑛,声音有些凝滞:"你这样能活下去吗?"

邓瑛看了杨伦一眼,撩袍屈膝,向杨伦行了一叩礼。

杨伦低下头,双手在背后猛然握紧,他几乎猜到了邓瑛为什么要这样做,却还是压着声问他:"你想说什么?"

邓瑛直起身:"子分,比起辱没你,我更无法原谅我自己的是……我对杨婉的心……"

他说着,垂下眼,望向无名处:"老师死后,我神魂皆碎,我很想要她对我的怜悯,哪怕只是一点点,都能在那时救我。后来我对她又有了别的贪求,我憎恶我自己玷污她的名声,但是她没有像你这样斥责我。"

他说着,抬头看向杨伦:"子分,我能不能活下去,取决于你们能容忍我多久,还有杨婉,愿意饶恕我多久。"

杨伦背过身:"你忘了你在刑部对我发过的誓吗?"

"没忘。"

杨伦一拳砸在木案上,案上的文书腾起一层细灰,他转身一把拽起邓瑛。

"谁让你发……"

他爆了粗口,情绪到位,想说的话还是说不出来,声一收,再开口气焰也弱了:"谁让你叫我的字?!"

说完,他将黄然的奏本揣入怀中,头也不回地出了内阁直房。

光下的尘埃如金屑。

无人的内阁直房,承载着天下读书人最大的人生抱负和家国情怀,对邓瑛的确有一份震慑。他站在空荡荡的窗光下,背脊生寒,倒也不敢久留。

他低头整好被杨伦扯乱的衣襟,走出东华门,沿着光禄寺外的道路朝内东厂衙门走,在半道上遇见东厂厂卫覃闻德。

"督主。"

覃闻德抱拳行礼。

邓瑛看了一眼天时:"刚刚回来?"

覃闻德拱手道:"是,黄然今日要入宫领宴,北镇抚司的校尉也不敢拦着,属下留了两个人在外宅查看,自己先回来禀告督主。"

邓瑛道:"你们查了那几句醉言吗?"

"查过了，确有此事。其余的话都不要紧，最要紧的是那一首醉诗，是黄然亲笔所写，其中有一句'我求明春今日降，早化人间三尺冰'，现在握在北镇抚司手里。看北镇抚司怎么解，解得不好就是反诗。"

邓瑛点了点头："你们的钱拿到了？"

覃闻德笑道："嗨，我们那都是虚名头，吓不到他，也就他那几房妾室被吓破了胆子，丢了些头面儿给我们，其余多的在他正房夫人那儿。估计，已经快被北镇抚司的人抢得差不多了。"

"你们没有伤人吧？"

"不敢，不敢。"

覃闻德连声道："督主你教我们要闷声发小财，有了祸事让北镇抚司顶着。我们都觉得，钱虽然不多，但这比杀人的勾当积阴德多了，怎么会造次？日后定跟着督主好好地做事。"

"好。"

邓瑛笑着点了点头："今儿除夕，早些回去。"

覃闻德行礼辞去。

邓瑛抬头看向即近正午的日头。

天上无云，日光直下，落在他的皮肤上，却一丝温暖都没有。

制衡东厂和统辖营建皇城的工匠并不一样，虽然他的心并没有什么变化，可是做出来的事，落在世人眼中却是两个极端。

邓瑛拢了拢身上的斗篷，低头朝内东厂衙门走，一路上都在默诵黄然的那一句诗。

"我求明春今日降，早化人间三尺冰。"

乍一看，并没有什么问题，但关联上黄然的身份，以及近来朝廷关于立储的论辩，这句诗就有了杀皇帝而立新帝的恐怖含义。

邓瑛摁了摁自己的虎口，回身朝东华门的方向看了一眼。

今日皇城大开三门，入宫领宴的京官已经陆续前往太和殿，洞开的门户像是三张无望的巨口。邓瑛在设计修建它们的时候，对每一块砖石都了如指掌，但一旦被交付出去，它就和当今皇帝的呼吸吐纳关联在了一起，失去了砖石质朴的本心。

邓瑛回过头继续朝前走，由衷地想赞一声黄然。

"我求明春今日降，早化人间三尺冰。"

这一句，他写得如刀剜疮，真好。

　　太和殿群臣正在候大宴，乾清宫这边，皇后、太后以及众嫔妃也在尚仪局司宾以及掌宾的导引下，接受外面的命妇的礼拜。这一年年末，平王的老王妃回京来探太后疾，她是太后母家的妹妹，自从跟着平王去了北方封地以后就一直没回过京城。时隔多年再见到自己的姐姐，说起家长里短，后来又谈到了北方边境的事，瓦剌连年滋扰，百姓苦不堪言，一时话就多了。

　　其余的嫔妃和命妇，对这些边境的事都不大感兴趣，只有宁妃侍坐在太后与老王妃身边，认真地听着，偶尔应答。

　　老王妃看她穿着一身半新的罗袄裙，虽在年节里妆容庄重，却仍然不显浓厚，通体气质轻盈优雅，谈吐也温和得体，心里很是喜欢，不禁对太后道："这是易琅的母亲吧？"

　　太后点了点头："是啊。"

　　老王妃道："妾说呢，非得是这样的娘娘，才能将您的皇孙教养得那般懂事。"

　　她说完，心里起了一个意："不知娘娘可还有别的姊妹？"

　　宁妃看向太后，没有贸然开口，太后便接过话道："她还有一个妹妹，如今在尚仪局里。"

　　老王妃忙道："那便定要见一见。"

　　太后笑道："你是要为你的王孙相看吗？"

　　"是啊。"

　　老王妃看着宁妃道："妾不回来，还没这个话口，今儿既在太后娘娘这儿，就厚着老脸跟您开口了，妾的这个孙儿，还未娶正妃。"

　　"正妃不行。"

　　太后直接顶回了这句话。

　　老王妃不明就里，宁妃却忙起身跪下。

太后低头道:"你这是做什么?"

"太后娘娘恕罪,杨婉……"

"不要在远客面前失礼,去带她过来,后面的话后面再说。"

老王妃身边的宫人趁着太后与宁妃说话的空当,弯腰朝老王妃耳语了几句,老王妃这才明白过来,杨婉就是那个与张家定过亲,后来又损过名誉的尚仪局女官,忙起身对太后道:"是妾老糊涂了,我那孙子还是小了些,哪里慌得呀。"

宁妃听她这样说,终于暗松了一口气,抬头却明显发觉,太后的脸色不悦。

她知道自己戳在这儿会令太后更尴尬,便借回宫更衣之故,退了下去。

杨婉原本立在乾清宫的月台下面跟着两个掌赞,在旁观赞相的事宜。

忽然被一只温热的小手抓住了手指。

"姨母……"

杨婉回过头,见易琅正眼巴巴地看着她,像是冒着冷风跑过来的,斗篷的系线都开了。

她忙蹲下身拢紧易琅身上的斗篷:"太和殿那儿,你父皇都要升座了,你怎么还在这儿?"

说完,抬头问跟着他的内侍道:"怎么回事啊?"

内侍回道:"今日一早起来,殿下就不大受用,呕了些东西出来,但殿下忍着不让说。将才原本是要去太和殿,可殿下忽然说要回来寻宁娘娘,我们就只好跟过来了,哪知娘娘更衣去了。"

杨婉摸了摸易琅的额头,发觉还好不烧,便让他站到背风处,自己替他挡着风雪。

"怎么了,之前吃了什么不受用吗?"

易琅摇了摇头:"我不想去太和殿。"

"为什么?"

易琅低头抿了一会儿嘴,忽然说了一件看似与大宴无关的事。

306

"前日父皇亲至文华殿，申斥了我的讲官，还让他在午门外站枷。"

他说完这句话，皱着眉，扯着腰上的革带，眼睛竟然有些发红："我替先生求情，父皇斥我'年幼狂妄'。"

杨婉安抚他道："殿下心里怕，是不是？"

"不怕，但我替先生不平。"

他说这句话的时候，握着拳头，身上却有些发抖。

杨婉看着他的小手，察觉到了他的不安。

先君臣，后父子，他也不过是帝权杀伐下的一条人命而已，言语里尽力地藏着忧惧，却还是在身体上露了出来。

杨婉搂着他，把他冰冷的手拢到怀里。

他却颤得更厉害了。

杨婉算了算时辰，知道这样僵持下去不好，便低头轻声对他道："奴婢陪着殿下过去。"

易琅抬起头："姨母，你是女官，你不能进太和殿。"

杨婉点头道："奴婢不进去，奴婢送殿下过去，然后在月台下面等着殿下。"

49

杨婉跟司赞女官知会了一声，牵着易琅向太和殿走去。

沿着明皇城的中轴行走，四周便看不到任何一丛花树。为了凸显庄重，连沿路铜鼎上的雕痕都是棱角尖锐的。干冷的汉白玉月台上积着雪，风一吹，雪便挫骨扬灰般地飞落到阶下。易琅原本温热的手越来越凉，走到太和殿门口的时候，已经冻得跟两块冰似的。

司礼监的几个随堂太监守在浮雕云龙纹御路的下面，见易琅和杨婉过来，忙迎上道："陛下已经快要升太和殿御座了，殿下随我们来吧。"

易琅抬头看了看杨婉："姨母不走吧？"

杨婉摇头："不走，等殿下陪着陛下赐宴结束，奴婢再接您回乾清宫那边去。"

"好。"

易琅答应了一声,松开杨婉的手,转身跟着司礼监的太监朝太和殿走。

这一丢开手,还真令杨婉有一种把他丢给社会毒打的错觉。她忽然想起她亲哥以前跟她说过的一句话:"你就是没经历过社会的毒打,小的时候爸妈保护你,长大了以后就躲在学校里,你知道社会多复杂吗?要是我们丢开手了,你还能衣食无忧,一门心思地混学术圈?社会里那些人,分分钟把你那什么人文社科研究者的人设给削没。"

也是,年青一代里,不论大家最初抱着什么样的初心,总会有人被逼着成为更现实的人,成为社会运转中更为核心的齿轮,努力地完成人类本性当中,对物质、科技、政治发展的本质要求。

三十多岁就在互联网浪潮里熬秃头的哥哥是这样,六七岁就被迫浸淫政治、经济的易琅是这样,就连邓瑛似乎也是如此。

杨婉踟蹰地站在太和殿后面,也踟蹰地站在社会大门的背后。

入场券是免费的,但她和大多数的文艺青年一样,对这个光怪陆离的门后世界,又鄙夷,又充满渴望。

"女使。"

"嗯?"

身后的内侍打断她飞高的思绪。

"您跟奴婢们去太和殿月台下候着吧,陛下和殿下已经前往升座。太和殿此处,我们不能久站。"

"是。"

杨婉与众宫人一道立在石雕龙头下面。

殿前黑压压地聚集了京城里大半的官员。乌纱帽,团领衫,杂色文绮、绫罗,彩绣着的仙鹤锦鸡、狮虎熊豹,张牙舞爪地充斥了杨婉的视野。他们或群聚交谈,或低头凝思,或开怀展颜,或愁容凝滞,在十八铜鼎的影子下面,表情各自生动。

杨婉看见杨伦面色凝重地和一个人交谈着,还没等她看清楚那个人是谁，便听鼓乐齐鸣，众臣忙跪地伏身。杨婉抬起头朝月台上看去，贞宁帝身着四团龙袍，头戴翼善冠，在司礼监掌印何怡贤的侍奉下，登临御座。

御座两旁，侍立着四位司礼监秉笔太监，以及以张洛为首的二十四个锦衣卫护卫官。

杨婉刻意看了一眼张洛的模样，他站得笔直，目光扫视着月台下的众臣，偶尔也落到杨婉身上，但并没有过多停留。

御道下一声鞭鸣，鞭身划破头顶的太阳，在汉白玉的地面上落下一道一闪即消的影子。

按照杨婉的记忆，此时应该是奉东宫太子升座。由于贞宁帝此时只有易琅一个儿子，易琅便坐在了御座东面。至于易琅下首，则是各位亲王，然而今年只有平王一人在朝内，且年事已高，早已向皇帝辞了宴。

因此司礼监的赞礼太监，便引导四品以上的官员入殿就席。

杨婉看着杨伦面色严肃地跟在白焕的身后，踏上玉阶。

他并没有看见杨婉，只顾在白焕耳边说着什么，白焕听后虽未有表露，但背在背后的手还是握紧了。

不足五品的官员，散坐在殿外的东西廊下，立膳亭和九亭开始传宴，殿内教坊司初奏九歌，殿外的大乐便暂时歇下。与杨婉所想的不同，贞宁年间的除夕赐宴并没有一种君臣同乐的氛围，不论是皇帝，还是殿中的易琅和群臣，都持重地端好了自己的身份。

不过廊上倒是另外一番风景。

因为廊上只设了宴桌，没有设座，因此年轻的官员们都散立在各处，夹菜喝酒，相互攀谈。杨婉缩着脖子，立在月台下听他们说话，其间的话题很杂，大到清田大策，小到家里的生徒科举，听得杨婉慢慢地有些发困。正当她想要闭眼的时候，忽然听到殿中张洛一声高喝："拿下黄然！"

殿外的众臣瞬间停止了说笑，伸长脖子朝殿中看去。

只见黄然面红耳赤地跪在易琅面前，刚一直身，就被锦衣卫摁趴在地上，一丝都动弹不得。

贞宁帝坐在御座上，生气地问他："你将才向皇长子祝酒时行的什么礼？"

黄然笑了一声："君臣大礼。"

"什么君臣大礼？"

贞宁帝并没有发作，额前的青筋却已经凸暴了出来，他握着御座上的龙头雕："朕再问你一次，为何要对他行君父的礼？"

黄然双目发红，面色因为醉酒，一阵红一阵白。

锦衣卫压迫住了他的呼吸，以至于他的声音有些断断续续的。

"君父……君父是谁……臣忠的是这个天下……"

他说着，抬起头："可是天下如今是个什么样啊……巡盐的死在巡盐的船上，查矿的压在矿山下面，我黄氏一族……祖先们打下的百年基业，就被几个无耻的锦衣小儿，一下子全抢光了……"

他说完这一番话，殿内竟无一人敢出声。

杨婉转头朝天际处看去，云破日出之地，此时已经被厚云遮了起来，唯一的暖光也消失了。

黄然试图抬起头呼吸一口气，却被锦衣卫摁压得更厉害，到最后，连脸都贴在了地上。他却仍然不肯住口，一连咳了几声，即便肺胀将破，却还是嘶声道："满殿珍馐啊……臣愣是一口都吃不进去！白首辅、张次辅，还有杨大人……你们是怎么吃进去的啊？"

他说完，放肆地笑出声，边笑边咳，呕出的酒水带着一丝血腥的味道，令在场的人掩鼻战栗。

贞宁帝没有想到他竟然说出了这样一番言辞，气得喝道："拖出去！"

锦衣卫顿时将黄然整个人翻转过来，架起他的胳膊，不顾其蹬腿挣扎，一路拖出了太和殿。

殿内的易琅已经下座，面朝御座跪下，等待贞宁帝发落。

杨伦心里此时万分后悔没有听邓瑛的话，坚决地把黄然拦下来，酿成了今日这个局面。

他想替易琅说话，却也明知，多说一句，易琅的错就重一分。

贞宁帝阴着脸看着易琅，父子之间似乎有默契一般，一个克制住了自己的怒火，另一个克制住了心里的恐惧。

"散宴。"

皇帝低声说了一句，何怡贤忙高声道："散——宴——"

众人这才回过神来，起身行礼，相继辞出。

皇帝忽又道："白阁老、张阁老，你们二人去内阁直房候着，朕另有话说。"

张、白二人相视一望，拱手应"是"，退出了大殿。

皇帝站起身，对张洛道："把他带回武英殿看管，你领北镇抚司查明黄然意图，回明朕后，朕再一并处置。"

易琅跪在地上朝张洛看了一眼，张洛转身走到易琅面前，一贯寒声道："殿下请。"

易琅站起身，朝前走了几步，忽然回头对贞宁帝道："父皇，您会杀了黄先生吗？"

贞宁帝看着他："他以前在你面前行的是什么礼？"

易琅抬起头："先生先行对皇子的大礼，我再行学生拜先生的礼。"

"既然如此，他今日该杀吗？"

易琅低下头："有违大礼，该杀。可是学生不忍先生受死，父皇若肯开恩，儿臣愿为先生受责罚。"

贞宁帝沉默须臾，忽笑了一声。这声笑的意味有些复杂，有赞许，也有厌恶。

但他并没有在言语上表达什么，只是摆手道："退下吧。"

易琅没有再说什么，转身走出了太和殿。

杨婉眼看着易琅从御道边下来。易琅没看见她的时候，还看不出什么情绪，但一看见杨婉，眼睛立即就红了。他的脚步越来越快，走到杨婉面前的时候，已经泪流满面了。然而他没有出声，轻轻拉起杨婉的手，忍着哭腔道："姨母，母妃今晚一定会担心，你不要回南所好不好？"

杨婉点头:"好。"

她说完又抬头朝张洛看去:"要带殿下去哪里?"

张洛道:"武英殿。"

杨婉捏住易琅的手:"他一个人吗?"

"对。"

杨婉蹲下身,拢好易琅身上的斗篷,轻声道:"裹好,别冻着。"

张洛低头道:"杨婉,你再耽搁,我即将你以抗旨论处。"

易琅听了这话,忙道:"姨母,你松手。"

他说完,用力挣脱了杨婉的手,狠狠地抹了一把眼泪,却仍然不肯回头让张洛看他的泪容。

"张副使,不准为难我姨母。"

张洛拱手压低了声音道:"臣明白,殿下请。"

杨婉跟了几步,连声唤道:"张大人,张大人……"

张洛站住脚步,示意锦衣卫带易琅先行,回头拦住杨婉:"你想对我说什么?"

杨婉看着易琅的背影,轻声道:"我知道,你有忠信,不会报私仇,但他还小,能容我去照顾照顾他吗?"

张洛笑了一声:"可以,但你要与那个阉奴了断,向我张家谢罪。"

他说着,朝杨婉走近一步:"我很不喜欢你这副自以为聪明、不受管束的样子。"

杨婉抬起头道:"你想管束我?"

50

她说着,朝张洛走近一步:"《大明律》存在的意义是为了管束吗?"她的声音哀婉而纤细。

"张洛,"她唤了一声他的名字,"你……同情过囚犯吗?"

张洛怔了怔:"你说什么?"

"或者说,当年你在南方,听闻杨婉失踪后,张家因为怕杨婉失贞而放弃寻找她的时候,你同情过杨婉这个女人吗?"

她说这话时,眼中似乎泛着水光,而眼底的哀色越见深浓:"你说北镇抚司的囚犯不见天日,我又何尝见过天日?我一直都受着你的管束,因为你责打我也好,羞辱我也好,我都无法反抗,这样还不够吗?"

她说完,仰头忍回喉中的酸涩,抿唇闭上了眼睛。

看不见她目光里的悲哀,张洛的错愕瞬间消失,他恨自己被一个女人的眼泪迷惑,声音越发寒酷。

"你以为你对着我哭,我就会同情你?"

杨婉笑了一声:"我从没有想过虚情假意地利用你,因为这样对你不公平。我对你诚恳,是因为你也是个活生生的人,你违背自己的本心对我留过情面,不管你是不是出于同情,我都谢谢你。但我不能接受你的为人,也绝不可能因为害怕你的责难,就背弃我自己。"

张洛低头看着杨婉微微发红的脸。

她和一年前有些不一样,尖刻的疏离感仍然在,但那种令他觉得刻意的分寸感,好像少了很多。

"《大明律》存在的意义不是管束,而是惩戒。"他说着,朝杨婉走近一步,"我管束你,是因为你做错的事情还没有严重到需要受惩戒的地步。你曾经与我有婚约,我的母亲看重你,我也一直把我的正室位置留给你,如果你愿意回头,跟我认错,对妻子,为夫者没有什么担待不了的。"

"你现在仍然是这样想的吗?"

"是。在我知道你仍为处子之身的时候,我就还愿意给你机会。"

杨婉听完这句话,忽然有些眩晕。

在现代,人们把这种对处女的执着称为"情结",似乎还带着那么一点文学性的调侃,甚至是隐晦的认可。可是在张洛口中,这却像是审判,是为官者高坐堂上,待罪者下跪堂下,一声"无罪开释",就该谢再造之恩。

杨婉在这一席话中,分明感觉到了精神上的抵制。

她同时明白，两种完全不一样，却同样坚不可破的精神壁垒，是绝不能硬撞在一起的。况且，他是这个时代的城墙，而她则是一粒偶然的尘埃。

于是她放低了声音，惨笑着问他："你对我容情，是因为我还是处子之身吗？"

张洛没有否认："你明白就好。"

说完，他抬手招来锦衣卫，冷声道："带她去武英殿。"

武英殿内，杨婉对张洛的厌恶，很快被易琅竭力掩藏的忧惧给冲淡了。

武英殿是一座尚未完全竣工的宫殿，年初大部分的营建经费都用到太和殿去了，所以武英殿东、西两个配殿都还没有开始修建，只有院东修筑了恒寿斋一处面阔两间的居室。易琅就被暂锁在恒寿斋里。

看守的锦衣卫对杨婉道："女使，每日辰时到申时，你走月台前的甬道，去武英门取物。除了你之外，殿下身边不能再有其他的人服侍起居，如果殿下有任何闪失，我们会拿你问责。"

杨婉点头应"是"，转身轻轻推开恒寿斋的门。

易琅独自坐在榻上，抱着膝盖埋着头。

天已经擦黑了，杨婉在榻边点上灯，靠在易琅身边轻轻唤了他一声："殿下。"

易琅忙抬起头："姨母……"

杨婉用自己的袖子替他擦去脸上的眼泪："没事啊，殿下，就是在这儿待几日，奴婢照顾你。"

易琅把自己缩到杨婉怀里："母妃呢？会被我牵连吗？"

杨婉不知道应该如何回答，只能解下自己的斗篷，把易琅整个儿包裹起来："不会的，殿下没有做错什么，娘娘也不会有事的。"

易琅扒着杨婉的肩膀，瓮声道："我没有想过要对父皇不敬。"

杨婉轻轻点头："奴婢知道，是他们的一厢情愿害了殿下。"

"姨母，黄先生为什么会那么做啊？"

杨婉哽了哽:"因为,他想看到他自己的好学生快一点长大,快一点造福国家和百姓。"

易琅的小手轻轻捏着杨婉的肩袖:"我会长大,也一定会听先生们的话,为百姓谋福,他为什么不等着易琅长大呢?"

"嗯……"

杨婉有些哽咽:"可能是他觉得自己老了吧,等不了殿下了。"

说完,她看向怀里的孩子:"殿下,如果你是你父皇,你会杀黄然吗?"

易琅沉默地点了点头。

杨婉浑身一颤,怀中的易琅有所察觉,忙抬起头。

"姨母,你怎么了?"

"没事……奴婢有些冷。"

易琅解下杨婉的斗篷。

"给你穿,姨母。"

杨婉接下易琅递来的斗篷,半晌无话。

在武英殿的第一夜,杨婉始终没有睡着。

她坐在榻边,给易琅讲了几个小的时候外婆讲给她听的睡前故事。

到了后半夜,易琅才渐渐地睡安定了。

杨婉坐到灯下,试图梳理当下的这一段历史。

贞宁十三年年初,蒋婕妤生下了皇次子易珺,皇帝将蒋氏册为贤妃,厚赏其母家。也就是从那个时候起,历史上关于宁妃的记载,就只剩下只言片语了。至于黄然这个人,历史上没有具体的记载。但这也就能从侧面证明,易琅并没有因为黄然遭受实质性的惩戒。

那么其中到底发生了什么转折呢?

杨婉握着笔,什么也写不出来。

不过,日子还是要过。

那时毕竟是年节里,整个皇城的气氛并没有因为皇长子被锁禁而有丝毫的改变。

正月初三这一日,蒋婕妤生产,诞下了皇次子。贞宁帝为他取名易珏,册封蒋氏为贤妃,内外命妇皆入宫道贺,乾清宫连日大宴,就像把易琅忘记了一般。

锦衣卫的千户每一日都会来讯问。

讯问时杨婉不能在场,只能在院子里候着。

讯问时易琅坐在东面,两个千户西面而立,所问的事,每一日几乎都是一样的,无非黄然的言行,以及他平日所讲课程的内容。这还不是最令人难受的,从初三那日起,贞宁帝下令,讯问时,易琅不得东坐,要站立答话;锦衣卫讯问的问题,也从黄然身上,转移到张琮、杨菁等其他讲官和侍读身上。易琅有的时候一站就是整整一日。

他还太小,很多话没有顾忌。

接下来的几日,因为他的某些表述,文华殿内除了张琮之外,其余几个讲官,全部下狱待罪。

易琅知道以后,逐渐沉默起来,可是他的沉默却引起了贞宁帝的震怒。初七这一日,贞宁帝下旨申斥易琅,代行申斥的官员走了以后,易琅却跪在原地迟迟不肯起来。

杨婉走进去,将他从地上扶起来,他也不出声。

杨婉哄着问了他好久,他才说了一句,他有些饿。

"吃面,好吗?"

杨婉说完这句话后,自己都有些无奈。

易琅咳了一声,没有回答。

杨婉只好蹲下身,拉起他的手:"姨母只会做面,你先垫一垫,再过一会儿膳房就会送膳了。"

易琅这才点了点头。

"好,我吃面。"

杨婉看着他的样子,心里梗得难受,却还是尽量对着他笑道:"那你坐着看一会儿书,姨母去给你做。"

"好。"

杨婉看着他坐到书案前,这才关上门,一边挽袖一边往院里走。

炉子还没有点燃。

她忽然想起自己根本不会烧炉子,一时之间气得竟然想给自己两巴掌。

笔杆子和锅铲子打一架,谁赢?

杨婉目前希望锅铲子能赢。

她认命地抹了一把脸,逼着自己点燃火折子。明火一下子蹿起老高,吓得她下意识地丢了火折子,"噌"地站了起来。

刚退两步,却见一只手替她捡起了火折子。

"烫着没有?"

杨婉再熟悉不过的声音,像一阵过林的细风,轻轻地拂过枝叶。

杨婉鼻腔里突然冲出一股酸潮的气。

"你站远点。"

"啊?"

邓瑛将火折子熄灭,有些无措地看着杨婉。

"叫你站远点,我有点想哭。"

邓瑛真的朝后退了几步,杨婉赶忙仰起头,望着天道:"邓小瑛,是不是我不给你剥每日坚果,你就要把我给忘了啊?"

"我……没有。"

面前的人显然被问蒙了,但杨婉没照顾他的无措,跺了跺脚继续道:"你是不是穿了东厂厂督的官服,就不认识我了啊?"

邓瑛是第一次听杨婉说这样的话,有些轻微的哭腔,似乎很委屈,但话里的意思,能听出来的好像又只有责备。

邓瑛不知道应该怎么办,只能去抓字面的意思。他抬手解开自己的斗篷,脱下身上的官袍,搭在手臂上。

"我不在你面前穿。"

杨婉低下头,见他单薄地站在雪地里,忙道:"我不是这个意思。"

邓瑛站着没动:"我做错什么,你要跟我说。"

杨婉揉了揉眼睛:"你什么都没有做错。"

"那……"

他本想上前两步,想起杨婉让他站远点,又赶忙退回来:"那……

我怎么把你惹哭了？"

杨婉深深地呼出一口气："被我自己蠢哭的。邓瑛，现在能看到你真好。"

邓瑛听完这一句，方松了一口气。

他按了按自己的额头，将官袍随手挂在一旁的树上。

"不管怎么样，以后我来见你，一定不穿这身皮。"

杨婉看向邓瑛，他官袍下是一件灰色的夹绒底袍，再往里便是中衣了。他蹲下身，将炉子点燃，下意识地将身子靠了过去。

"这样会不会冷？"

邓瑛一面用一根长柴翻挑起下面的暗火，一面道："靠着火不会冷。"

说着，他侧头看了看站在边上缩着一双手的杨婉，有些想笑。

"杨婉。"

"啊？"

"你以后不要碰火好不好？"

"碰火怎么了？"

她总算平复了情绪，一边吸着鼻子，一边蹲下身："我就是想给易琅煮一点吃的。"

"面吗？"

"嗯。"

邓瑛转身朝恒寿斋看了一眼："今日的讯问结束了吧？"

杨婉摇了摇头："今日没有讯问，是申斥。"

她说完，忽想起什么，忙道："对了，我忘了问你，你是怎么进来的？"

邓瑛道："内阁请旨将黄然的案子转到刑部，陛下没有应准，但是，准内东厂与北镇抚司协同审理，我今日进来，是奉旨讯问。"

"不要再讯问他了，我求你了。"

邓瑛看着她，笑笑："脱了那身皮，我讯问谁啊？"

他说着，轻轻绾了绾杨婉的碎发："你和殿下当我是个烧火的内侍吧，给我一口面吃。"

318

51

火苗在冰天雪地里烧出了木柴实实在在的烟熏气。

对那气味的记忆让杨婉想起了她寒假时,独自回乡下老家的场景。

白茫茫的雪地上落满枯枝乱叶,外出务工的年轻人还没有回来,四处静悄悄的。隔壁的小姑娘家在烧柴烤火,杨婉路过的时候,被那家人热情地邀请去蹭火。那时她看起来就像个外乡人,宽大的羽绒服、没网时只能用来玩切西瓜的 iPad、不离包的护手霜……每一样都让小姑娘觉得很新奇。

但是,相比于女孩的自在,杨婉只能局促地缩在柴火堆后面,闷头思考她没过稿的论文。因为听不懂乡音,交流时她反而是尴尬的那一个,小姑娘递了个烤红薯给她,她甚至有些不好意思。

"杨婉。"

"什么?"

她回过神来,忽然一个没蹲稳,一屁股坐到了雪地里。

邓瑛忙把她拉起来,忍不住笑道:"你在做什么?"

杨婉拍掉身上的雪,对邓瑛道:"我在想你一来,就突然什么都有了。唉,我虽然照顾着殿下,但今年正月开头,实在没让他过好。"

"不要灰心,杨婉。"

"我知道。"

她说完,回头看向恒寿斋:"他害怕祸及文华殿其他的讲官和侍读,北镇抚司过来讯问的时候,已经不怎么说话了。"

"殿下这样是对的。"

杨婉回过头:"那你要怎么问他呢?"

邓瑛道:"我今日除了来看看你们之外,也很想问问你的想法。"

杨婉一愣:"我的?"

"是。"

杨婉咳了一声:"我能有什么想法。"

邓瑛道:"黄然案虽然是刑案,但是牵扯到皇子,也是内廷私隐,陛下不允许三司介入,就是有意把这个案子遮在内廷。既然陛下有这样的意思,那我在北镇抚司,应该有斡旋的余地。"

杨婉摁了摁自己的太阳穴,强迫自己顺着邓瑛的思路再次梳理黄然案的前后。

邓瑛的分析和明史抹杀掉黄然案的逻辑是吻合的,贞宁帝囚锁易琅,命北镇抚司与东厂共同讯问,甚至遣官申斥,都是在警示自己的这个儿子,要他惧怕君权和父权。事实上,贞宁帝要处置的只有黄然,和那些偶尔言语越界的讲官。

"北镇抚司对黄然用刑了吗?"

"用了,如今在刑逼那一句诗的含义。"

杨婉抬头道:"诗?什么诗啊?"

"我求明春今日降,早化人间三尺冰。"

"黄然写的?"

"对,是醉后所写。但事已至此,我觉得这首诗的含义已经不重要了。"

杨婉低头沉默了一会儿:"你觉得他活不下来?"

邓瑛点了点头:"我之前尝试过拖延锦衣卫,然后设法遮掩那首诗,但我没有料到除夕宴上的事,如今已经晚了,现在我担忧的是你哥哥。"

"我哥哥?为何?"

邓瑛道:"这个案子审到最后,有两个了结的方法。第一个是在黄然身上了结;第二个是牵出这次立储辩论的'主使',然后在他身上了结。杨大人和白阁老一直主张清田,但是对于清田策,陛下尚在犹豫。南方的几个宗亲藩王,已经有人走了何掌印的门路,向陛下陈情清田对他们的损害。一旦陛下在清田策上动摇,黄然案就很有可能牵连到杨大人。"

杨婉接道:"所以这个案子必须尽快了结。"

她说完,抱着头,太阳穴像针刺一样痛。

"怎么了？"

杨婉摇了摇头："没事，邓瑛你让我想想……"

她刚说完这句话，恒寿斋的门忽然开了。

邓瑛转过身，见易琅光着脚站在门前，沉默地看着炉火前的二人。

杨婉见此，忙站起身奔到易琅面前："怎么鞋也不穿？走，进去，奴婢替殿下把鞋穿上。"

杨婉急于想把易琅带走。

自从那日在六宫宫道上，目睹了易琅对待邓瑛的情状，她就不想邓瑛和易琅再见面。

虽然邓瑛说过，让她看着就好，但她还是不想眼看着他把自己的手，伸向那一副她一点都不喜欢的枷锁。

"邓督主，你先回去吧。"

她试图把易琅带进去，然而易琅却没有动，反而抬头对邓瑛道："邓厂臣，你不要走，我有话问你。"

"殿下——"

"杨婉。"

邓瑛唤了杨婉一声，随之笑着冲她摇了摇头，走到易琅面前，屈膝跪下："奴婢请殿下安。"

易琅低头看着他："父皇将我锁禁在此处，不允许任何人探视，你既能见我，便是父皇遣来讯问我的钦差。既是讯问，你为何不穿官服？"

"奴婢不想冒犯殿下。"

易琅道："你不想冒犯我，是因为我姨母吗？你还在觊觎我姨母？"

邓瑛没有出声，杨婉蹲下身，将易琅揽入怀中："殿下——"

话才开了一个头，却被易琅打断："我虽身在囹圄，但师父们教过我，任何时候，都不能失了皇家仪度，我宁可你代君父对我严词讯问，也不要你因为姨母同情我！"

杨婉怔了怔。

她心疼易琅被皇权和父权羞辱，却疏忽了他也是以皇权立身、立命的人。

杨婉想着，下意识地拢了拢衣衫。

风瑟瑟地吹着邓瑛的脊背，以及杨婉和易琅的面容。

在杨婉不知道该如何开解这两个人的时候，邓瑛开了口。

"奴婢其实不想讯问殿下，因为殿下并没有做错什么。"

他说完，抬起头看向易琅。

两人一跪一立，却刚好可以互相平视："即便奴婢代天子讯问，奴婢也不愿意轻视殿下。殿下虽然身在囹圄，暂时被锁禁在此处，但请殿下不要难过。殿下在此处所行之事，文华殿的几位大人都感怀在心。"

易琅听到这句话，忙道："师父们知道我不是故意害他们的吗？"

"是。"

邓瑛点了点头："殿下已经做得很好了。"

易琅冲着杨婉露了一个笑，虽然很短暂，但这是七日来杨婉第一次看到易琅笑。

"你起来吧。"

邓瑛复又行礼："奴婢有罪，不敢起。"

易琅低头道："姨母不喜欢我对你严酷，我也不想看到姨母不开心，念在你未行越矩之事冒犯我姨母，我今日不责你，你起来吧。"

"是，奴婢谢殿下饶恕。"

他说完，扶地起身，脚腕上的疼令他险些没有站稳。

杨婉看向他的脚腕："疼吗？"

邓瑛摇了摇头，轻声道："不要在殿下面前这样问我，替殿下穿鞋吧。"

杨婉这才想起，易琅是光着脚出来的，忙牵着他走到榻边坐下，转身去挪炭火盆子过来。

刚回头，却见邓瑛半跪在易琅面前，让易琅将脚放在自己膝上，亲手理着脚踏上的鞋袜。

"我来吧。"

邓瑛没有回头："都一样的。你把炭火盆子拢到殿下身边来，太冷了。"

他说完,解开自己的袍子,将易琅的脚拢到了自己的怀里。

杨婉看着他半跪在地上的那条腿,裤腿处露出厚厚的绑缚,证明这几日大雪,他脚腕上的旧伤发作得很严重。但因为他说了,不要在易琅面前那样问他,杨婉还是决定尊重他的想法。

她摸了摸易琅的手:"乖乖穿好鞋袜,一会儿去炭盆那边烤烤,姨母去给你煮面。"

她说完,又看向邓瑛。

他专注地在替易琅绑袜,杨婉犹豫了一下,还是忍不住道:"殿下也准邓厂臣烤一会儿,好吗?"

易琅没出声,只是点了点头。

杨婉这才推开门走回院中。

临近正午,天却开始下雪了。

毕竟是春时雪,很细很轻,落在皮肤上,一瞬间就仓皇地化掉了。

柴火噼里啪啦地燃响,像放不响的哑炮。

杨婉小心地避开火星子,弯腰挽起袖子,将抖散的面条放到锅里。

她轻轻搅动着沸腾的水,想起上一次煮面给邓瑛吃,还是在暮春的护城河边上。那个时候,张展春为了救他身陷牢狱,她也曾对邓瑛说:"你不要难过,你并没有做错什么。"

如今同样的话,从邓瑛的口中说出来,竟然安抚了易琅。

杨婉想着,不禁抿唇笑了笑。

虽然那个时候的邓瑛还把他自己当成一个罪人,但是自己的话,应该也安抚到他了吧。

"煮好了吗?"

门声咿呀,邓瑛独自走出恒寿斋:"我帮你吧。"

"不用。"杨婉挡开他道,"我煮面可熟练了。"

说着,她将面挑出,一面盛入碗中,一面道:"我看你脚腕上裹着东西,是我上回给你的帕子吗?会不会薄了一点?我出去以后再给你一条厚的。"

"你的东西,怎么能够糟蹋在我的脚上?我收着呢。"

杨婉拿起自己腰间的芙蓉玉坠子,摩挲着那颗木定珠道:"但你的东西,我一刻都不想离身。"

邓瑛低下头看向那颗珠子,目光一温:"再给你雕一颗吧,凑成一对。"

"那我还你什么呢?"

邓瑛指了指杨婉身后:"我想吃面。"

杨婉应:"好。"

她转身又道:"等我盛好端进去,我们一起吃吧。"

邓瑛摇了摇头:"殿下不会准的,不要再让他不开心了,我会因此受过的。"

他说完,弯腰端起碗:"我站在外面吃吧,你赶紧进去。武英殿当年定址的时候,原本是要做佛殿的,但是因为朔气太强了,所以修建的时候才改了殿制。今日开始下雪了,你晚上一定闭紧门窗,我刚发觉,殿下有些发热,一会儿出去我会让锦衣卫的人传御医来给殿下看诊,你自己也要保重。"

"发热?"

杨婉忽然抬起头:"我有个法子能让黄然案了结,但是有可能会伤到……不行……"

她说完,摇了摇头:"算了,你当我没说。"

邓瑛沉默地看着杨婉,须臾之后忽道:"可以。"

52

"你知道什么,就说可以?"

杨婉端起面就往里走。

邓瑛笑笑,追上她道:"可以试试,你对陛下的心思,一直掐得比我们都要准。"

杨婉转过身,正色道:"邓瑛,在这种事情上你敢信我的感觉吗?"

邓瑛道:"不是信你的感觉,是因为这件事本来就在陛下一念之间。你之前可以帮到郑秉笔和宁妃,所以如果是你想的法子,我愿意试一试。"

杨婉抿住唇,一时沉默,邓瑛也没有催促她。

碗里的面渐渐冷下来,没有了烟气儿,杨婉终于启唇,抬头道:"连日的讯问和今日的申斥,陛下的目的是什么?"

邓瑛没有回答。

杨婉继续道:"黄然的行为,殿下是否知情,陛下心里早就明白了,所以讯问和申斥的目的是让殿下忧惧。邓瑛,若你回禀,殿下因连日讯问,忧惧成疾,高热不退,也许陛下会立即赦免殿下。只要陛下有意保护自己的儿子,那么这件案子暂时就不会牵扯到杨伦,从而只能尽快了结在黄然身上。但是……今日是你讯问,如果陛下开罪,这又是朝臣笔伐你的一道罪名,我不知道会怎么样。"

邓瑛看着杨婉:"杨大人对我说过,无论我做什么,朝廷都不会再接纳我。其实不用他告诉我,我心里也明白。对我而言,清田策得以顺利推行,是我想要看到的,还有……就是一定让你平安。"

说完,他端起碗,低头吃了一口面:"都快冷了,快端进去吧,我吃了就走了。"

杨婉其实很想问一问邓瑛,如果她不提出这个法子,这件事会怎么收场。

但这个问题冲入她脑子里的时候,让她再一次有了她自己不是漏网之鱼的感觉。

她端着面碗,坐在易琅的榻边,低头看自己的笔记。

之前写不下去的那段转折的空白,现在似乎写得下去了,但是,她怎么也没有办法,把自己的名字落到笔记上。

这日夜里,惊惧相交的易琅果然发起了高热,到后半夜甚至烧得有些迷糊了,拽着杨婉的袖子,不断地唤宁妃。杨婉捂好他身上的被子,转身出去,用力敲开武英殿的门,门口的锦衣卫一把拦住她,刀刃照着她的脖子就抵了上去。

"等一下。"

杨婉朝声音的方向看去。

见甬道里张洛抬手,一面朝她走来,一面示意锦衣卫放下刀退下。

他走到杨婉面前,上下扫了她一眼。

她比之前狼狈了很多,裙衫沾着柴灰,发髻也松落了,看起来有些可怜。

张洛收回目光,抱刀道:"深夜闯禁,是可即刻处死的罪,你想做什么?"

杨婉行了一个礼:"殿下高热不退,还请大人传御医。"

张洛闻话,对门口的锦衣卫扬了扬下巴:"你去看视。"

"是。"

两个人应声从杨婉身旁跨过,带起了一阵寒冷的风,不多时出来禀道:"大人,殿下的确烧得厉害。"

张洛道:"去会极门递我的牌子,传当值的御医进来。"

说完,用刀柄抵在杨婉的肩头,迫使她退靠在殿门上:"今日东厂那人来过,你们想做什么?"

杨婉摁着刀柄:"放开。"

张洛阴面偏头,反而将她抵得更紧:"如果我知道你利用殿下来玩弄我,我定不会再放过你。"

杨婉拼命地想要挣脱,不经意间抓住了张洛的手指,张洛猛地收回了手。

杨婉蹲在门口喘平呼吸,什么也没有说,起身摁着肩膀,头也不回地朝恒寿斋走去。

在会极门当值的太医是彭太医,望闻问切之后,对杨婉道:"寒气入肺,有些凶险啊,微臣即刻去养心殿禀告。"

杨婉站起身:"我能做什么?"

御医看了看易琅的面色,回头道:"捂好殿下的被子,把炭烧暖。"

"好。"

说完,她用力拍了拍疼得有些发酸的肩膀,蹲身去添炭火。

彭御医随口道："女使的手怎么了？"

杨婉"哦"了一声："将才撞到了。"

她刚说完，易琅忽然混沌地唤了一声："姨母……"

杨婉忙擦了擦手，坐到他身边："醒了吗？"

"嗯……姨母，我梦到黄师父和舅舅了。"

"梦到他们怎么了？"

易琅没吭声，却伸出滚烫的手搂住杨婉。杨婉索性把他裹起来抱入怀中。

"殿下见到陛下，一定不能与陛下相啄啊！"

易琅点了点头："易琅知道，我会跟父皇请罪，不让母妃、姨母，还有舅舅担心了。"

"好。"

人情似乎是通的，这个孩子似乎也并不需要杨婉多说什么，就大多都懂了。

杨婉搂着易琅滚烫的身子，轻声哄他接着睡下。

天刚大亮的时候，养心殿的旨意果然下来了。贞宁帝命将易琅送回承乾宫休养，宁妃亲自撑着伞过来接。易琅看见宁妃，虽然难受，却没有哭。

宁妃在承乾宫中安置好易琅，转身见杨婉沉默地靠着屏风站着。

"婉儿，多亏了你。"

杨婉摇了摇头，站直身子看着烧得一脸通红的易琅。

"我没照顾好他。"

宁妃顺着她的目光看去："能这样回来，已经是万幸了。"

杨婉道："娘娘担心坏了吧？"

"是啊，但也不敢说，怕惹陛下震怒，害得孩子受更多的苦，也怕牵连哥哥。"

杨婉宽慰她道："现下应该是没事了。"

宁妃牵着杨婉一道在屏风后坐下："但愿吧，婉儿。"她说着，犹豫了一阵，再开口时，声音有些迟疑，"你……想不想出宫去啊？"

杨婉一怔:"娘娘为什么会这么问?"

宁妃道:"起初你入宫的时候,还是个热闹的性子,但这一年下来,姐姐觉得,你没以前那么开心了。你如果愿意,可以让邓厂臣在宫外置一座外宅,远离宫中的是非,安心地生活,也挺好的。"

杨婉脱口道:"我走了,易琅怎么办?"

说完即心惊。

说这句话的时候,她已经默认了宁妃的寿数不会太长。

宁妃听完却拍了拍她的手:"他有他的命,会平安的。"

杨婉听完这句话,忽见窗边掠过一道寒鸟的影子。

似有绝望之意,想要撞破虚空,杨婉无意将它看清,下意识地背过了身。

贞宁十三年正月初十,陛下亲自前往承乾宫探视易琅,杨婉和宋云轻一道站在承乾门的外面,终于在午时,听到了御旨的内容:黄然判斩刑,其余讲官发司法道受审。

刑部遣人去接的时候,这些人个个如从地狱升天堂般欣喜。

而刑部接手这个案子以后,将诏狱里审出的大部分莫须有的罪名都推翻了,一桩一桩审结得飞快。

另外还有一道旨意,是下到内廷的。

包括邓瑛和张洛在内的数十个对易琅进行讯问的钦差,全部被处以十杖杖刑。

杨婉再次见到邓瑛,是在正月十四这天晚上,内东厂的内衙之中。

内东厂的内衙面阔只有两间。

外间是正堂,里间就是直房。

直房内没有陈设,只挤挨着放了一张矮床、三四个墩子、一张桌子。

邓瑛坐在窗边翻看杨伦写的《清田策》,两个厂卫坐在一边剥花生,其中一个道:"督主看什么呢,看了个把时辰了?"

另一个轻声道:"户部写的《清田策》。"

"南方清田,我老家的田产要遭殃略。"

"你家的田产多吗？"

那人摆手道："幸而也不多，老家剩下的人也不大想照顾，如果能卖出去，倒也还好。"

"那得看是个什么价钱。"

说完，忽听邓瑛咳了几声，说话的人忙站起身道："督主要水吗？"

邓瑛放下策文，试着自己站起身："我自己倒。"

那人忙殷勤地过来："还是我来伺候您，那日要不是您亲自去武英殿，这遭殃的就是属下了。"

"嘘——"

旁边的厂卫一面拽他的衣服，一面朝门口看去。

那人还不明就里："别拉我，都知道我们督主好，和那些牛鬼——杨女使！"

他说完，"噌"地站了起来，一边拍身上的花生皮，一边拽着旁边的人掩门出去了。

杨婉今日穿了一身水绿色的大袖衫，肩上系着如意纹绣的月白色云肩，松鬓扁髻，簪着一根翡翠玉簪子，与平日着宫服的模样倒有些不相似。

"怎么到这里来了？"

杨婉扶了扶玉簪子："陈桦让我来问问你好些了没，若是好些了，后日去他那儿凑锅子呢。"

邓瑛道："他怎么不自己来？"

"哦，他怕他过来，像是巴结内东厂似的，就——"

"宋掌赞会让他使唤你啊？"

"你……"

杨婉看着邓瑛坐在灯下一本正经地分析，忽然有一种想蹦上去捏他脸的冲动。

"我跟他讨的差事，行了吧？"

邓瑛似乎是听明白了这句话的意思，却下意识地"啊？"了一声。

"你……"

杨婉坐到邓瑛身边："你信不信……"

"咝——"

杨婉无意间碰到了他没有完全好的伤处，他一下子没忍住，倒吸了一口气。

杨婉忙站起身："完了，我碰到哪儿了？"

邓瑛梗着脖子没出声，却下意识地拿起杨伦的《清田策》往腿根处挡去，这个动作倒是让杨婉想起了第一次进到他的居室时，邓瑛坐在床上，也是这般僵硬地举着一本书。

"坐我对面，好吗？"

他说着，轻轻地换了一个坐姿："要不要喝水？"

杨婉明白他在岔话题，便接过话道："要。"

邓瑛伸手倒了一杯茶递给杨婉，自己也斟了一杯。

"殿下好些了吗？"

"好多了，所有人里就属你的伤病养起来最难了。对不起啊，我给你们出馊主意，又害了你。你要是觉得想不通……"

她说着，伸出一只手："要不要打回来？"

邓瑛摇头笑了笑，将一颗雕着芙蓉的翡翠玉珠子放到杨婉的手心："给你。"

杨婉一愣，又听他道："养伤的这几天雕的，也是定珠，可以穿在你的另外一块玉坠上。这是中和殿殿顶更换镇兽兽眼时留下的一点余料，玉质是好的，就是我不太会雕玉，有些地方刻得不好。"

杨婉将珠子移到灯下，那颗珠子不及指甲一半大，却精细地雕出了芙蓉花的花蕊和花瓣。玉虽温润，却比木头易碎难雕。她小的时候学《核舟记》，只是惊叹古人精妙的工艺，如今手里就捧着这么一样精工之物，心中除了敬佩之外，还有收到礼物的欢愉。

"大明手工一绝啊！"

53

"你愿意戴着就好,至于什么……大明手……"

杨婉竖起自己的一根手指:"大明手工一绝!"

邓瑛看她由衷开怀,温和地笑了一声:"你给我封的吗?"

"是啊。"

她取下自己腰上的芙蓉玉坠子,抽出原来的定珠放在自己手边,低头一面穿新珠一面道:"以前我就听太和殿的匠人们说过,你不仅精通营造的工法,还很善精雕,甚至可以在很小的鼻烟壶里雕阴刻的山水。"

她提及的旧事,如温水过石一般淌过。

邓瑛淡道:"那都是以前的事了,且是我在张先生没看见的时候偷学的。"

"为什么要偷学?"

邓瑛一面弯腰轻轻地替杨婉托着玉坠,以免她吃力,一面诚实地应道:"因为做官的人并不该在具体的工艺上下太多的功夫,老师希望我多看《易》《礼》。"

他看了看自己的手:"以前并不精通,现在好多技法都忘了,至于那个鼻烟壶,是他们杜撰的,我其实并不会。"

杨婉低头系玉,似无意道:"已经很难得了,对了,你有没有想过以后不做这东厂厂臣,到外面去做个匠人啊?"

邓瑛听罢,摇了摇头:"士者不可为匠,只能为官。同样阉者也不可为匠,只可为奴。即便我想过,也是不可能的。"

他说完,重新拿起手边的本子。

杨婉这才注意到,姜色的册封上写着清什么策,中间那个字被邓瑛的手挡住了。

"你在看什么?"

"哦。"邓瑛移开自己的手指,将册封示向杨婉,"你哥哥写的,在南方推行清田的策略。"

"我能看一眼吗?"

"好。"

他把册子递给杨婉。杨婉伸手接过,在他翻的那一页,快速地扫了几行字,立即回想起了杨伦写的那篇后来举世闻名的《清田策》。这篇文章在贞宁年之后,仍有无数的拓本传世。所以,它不仅是一篇有名的政策文章,也是杨伦本人著名的书法作品。

杨婉问道:"这篇文章,内阁和司礼监是不是还没有在陛下面前合议啊?"

邓瑛"嗯"了一声。

"这是我的抄本。"

"你抄的吗?"

"对。"

杨婉闻话,认真看向纸上的字。

据说,邓瑛死了以后,他的宅子被烧过。

不知道是不是这个原因,此人并没有在历史上留下任何手迹。研究邓瑛以来,杨婉还是第一次看到他亲笔写的字。

和杨伦的雄浑之风不一样,邓瑛的字极其工整,每一笔都有他自己的限度,横竖、撇捺都规在一种恰到好处的笔力里,初见戾气的时候,就戛然而止地收拢了,看起来没有一点点攻击性,规范得就像是雕版里的字。

见字若见人。

若是在现代,他一定是可以把白衬衣穿得很好看的青年,写一手印刷体,有一份和科研技术相关的体面工作。然后就像一颗齿轮一样,在世界上的某一个地方精准、安静、孤独地转动着。

"字真好看!"

杨婉忍不住夸他。

邓瑛道:"杨大人才是在书法上有造诣的人。"

杨婉听了,笑得露了齿:"我才不觉得呢,他就跟那种拿拖把写字的人一样,跟灌了黄汤一样,迷惑得很。"

邓瑛忍不住笑了。

杨婉已经不止一次在他面前揶揄杨伦了,然而,他听了之后却总是莫名地感到心暖。

她就像身份差距之间的一种吸力,把邓瑛从晦暗的污泥潭里拽出来,又把杨伦从清白的天幕中拉下来,让他们得以暂时并行。

杨婉见他笑而不语,便自顾自地取过那本册子,随手翻看。

杨伦这个人,文章其实写得很一般,但是他的逻辑特别好。杨婉以前读研究生的时候,有一个专业课的老师就特别喜欢杨伦,说他是一个实干派,虽然政治敏感性一般,但对国家经济、军事的把握是很有天赋的,如果贞宁帝早死几年,他的成就应该还会更大。

杨婉从这篇并不算太长的文章里,读出了十几年寒窗下苦读、十几年部科中历练的功力。

她放下册子,揉了揉有些发酸的眼睛,想起贞宁十三年与邓瑛相关的史料。首先想到的就是《明史》中,陈述他侵吞江南学田①那一段。

这也是后来《百罪录》里很重要的一条罪名。

"邓瑛……"

"怎么了?"

杨婉抬头看向他:"如果此策推行,朝廷……会遣谁去南方?"

邓瑛道:"国子监应该会抽调监生去核算田亩,你……是不是担心杨伦?"

杨婉原本是担心邓瑛,但他这么一提,杨婉倒把相关的史料记载也想了起来。

贞宁十三年的春夏之交,是内阁和司礼监对抗得最厉害的时候。

---

① 学田:学田制是指中国封建教育史上,由国家拨给或者学校自行购置一定数量的土地,作为学校的固定资产,学校将这些土地租给附近的农民耕种。

这一场政治斗争，因为清田而起，牵扯到江南的皇族宗亲，以及何怡贤、胡襄等人——他们在南方有很多隐田。

杨伦的《清田策》被大规模地抵制，他本人在南方也举步维艰，甚至差点被害死在江船上。

与此同时，宫中也发生了一件史称"鹤居案"的大事。刚刚封王的皇次子易珏险些被一个宫女勒死在鹤居中。这个案子牵连甚广，虽然只有一个宫女行刺，但是因为她的脱逃，北镇抚司和东厂审出了三百名罪人，这些宫人杖毙的杖毙，绞杀的绞杀。虽然《明史》着重叙述了这一段历史，却连一个宫女的名字都没有留下来。

杨婉的导师认为，这其实是一个幌子，他猜想当年谋杀易珏的主使者应该就是宁妃。后来的靖和帝朱易琅，为了替母亲遮掩这件丑事，才刻意在史书上留下了"杀三百人"这么浓墨重彩的一笔。

不过，这只是他个人的一个推论，没有找到足够的史料做支撑，所以，最后也没有写进论文公开发表。但这一直是他的一个研究方向，并且特别希望当时的杨婉能帮他做下去。可惜杨婉一门心思扑在邓瑛身上，拒绝参与那个课题。现在想起来，她颇有些后悔。

"邓瑛，你觉得……现在清田是一个好时候吗？"

邓瑛看出了杨婉脸上的忧色，含笑道："不管它是不是好时候，内阁只会问它该不该。而我能做的，是不让为民者死，为国者亡。"

不让为民者死，为国者亡。

杨婉在心里默诵了一遍这句话。

杨伦是善终，眼前的人是千刀万剐。

为民者的确未死，为国者天下称颂，可是，谁能让说出这句话的人也不死呢？

别说不死了吧，至少让他在死以前，不要再受那么多的苦了。

她想着，决定暂时不在邓瑛面前纠缠贞宁十三年这一段复杂的历史，伸手轻轻地拍了拍邓瑛的手背。

"你吃不吃坚果？我带来了，给你剥新鲜的。"

邓瑛点了点头："那我再去倒一壶茶来。"

杨婉看着他扶着桌沿儿站起身，直腰时甚至还被迫迟疑了一下，显然是还疼得厉害，忽然脱口道："我想去问问彭御医，有没有什么法子帮你补补身子。"

"我没事。"

杨婉疑道："其实，我看张洛已经能当值了，为什么你十杖就被打得这么重啊？"

她说完，忽然反应过来："是北镇抚司掌的刑吗？"

邓瑛没回答，仍只说了一句："没事的。"

"怎么会没事？张洛那个人实在——"

邓瑛摇了摇头，安抚她道："真的没事，张大人这个人，虽然在刑狱上很残酷，但他不徇私情，也不泄私愤，对谁都是一样的。他自己也挨了，只是他身子好，挨的时候也没出声，受完了还能自个儿走回去。"说完，提起小炉上的水壶，沏好了第二道茶，倒满一杯递向杨婉。

杨婉接过茶道："他不泄私愤吗？但我觉得，他要恨死我了。"

"为何？"

杨婉笑了笑，声音倒坦然起来："这已经是第二次，我让他受杖刑了。说起来，我倒希望他有点人性，贞宁年间的诏狱，也不至于那么恐怖。"

邓瑛扶着床榻慢慢地坐下："杨婉，张洛并非极恶之人，诏狱……也不完全是地狱。司法道上官员冗杂，关联复杂，很多案子未见得能进三司衙门。但北镇抚司不一样，虽然那里的牢狱对官员们来说很残酷，但那未必不是无势之人的申冤之门，是平民奴仆声达天听的一条路。在这一处上，张洛算是做得不错了。"

杨婉听完这一番话，低头沉默了一阵，轻声道："你令我惭愧。"

这一句话的言外之意，包含着一路坚持辩证法的杨婉对自己的反思，但邓瑛是听不出来的。

他看着杨婉低头不语，下意识地以为自己说错了什么。

"怎么了？"

杨婉摇了摇头，捏起一颗花生剥开。

邓瑛见此，忙也跟着捏了一颗，跟着她一道剥开。

"我剥吧。"

他说着，伸手把杨婉面前的一大摊子都收拢到了自己面前："对不起。"

杨婉笑着摇头："邓瑛，你以前总说，我对你做什么都可以。其实我也一样，你对我说什么都可以，你不要总是跟我说对不起。"

花生壳子噼啪一声破开，两颗干净的花生仁儿落入杨婉掌中，她将手伸向邓瑛。

"我之所以惭愧，是因为我觉得比起你，我看人太浅。我认为他对我发过狠，对你严苛，就是个没什么可说的恶人。别人也就算了，连我也这样想，太不应该了。"

她说到最后，自嘲地一笑，望向邓瑛的手。

"你这样的人，真的不该被这样对待。"

这一句话她说得很轻，邓瑛没有听清。

那双手还在剥花生，一粒一粒的仁儿从壳里跳脱出来，落进油纸里。

"什么？"

杨婉忽然觉得很遗憾，为什么她没有变成一个男人？如果她是一男子，她一定考科举，入国子监，最后做史官，哪怕要被上位者杀头，她也一定要把这个人的一生，全部真实地写进大明朝的历史中。

"我说，如果我是一个男子，我就要做史官。"

"为什么？"

杨婉扬起头："我要保护那个'不让为民者死'的人。虽然他不在乎身后名，但我要为他计较，为他在笔墨里战一场。"

（第一卷·完）

图书在版编目（CIP）数据

观鹤笔记 / 她与灯著 . -- 北京：中国友谊出版公司，2022.12（2025.3 重印）
ISBN 978-7-5057-5524-6

Ⅰ.①观… Ⅱ.①她… Ⅲ.①言情小说—中国—当代 Ⅳ.① I247.5

中国版本图书馆 CIP 数据核字 (2022) 第 120380 号

书名	观鹤笔记
作者	她与灯
出版	中国友谊出版公司
发行	中国友谊出版公司
经销	新华书店
印刷	河北鹏润印刷有限公司
规格	880 毫米 ×1230 毫米　32 开
	10.75 印张　300 千字
版次	2022 年 12 月第 1 版
印次	2025 年 3 月第 10 次印刷
书号	ISBN 978-7-5057-5524-6
定价	49.80 元
地址	北京市朝阳区西坝河南里 17 号楼
邮编	100028
电话	（010）64678009

如发现图书质量问题，可联系调换。质量投诉电话：010-82069336